# 全怪谈

## 拾遗

[日]田中贡太郎/著
谭春波/译

天津出版传媒集团
天津人民出版社

**图书在版编目（CIP）数据**

全怪谈拾遗 / ( 日 ) 田中贡太郎著 ; 谭春波译 . --
天津 : 天津人民出版社 , 2018.8
ISBN 978-7-201-13774-2

Ⅰ . ①全… Ⅱ . ①田… ②谭… Ⅲ . ①民间故事—作品集—日本—现代 Ⅳ . ① I313.73

中国版本图书馆 CIP 数据核字 (2018) 第 145908 号

**全怪谈 拾遗**

QUANGUAITAN SHIYI

出　　版　天津人民出版社
出 版 人　黄　沛
地　　址　天津市和平区西康路 35 号康岳大厦
邮政编码　300051
邮购电话　（022）23332469
网　　址　http://www.tjrmcbs.com
电子邮箱　tjrmcbs@126.com

责任编辑　赵　艺
装帧设计　新艺书文化

制版印刷　三河市华润印刷有限公司
经　　销　新华书店
开　　本　710 × 1000 毫米　1/16
印　　张　16.5
字　　数　250 千字
版次印次　2018 年 8 月第 1 版　2018 年 8 月第 1 次印刷
定　　价　48.00 元

# 目录

CONTENS


红花 001

夜半鞠躬的女人 009

雨夜的对话（上） 012

雨夜的对话（下） 020

幽灵的笔记 027

二楼的鼓声 030

失去母亲的孩子 033

借法衣的年轻人 035

噬神 037

保平安的烟管 044

匕首奇遇记 048

草地中 051

镰刀 058

蛇妻 062

芳三的遗愿 069

白落樱 075

淳之助的好运 078

河畔蹴鞠 086

红猫 092

无头债 096

天谴 102

升仙记 110

朝鲜奇谈 117

风之少女 125

尸体上的手 142

好色的猿猴 147

第五位客人 153

血色帆船 157

# 目录

CONTENTS

火钳 158
亡者游戏 159
离魂丝 160
小脑袋妖怪 161
小姐的生灵 162
水魔 164
怪人的眼睛 173
末班车上的老婆婆 177
废轿 178
火灾秘闻 179
森林中的房子 181
怨灵 187
爱打赌的惠比寿 191
富豪 199
日金地狱 203
鸡的启示 207
水獭怪谈 210
光头婆婆 212
刺杀 215
丸山教主物语 224
奇人传 234
虎妖奇谈 243
安娜老师 251
狼群之中 254

# 红花

故事发生在遥远的明治时代。明治十七年至十八年间，是恰逢新思潮广泛兴盛的年代，很多有志青年加入到轰轰烈烈的民权运动中，以实现自己远大的理想抱负和价值。

男主人公葛西芳郎，就是这样一位热衷民权运动的年轻人。

追溯往昔，葛西家族曾经也是声名显赫的望族。到了葛西芳郎这一代，虽然已经算不上是十分有名望的贵族，但居住在东京小石川某町的葛西家仍然是有钱人家。身为继承人的芳郎从小便受到严格的管束和良好的教育，还曾经在法国留学。回国之后，他投身民权运动，成为被前辈们看好的新一代民权运动家。

葛西家的家宅面积很大，周围还有一片杂树林。其中有一部分已经捐赠给了政府，成为公共用地，中间修建起了一条小坡。芳郎喜欢在小坡上散步，特别是当他需要演讲的时候，会利用散步的时间好好在脑海中琢磨演讲的内容。

这天，芳郎像往常一样走上小坡。因为下午晚些时候有一个演讲，他很重视，需要仔细斟酌讲稿的结构以及具体的用词。

虽说这条小坡是公共场所，但平日里并没有多少人经过。芳郎的右手边是家宅新建造的土墙，左手边则是刚刚开辟出的空地。杂树被砍掉，种上几株梅树，再用篱笆围起来，形成简单、整齐的景致。此刻，他正在眯着眼睛，欣赏梅树上所剩不多的白色小花，土地也开始微微泛出绿色，青草的嫩芽已做好茁壮生长的准备。

好一派生机勃勃的景象啊。芳郎想，难道这不正预示着民权运动即将迎来更加灿烂的春天吗？

正当芳郎想着如何将自己的情感和心境传达给即将面对的听众时，他猛然觉得前方有人影飘过。他迅速抬起头，瞥见一个陌生的女子。她的发型是西式的，装扮既得体又时尚，走起路来身姿轻盈、优雅。她走在芳郎前面，所以芳郎只能窥探到她的背影。但仅仅只是背影，已经深深吸引了像芳郎这样的世家子弟。

不过，这女子身上最惹人注目的，却是发式间的一朵红花，美艳却不恶俗。

芳郎在心里默默地称她为“红花”。在他看来，拥有如此气质的女子，必定是某个显赫人家的大小姐。如果有幸能结识一位这样的女性，无疑会是自己人生中的重要转折吧，他想。他不图对方的家世背景，只期望两人能成为知己，彼此依靠。

周围的景色暗沉无光，眼前的女子是芳郎唯一的追求，他甚至都已经忘记了自己下午要出席的演讲。

女子走得并不快，但芳郎的脚步却不知不觉加快了许多。他不想白白错过与这位女子相识的机会。可转眼间，女子已经走到坡顶，再往前的路便不在芳郎的视线范围内了。一想到自己可能要跟丢目标，芳郎干脆向坡顶的方向小跑起来。

在空旷的环境里，芳郎的行为引人注意也是意料之中的事。很快，女子便发觉身后追着自己的芳郎。她没有停下来质问，也没有在惊吓中跑掉。而是慢慢地回过头，看了芳郎一眼，唇角似是浮上一抹微笑。

啊，好一个精致漂亮的女子。芳郎意识到自己的行为有些突兀，怕冲撞了这位大小姐，不由得放慢了脚步。那一瞬间，女子似乎加快了脚步，不一会儿就消失在坡顶。芳郎暗叫“不好”，赶紧追过去，女子的身影已经完全看不到了。

到达坡顶之后，有两条小路。右边是一条直路，向前能看到很远的地方。芳郎定睛看过去，没有丝毫女子走过的痕迹。而左边的路，是一条弯路，通向不远处的一间寺庙，寺庙的墓地也在不远的地方，用篱笆围起来的一大圈，并不见有人在其中。

按照女子步行的速度来看，这么快就消失在右边的直路上似乎不太可能。芳郎选择了左边的弯路，一路寻向寺庙。心里还在想着，如果两人见面，应该如何打招呼才能不显得尴尬。可奇怪的是，芳郎一直走到寺庙，都不见女子的踪影。

寺庙门口有一尊巨大的佛像，因年代久远，显得有些斑驳、破旧。周围一片荒芜，不时传来乌鸦的鸣叫声。怎么看，那位大小姐都不像是会来这里散步的。

芳郎掩饰不住内心的失望，但也没有更好的办法，只得按照原路返回。

她怎么会突然消失不见呢？都怪自己没能厚着脸皮跟近一些，芳郎忍不住自责。同时，他的心里萌生出一连串的问号。她究竟是哪家的大小姐呢？怎么会忽然出现在小坡上呢？附近一带的贵族人家他几乎都认识，没听说谁家里还藏着一位美丽的千金，难道他要挨家挨户去打听一下吗？

自从过了二十五岁的年纪，芳郎就没少应对那些为自己的婚事操心的家族长辈。因为父母都已经不在人世，身为独生子的自己，的确是有义务传承家族的血统。可无奈，他一直都没有遇到心仪的女子，又不想随意凑合，只好硬着头皮，以民权运动为由拖着。偶尔，也会有女子主动向芳郎示好，但却多半是因为看中他的家世。所以，芳郎从不会搭理她们。

这一次，芳郎忽然对陌生的女子产生了浓厚的兴趣。当天下午的演讲，芳郎没有准备周全，只是草草应付了事。听众们虽然有点失望，但大家都看出他有点心不在焉，以为是日渐操劳所致，也就没有太在意。

从那天开始，芳郎的心里始终未能平静，眼前总是浮现出女子婀娜多姿的身影。一连十几天，他每天都去小坡来来回回地走来走去，有时甚至在小坡附近消耗一整天的时间，只希望能再次与女子不期而遇，可每次都是失望而归。

或许那位女子并不长久地居住在这一带吧，芳郎心想，这也就解释了她为何这么多天都不曾再次经过小坡。

那段时间，芳郎几乎已经放弃了寻找。虽然还是时常会想起女子的背影，但假如注定再也遇不到，也就只好作罢。

不知不觉间，春天已经到来。院子里的樱花树正待绽放美丽的花朵。芳郎打起精神，重新投入民权运动的演讲。那天，他像以前一样，边在小坡散步，边思考自己的演讲稿。在内心深处，他还是希望能发生点什么。

精神一分散，便很难再集中。猛然间，他像是冥冥中感觉到了什么，忽然抬起头，视线范围内，竟然再次出现了那位魂牵梦绕的女子的身影。

春天果然是个令人向往的季节，芳郎想，他抑制住自己澎湃的内心，尽可能保持原有的步调。

女子脚步轻盈，已在慢慢接近小坡的顶端。芳郎忍不住加快脚步，想追上去。可是当女子回过头时，芳郎又停了下来，仿佛偷窥时被发现一般，因窘迫而脸红。越是喜欢，越是不想轻易冒犯。正当他犹豫不决的时候，女子像上次一样，消失在坡顶。

芳郎暗暗责怪自己，连忙追上去。这一次，他先是追向小坡右边的直路，跑了一阵，什么人都没遇到。于是他又折回来，去往左边通向寺庙的路，甚至在寺庙和墓地周围寻觅了大半天的时间，连参加演讲的时间都忘记了。

从那之后，芳郎就像着了魔一样，根本就无心再继续参与民权运动。满心只有那位女子的容颜、身姿和背影。但这一遭遇他对所有人都隐瞒着，没有跟任何人提起。家人和朋友不知道他究竟出了什么问题，但又不能眼睁睁地看着他的身体状况越来越糟，便劝他去热海疗养。换个地方，换个心情。

起初，芳郎不愿去疗养。他仍然对再次遇到那位女子抱有极大的幻想。但他不想周围的人发现自己的秘密，况且，整日面对空旷的小坡，他心里也很不舒服。考虑再三，他终于答应去疗养。

热海的相模屋是很有名的温泉旅馆，虽然称为旅馆，但内部的装饰与服务都是一流的。旅馆靠近海岸，周边的环境也是十分清雅，很适合静养。芳郎到达这里不久，便觉得心情稍微平复了一些。

整个夏天，芳郎都是在这里度过的。随着身体状况渐渐好转，秋季到来的时候，他已经可以利用闲暇的时间写写文章，或者跟前来探望的好友们探讨民权运动的形势。大家都满心期待他能够继续在民权运动中有所建树。

而事情似乎也正朝着好的一面发展。

某天，芳郎见月色正浓，萌生了出门散步的念头。附近的海岸线在清冷月光的照射下显现出冷峻的美。海水悠然起伏，海浪拍打着岸边的礁石，发出细碎的声响。

他绕过停靠在沙滩上的渔船，看时间差不多了，又返回来，想早点回房间休息。回程的途中，他忽然看见两位女子坐在海边的石头上聊天。其中一位看起来是大小姐模样，秀丽端庄，气度不凡。另外一位像是陪同的女仆，虽没有光环笼罩，却也干净利落。

经过两位女子身边时，芳郎转头望向她们。听见芳郎的脚步声，两位女子也不由抬起头。那一瞬间，芳郎感到微微有点眩晕。那位大小姐的相貌，分明与自己之前遇到过的那位女子一模一样！只是两者发型不同，眼前这位也没有戴红花。但即使是同一个人，也会有不同的装扮，这也是常理。

此时，已经走过两位女子身边的芳郎想要返回去，再仔细看看那位大小姐。他不想再错过任何结识心上人的机会了。不巧的是，他刚有意转身，就看见大小姐和女仆边聊边站了起来，似乎是已打算往回走。临走时，小姐朝他看了一眼。两人对视的时候，芳郎又觉得，这位小姐又不那么像自己的梦中情人了。不过，不管如何，这一次，芳郎都决定要弄清对方的身份。

小姐和女仆边走边聊，芳郎在后面悄无声息地跟着，为了不被发现，他还刻意拉长了距离。很明显，芳郎的担心也是多余的，那两位女子说得正起劲儿，根本就没有回过头。不一会儿，她们转进一个豪华的宅院，院中有一幢两层高的别墅。

果然是大户人家的小姐啊，芳郎这样想着，走上前去，借着光看清楚门牌，上面写着“杉浦”。

这一带，如此气派的家宅很少见，大概这一家也是从东京来的吧。不如先回旅馆，再借机找人打听打听。

不久，这样的机会就如约而至。

那天，一位相熟的记者来找芳郎约稿。两人相谈甚欢，相约一起在旅馆吃晚餐。当晚，两人面对面坐着，几杯酒下肚，芳郎佯装随意地问：“你对这一带很熟悉，所以我想跟你打听个事。前几天，我发现旅馆附近有一幢很气派的别墅，好像是‘杉浦’家的，你听说过吗？”

“杉浦啊。”记者歪着脑袋，想了想，“噢，我想起来了，有一位御用商人是这个姓氏，想来应该是这家吧。”

“前几天我去海边散步，遇到一位大小姐，想来是杉浦家的小姐。”

“是吗？我也听说杉浦家有一位很漂亮、很优雅的小姐，居然被您遇到了。怎么样？是不是有想法了？”说到这儿，记者已经明白了芳郎的想法，只是不便说得太直白。

“哪里的话。我才只见过一面而已，也没能有机会跟对方打招呼。”

“那没关系，既然你有意，我来想办法就是。你还不知道吧，我跟杉浦家还算有点交情。杉浦先生平日不常在这里，他夫人身体不太好，常年都是大小姐陪着夫人住在这里休养。不如，我帮你实现愿望吧。”

“啊？什么愿望？”

“别瞒我啦。若是您跟那位大小姐能情投意合，便可以尽早结婚。家人不也希望您早点成家嘛。”

几天之后，记者亲自向杉浦先生介绍了芳郎，当然少不了会将葛西家的背景渲染一番。杉浦先生很高兴，立刻就到相模屋拜访了芳郎，邀请他去自己的别墅做客。

于是，第二天，芳郎便如约来到别墅，成了杉浦家的座上宾。

杉浦家的小姐名叫喜美代，与芳郎之间算得上是一见钟情。杉浦先生也很喜欢芳郎的为人。一来二去，芳郎与喜美代的交往就算是被认可了。芳郎时常拜访杉浦家，偶尔也会与喜美代在海边或附近的其他地方散步、聊天。

很快，两人的婚事就被正式提上了日程。

不巧的是，第一次刚刚商量好日期，芳郎得了神经痛的病，只得推迟。到了冬天，喜美代的母亲又突然生病，两家人商量着，计划将婚礼延迟到第二年的春天。

到了来年三月，杉浦夫人的病也痊愈了，婚礼的日期才终于被定下来。当时政府对民权运动的积极分子展开镇压，考虑到芳郎要避避风头，不便回东京，两家决定在杉浦家的别墅举行婚礼，婚后，夫妻二人先在别墅住上一阵子。

婚礼前三天，芳郎与从东京来帮忙的家人和朋友们忙得不亦乐乎。因感到疲惫，晚上他很早就进入了梦乡。夜里，他梦见自己回到小坡上徘徊，再次遇到了最初的梦中情人。他快步走过去，发现女子站在原地没动，似乎在等着他。

不等芳郎开口，女子便伸手将戴着的红花拿下来，放进他的手里，笑着说：“难道你不是决定要跟我结婚的吗？”

虽然是笑着，但芳郎觉得对面的女子并不是真的开心。他捧着手中的红花，陷入深深的愧疚。是啊，自己明明是钟情于她的，怎么会跟别的女子结婚呢？她一定是很失望，很难过，才会到我的梦里来吧。

梦醒之后，芳郎铁了心要回东京。不管别人如何劝说，他都拒绝改变心意。回去，再次回到小坡，去寻觅真正的新娘。

他是这样想，也是这样做的。

回到东京的第二天，也就是原本计划中举行婚礼的日子，他一大早就告别家人，走向小坡。但是这一去，便是用尽了一生的力量。

芳郎没有再回来，不久之后，家人在小坡的入口附近发现了他的尸体。并且，不管医生如何努力，都没找到他的死亡原因。

很快，芳郎突然死亡的消息就在东京传遍了，成为老百姓茶余饭后热衷的谈资。据老一辈的人回忆，葛西家族已经不是第一次发生这样的事情了。住在葛西家附近的邻居们更是依稀记得，当年芳郎的父亲就是莫名其妙死去的。

一时间，邻居们都不敢再靠近葛西家的宅院，大家纷纷议论。

“他父亲就死得不明不白，怎么现在又轮到儿子了？太可怕了！”

“是啊是啊，最近我出门买东西都绕道走，根本不敢靠近那家的宅子。”

“现在宅子里面已经没人住了吧，冷冷清清的，更吓人。”

“听说是被诅咒了啊。”

“真的吗？像这种古老的家族，还真是会发生些莫名其妙的事情呢。”

葛西家的诅咒，几乎已经成为当地最流行的话题之一。正在这时，有一位年老的云游僧人来到此地，对人们议论的葛西家的怪事发生了兴趣。他来到一位远亲家借住，想打听清楚这件事。

“听说最近这一带发生了不可思议的事情？”他向亲戚询问。

“是啊。葛西家新近当家的葛西芳郎前阵子突然莫名其妙地死了。”这位亲戚若有所思，“啊，我记得您以前是在这里出生的吧，还记得葛西家族的事情吗？以您的辈分，应该听说过吧。”

“那是自然。当年，我还在他家周围的树林里抓过野鸡、兔子什么的。虽然那一片是他家的领地，但偷偷去几次总是没关系的。他们家人也并不介意有外人去玩。”

“那你遇到过什么怪事没有？”

“我记得，那时候，他们家的老爷……现在算起来应该是现任当家的祖父，就是突然去世的。”

“啊？是吗？太可怕了，现任当家的父亲，也是这样。现在又轮到了这位年轻人。这位年轻人原本还有机会成为民权运动的领袖呢。哎，他们家果然是被诅咒了吧。”

“是不是被诅咒，我就不知道了。不过，在我很小的时候，有一次去林子里玩，偶然在一棵粗壮的老树附近看到一个被人挖过，又填满的坑。从新土的面积来看，应该是一个大坑。当时顽皮的我还打算抽空去‘挖宝’，后来因为别的事情耽搁了，也就忘记了。这之后过了两三年，我忽然听说他家大老爷死在那个坑附近，身上没有伤痕，也没有疾病，真是太奇怪了。再后来，我就离开这里了。”

“现在看来，大概是那个坑有问题吧。”

“我看也是，没准儿啊，埋了什么不干净的东西。”

“那您还记得那个坑在哪儿吗？”亲戚来了一探究竟的兴致。

“这些都是明治维新之前的事儿了，哪里还能记得那么清楚。”

“没关系，您总记得大概的位置吧。不如，您带我们去瞧瞧。往后，我们走路的时候也好避着点儿。”

第二天，亲戚硬是拉着老者去“指认现场”。

老者在葛西家宅附近来来回回走了好几趟，最后停在了小坡的入口附近。

“我想，大概就是在这一带了吧。”

从亲戚惊讶的表情不难看出，英年早逝的葛西芳郎，正是命丧于此。至于具体缘由是为何，恐怕已经无人得知了。

# 夜半鞠躬的女人

这个故事是一个东京人告诉我的。

在东京芝区的某个地方，有一家当铺。这当铺是一对夫妇一块儿经营的，夫妻俩还有一个可爱的女儿，一家人过得其乐融融。然而，好景不长，在女儿五六岁的时候，妻子不幸染了重病，不久就撒手人寰了。老板一人实在照应不来店铺和女儿，过了不久，在媒人的牵线下，他又娶了一个妻子。

不过这第二任妻子性格温顺，又贤惠，而且把老板的女儿当成自己的亲生女儿般看待。老板看在眼里，喜在心上，也能放心把心思都放到店铺上了。

然而奇怪的是，新老板娘嫁入这个家一段时间之后，脸上的笑容就逐渐消失了，取而代之的是略显忧郁的脸庞，做事情似乎也没有之前那么井井有条了。忙碌的老板并没有把老板娘的这些变化放在心上，反倒是族里的长辈察觉了她的变化。长辈想着，莫不是老板在外面有了新欢，老板娘被冷落了，所以才会变成这副郁郁寡欢的模样？

于是，长辈便找了个机会，把老板娘请到家里来做客。

老板娘到了老人家里后，长辈先请她坐下，聊了一会儿家长里短之后，才问道："你最近脸色看起来不大好呀，是不是出了什么事呀？"

"没有啊……您为什么要这么问呢？"老板娘疑惑地问道。

"因为你以前并不是这样子的呀，肯定是家里有什么事了吧？"

"的确没有什么事呀……"

"哎，你就别瞒我了。是不是你丈夫在外头有人了？"

"啊……不不不，没有这回事。"老板娘连连摆手说道。

看起来的确不是这么回事。长辈觉得更奇怪了，那她是怎么了呢？于是继续追问道："那你究竟是怎么了啊，你肯定是遇上什么事了，不妨说出来，我看看能不能帮上忙。"

老板娘迟疑了一下，才吞吞吐吐地说道："其实，我是……碰到奇怪的事了。我们夫妻俩的卧室旁边就是佛龛，两间房之间就只有一层纸门。每当到夜深人静的时候，纸门就会被拉开，接着就有一个女人走出来向我鞠躬……我实在是害怕得不行，但又怕说给老板听了以后他又不信，他肯定还会说是我疑神疑鬼的……"

长辈若有所思，接着问道："你看清楚她的样子了吗？"

"嗯……很年轻，又瘦又白，穿着一身蓝条纹的衣裳，头发是盘起来的……"

"那女人……有跟你说过什么吗？"

"没有……她从来都没说过话，只是站在那里，双手下垂，然后给我鞠躬……我实在是吓得不行，才会变成这样的。"

长辈心里想着，难道是前任老板娘吗？但他没有马上说出来，他担心把她吓着了。

他让其他人去把当铺老板喊来，然后把老板娘刚才给他说的事情给老板说了一遍。最后，他问老板："那女人穿的是一件蓝条纹的衣裳，你知不知道会是谁呀？"

老板一听，就被吓得话都说不出来，因为他清楚地记得，死去的妻子特别喜欢穿蓝条纹的衣裳。

长辈看他目瞪口呆的样子，也已经心里有数。他想了一会儿，喃喃道："她难道是有什么事情还没完成吗？"

老板马上说道："怎么可能呢，我每日都给她按时上香，而且……"老板顿了顿，看着旁边的妻子，接着说道，"而且现在孩子也照顾得这么周到，她还能有什么不满意的啊……要是她再出现，你得把我叫醒了，我要好好问她怎么回事才行。"

然后，两人向长辈道别之后，就回家去了。

当天夜里，到了该休息的时候，两人就睡下了，女儿就睡在他俩的中间。到了深夜，老板娘突然从睡梦中惊醒，她睁开眼睛一看，果然，佛龛的纸门又被拉开了，那个穿着蓝条纹衣裳的女人走了出来，还是和以往一样，她双手下垂，然后向她鞠躬。

老板娘吓得什么声音都发不出，连忙用手去把老板摇醒。

睡得迷迷糊糊的老板被摇醒，他揉了揉眼睛，果然，面前的女人就是去世的妻子。他立马站起来大喝道：“你干什么呢！三更半夜跑出来要吓死人吗？你还有什么放心不下的？她把家里打理得和你以前一样井井有条，孩子也被照顾得很好，你还有什么意见？”

只见前妻缓缓地说道：“我是特地出来感谢她的呀……”

“可你这种感谢只会把人吓出病啊！我们知道你是好意，但是以后还是不要出来了。”老板十分诚恳地说道。

老板话音刚落，前妻就消失了，此后再也没有出现过。

一家人的生活，又恢复了往常和睦的样子。

# 雨夜的对话（上）

外边的雨声越来越小，渐弱的雨滴掉落在叶子上，发出清晰的啪嗒声。

屋里的山田三造正坐在灯光下，埋着头整理文件，那是油井伯爵遗留的文稿。他的左手边堆满了杂志报纸的剪文，右手边则是厚厚的一沓稿纸。他一边翻看左边的资料，一边用红笔在上边做注释，还不时地用右手边的稿纸写上一段。三造是油井伯爵的学生，在油井伯爵过世之后，他门下的学生和志同道合的同僚经过一番商议后，决定推举三造来负责整理伯爵晚年发表过的文章和遗稿，并编撰成书。同僚们都希望能在伯爵百日祭之时，能看到这位当代名士生前的遗作合集。

然而，这份工作并没有三造意料中的那么顺利，因此他常常加班到深夜。

这天晚上，他就用了一个多小时才把一本杂志上二十多页的相关文章读完，然后他打算停下来休息一会儿。三造把手中的笔放下，接着拿起卷烟袋，抽出一支烟，点着了以后，他把烟叼在嘴里，看着前方。

此时已经过了午夜十二点，但具体是几点，他也已经没有概念了。他已经习惯于这种埋在书稿中的深夜工作，疲劳时而出现，时而消失，或者只是他麻木了。

等到他抽出第二支烟点着的时候，外边已经听不到雨声了。他吐出一个烟圈，然后看着它们渐渐消失在空气中……接着他发现了不对劲儿，烟圈不再往上升，而是集聚在了半空，接着，它们形成了一个人的形状。

三造吃惊地看着这个似曾相识的轮廓越来越熟悉，不一会儿，他就认出了这是谁。

“好久不见了啊，山田。”烟形成的人笑着对他说道。

三造吃惊地看着他，一句话都说不出来。

“那么，伯爵的遗稿整理得怎样了？说实话，虽然伯爵门下有那么多学生，但实际上只有你们几个人会愿意做这种烦琐的工作，也只有你们几个才能把伯爵的遗志真正继承下来，对此，我真是感激不尽。我相信，伯爵也有着和我一样的心情。说实话，我很同情伯爵，所以我也一直陪伴在他左右。我相信你们一定从他那里听过‘木内出现在我梦里了’这样的话，其实那并不是梦，只是年老的伯爵总是不敢相信他确实见到了我。”

三造赶紧摆正自己的身姿，虽然他已经精疲力竭，但是他清楚地知道自己并不是在做梦，此时他内心充满了敬意，在全神贯注地听着眼前这个人说话。

这个人，正是油井伯爵指导的在野党下战略军师之一——木内种盛。他的一颦一笑，都和三十年前一样。

“但好在一切都已经步入了正轨，我党如今的发展也算是翻开了新的篇章，我也总算是可以放心地到我该去的地方了。不过在我离开之前，我还有一些事情需要和你坦白。”

三造恭敬地点了点头，表示自己已经做好了聆听的准备。

木内接着说道：“你还记得三十年前，我离世时候的情形吗？”

三造点了点头。实际上，那一切到现在依然历历在目。当时，他一收到木内病危的讯息，就马上和同僚赶到医院去，然而他们还是没来得及见木内前辈最后一面。当他们赶到医院的时候，只看到了木内的尸体被白布盖着，床边铜盆里的血反射出了冷冷的光。

“不！不！这不是真的！”三造无法接受眼前的一切，他抱住自己的头努力让自己保持冷静。但一道前来的同僚已经暴跳如雷，一个拳头砸在了墙上，愤怒地对床边面无表情的院长青木宽和几个医生喊道：“你们为什么不救他！为什么！你们跟杀人凶手有什么分别！”

“我们已经拼尽全力，”院长推了推鼻梁上的眼镜，脸上依旧没有任何表情，“但木内先生的病情恶化得太迅猛，我们已经无计可施，还请你们节哀。”

“无计可施！我看你们根本就没救他！你们这群庸夫俗子！根本就不知道木内意味着什么！”前辈冲上前去，抓起院长的衣领喊道。

此时的贵族政府已经日薄西山，而三造等人所加入的在野党正全力寻求拯救国家的方针，木内作为这个党派的军师之一，他的死所造成的损失无疑是不可估量的。所以三造并没有阻止前辈粗暴的行为，他则感同身受。

“实在是抱歉，但我们的确是尽力了，还是请您节哀顺变为好。”即使被抓着衣领，院长仍旧是面不改色。

前辈一把将院长扯到装满血的铜盆面前，怒吼道：“你看看，你告诉我，怎样的肠胃病才有可能吐这么多血？”

“偶尔也是会有肠胃病的病人吐血十分严重的，这并不奇怪，木内先生的病情确实是很严重了。”院长淡淡地说道。

前辈抓着院长衣领的手缓缓松开，他慢慢地后退，喃喃自语道：“这怎么可能呢……木内虽说常常犯肠胃病，但以前他只要在宿舍好生休养几天就会没事……要不是因为他宿舍常常有人拜访，他怎么会想到要来医院休养？怎么没来几天就恶化了？这怎么可能……这怎么可能！”

院长站直身子，接过话：“这件事上我们确实有责任，我们也跟你一样，想着木内先生这次肠胃病应该和以前没什么两样，没有加意看护，才让他病情恶化得这么迅猛，我们也是始料未及的，请你们谅解。”

这时候，闻讯而来的人们也赶到了病房，大家目瞪口呆地看着眼前的一切，又赶紧围到前辈身边去。大家都一致认为，木内先生的病逝必有蹊跷，可是没有人能说出个所以然来。消息一传到身处关西的油井伯爵那里，他马上迅速赶回东京，计划把木内的遗体送去解剖，以查明真正的死因。然而此事却遭到了重重困难，最后还是不了了之。但是这并没有改变党派内人士对此事的看法，他们坚信，木内一定是被人害死的。

木内死后不久，青木院长却得到上层的提拔，仕途一路顺畅，一下子就步入了上层社会，甚至还被封为了男爵。在野党的战友们听闻此消息后，都马上想到了木内先生的离奇死亡，大家心想着，必然是因为青木不择手段害死了木内，才会得到幕后主谋的提携。

“你们猜得没错，我就是让青木那个小人害死的！”木内一句话把三造从回忆中拉了回来，木内又接着说，“那幕后主使就是三田尻和山口这两个恶人，青木这走狗就给我灌了玻璃粉，所以我才会吐了那么多的血。要不是因为这些十恶不赦之人，我党怎么会一下子乱了阵脚，害得削减预算的计划不能如期完成！那岌岌可危的内阁才得以苟延残喘下来，让走狗青木宽捡了个男爵当！”

“难怪！”三造说道。

木内继续说道：“原本我打算立刻就取了那走狗的性命，不过我转念一想，这样太便宜了他。于是，我就一直等着，找准时机，给那走狗致命一击，让他尝尝地狱的滋味。”说着，木内脸上浮现了一丝笑容，“皇天不负有心人，终于让我等到了这绝佳的机会。”

三造一下子就想到了近年青木宽的遭遇。从去年开始，就一直有传闻说青木家接二连三遭遇不幸，难道和木内前辈有关？

木内笑着说道：“没错，是我。青木走狗被封为男爵以后，财富地位都有了，自然就把人生希望寄托在两个儿子身上。他常常会跟自己的妻子说：‘若是两个孩子能够出人头地，我就别无所求了。’哈哈，没错，这就是青木的软肋，我怎么会让他达成心愿？我就等着他两个儿子快踏上人生巅峰的那一刻，让他们一下子踩个空，摔个粉身碎骨！”

三造听说青木的大儿子是学商的，青木便托关系把他送进了商会。而那个小儿子，学的是医学，当然就被安排到自家的医院里去当副院长了。

木内继续说道：“于是，我的复仇大计终于开始了……”

就在去年，青木宽的大儿子升到了分公司总经理的位置，这分公司在美国的旧金山。木内便先设计让他到剧院去看剧，结识了那个剧团的招牌女演员。那个女演员不费吹灰之力就把大儿子的魂都勾走了，他对女演员几乎言听计从，因此身家财产也叫那女演员榨得一干二净。最后，大儿子实在拿不出钱来讨那女演员的欢心了，自然就遭到了冷落。

这时，木内又设计让大儿子的一个部下教唆他挪用公款，一心想着美人的大儿子很快就入了圈套，动用了公司近六十万的公款。不久就被日本的总公司发现了端倪，于是就勒令他马上回国说明情况。大儿子接到命令之后想，至少要先去见情人一面，再回国。于是，大儿子就动身到女演员住的酒店去找她。来到房门前时，他发现门居然是虚掩着的，于是他想都没想，推门而入。结果，他一下子撞见女演员和另一个男人在房里聊得正欢。他还不知道该作何反应时，女演员就站起来，指着他鼻子骂道："你这人真是没素质，也不敲个门就直接进来了，真是下三烂……"

大儿子尴尬地笑了笑说："我也不是故意的，主要是那门没锁上，我也没多想就……"

女演员平时就对大儿子没好脸色，大儿子在她面前也是俯首称臣的姿态，所以即使他撞见了女演员在私会其他男人，他也不敢发作，只能强作镇定。

"你撒谎！门我明明刚才锁上了，你肯定是不知道从哪里弄到了备用的钥匙，以为我不在就想趁机溜进来打探我的秘密吧？你真是叫人讨厌！马上给我滚出去！滚出去！"女演员立马对大儿子破口大骂，毕竟大儿子坏了她的好事，况且她也发觉大儿子那里也没有多余的可利用价值了，自然恶脸相向了。

原本低声下气的大儿子被女演员这一通破口大骂激怒了，他反唇相讥道："像你这种见利忘义的贱女人，我也不再想多看一秒钟！"

女演员见到平日对她千依百顺的大儿子居然会对她破口大骂，心中自是怒不可遏，冲上来就把大儿子往外推，边推边骂道："滚！快滚出去！别在这里恶心我！"

大儿子被推到门外后，女演员一下就把门关上了。

大儿子的怒气仍旧没有平息下来，他站在门口，对着门口的瓦斯灯咒骂。这时候，木内就在白色的灯光中现形了。大儿子吓得嘴巴张得老大，揉了揉眼睛，发现木内还在灯光中，还对他笑！他大叫了一声，冲了出去。

他跑到马路边，听到喇叭声，回头一看，一辆大货车正朝他驶来，黄色的车灯里又是木内站在那里对他笑！大儿子一下失去了意识，往前倒去，正好和货车撞个正着，车上锋利的铁皮把他的肚子划了一个大洞，肠子都流了出来……

三造一拍脑袋说道："我想起来了，去年报纸上就有刊登这条消息，原来那就是青木的大儿子啊！"

木内点了点头，接着说道："对付完大儿子以后，我就开始想计划去收拾小儿子……"

青木家的小儿子有一个女儿，只有五岁大，青木特别疼爱她，木内一直在等着机会下手。

有一天，他看到小姑娘一个人在楼上的窗口旁玩耍，他就知道机会来了。他弄了几朵颜色艳丽的罂粟花在窗口摇动着。小姑娘一见这花，就喜欢得不得了，但她的手是够不着的，于是她就开始大叫下人的名字："阿春！阿春！"木内又把花弄近了一些，小姑娘一看，以为自己能够着了，就伸出手去抓。木内就一直让花在慢慢后退，小姑娘一看快到手的花没了，很是着急，马上就把书桌旁的椅子推到窗口边，然后爬上椅子，再从椅子上爬到窗口，这下，她只要伸出手，就能抓到那美丽的花了。

但是木内怎么可能让她这样得手，就在小姑娘手快够着花的时候，木内一下后退，小姑娘一着急就往前扑，一下子就掉下去了。

痛失爱孙的青木自然悲痛欲绝，但木内并不打算停手。

小儿子失去女儿以后，就开始神经兮兮，疑神疑鬼的。沉浸在悲痛中的妻子也总是一个人待着，小儿子便开始怀疑她红杏出墙了。

有一晚，他从睡梦中醒来，发现妻子并不在身边，他连忙走出房间去找。等他穿过长长的走廊，走到他父亲房间附近时，他突然听到了一个女人的嬉笑声，那分明就是妻子的声音，他顿时火冒三丈，头上的青筋都爆出来了，但他马上冷静了下来，悄悄地走近声音的来源处。接着，他又听到了一个男人低低的说话声，天哪，那居然是他父亲的声音！小儿子差点没气晕过去，他不停地说服自己不要去相信这样荒唐的事，但是那声音是如此熟悉，那笑声是如此放荡，让他实在不能故作镇定。

"冷静……冷静！"小儿子不停地对自己说，"事关重大，万一……我青木家颜面何存！"接着，他慢慢走回自己的卧房。

结果，他一回到卧室，发现妻子分明就睡在床上。

他使劲儿打了自己两耳光，确定眼前的一切是真实的，于是他告诉自己，刚才肯定是自己搞错了。于是他也就放心地去睡了，但是他依旧对妻子怀有疑问。一个星期后的一个傍晚，他正在外头散步，这时，一辆出租车从他身边经过，他不经意地看了一眼，竟看到坐在乘客位置上的是妻子！而紧贴着她的男人，就是自己的父亲！小儿子顿时感到一阵眩晕，他用手扶住旁边的围墙。妻子这时候本应该是在本乡公爵家里听着音乐会的，怎么会……

他这次实在没办法说服自己那是错觉，一切都那么真真切切。于是他就独自一人跑到附近的一个小酒馆去借酒消愁，还叫了小姐陪伴。然而他越想越火大，最后把酒杯一摔，付了钱之后，就怒气冲冲地回了家。结果一回到家，妻子就笑容满脸地迎上来，笑嘻嘻地说："哎，你都不知道今天的音乐会有多精彩！"这话犹如火上加油一般，小儿子狠狠地瞪了妻子一眼，妻子虽然感觉莫名其妙，但是也不敢再说什么，只得退到一边去做自己的事。当天夜里，小儿子从梦中醒来，发现妻子竟不在身边，他等了一会儿，就赶紧起身出去找。他直接走到父亲的卧房附近，果然，又听到了妻子的嬉笑声，但听起来是从庭院里传来的。于是，小儿子就循着声音来到院子里，沿着池塘走到假山后头，假山旁边是一个凉亭，声音像是从那里传来的。于是他用树枝挡着，探出头去看亭子里头，结果发现了两个人影。虽然他并没有看清人的模样，但是那女人的声音就是妻子的声音，而那男人低沉的声音，正是父亲的声音。

"无耻！"小儿子气得扶着假山的手都发抖了，他脑子里一片空白，只剩下一腔怒火。接着，他冲回房里，打开抽屉，拿出手枪，又再次回到原地。结果他再往亭子里看的时候，已经没有人在那里了。"这对奸夫淫妇肯定是藏起来了！"小儿子不管三七二十一，直接往亭子里疯狂地寻找妻子和父亲的身影，突然他一转头，就看到了妻子站在不远处，对他不屑地笑着，他想都没想，直接拿出手枪对准妻子开了一枪。

随着枪声音落，眼前的妻子又突然消失了，小儿子吓得目瞪口呆。这时候，真正的妻子和父亲还有家里的书生闻声而来，看到小儿子拿着枪站在那里，表情呆滞。他们赶紧把他按住，捆起来，天亮之后就送到了医院。直到现在，小儿子还待在那个医院里，已经完全精神错乱了。

其实，小儿子看到的那些东西都是木内变出来的，但这些谁都不知道。现在大儿子死了，孙女死了，小儿子疯了，青木一夜之间白了头，身体也垮了，看起来也是命不久矣。

说完这个故事，木内叹了一口气说道："虽然青木十恶不赦，但落到如此田地，的确也是有些可怜呢……"三造也不知道做何评论，两人就这样静静地思考着。等到三造再回过神来的时候，发现木内已经不在那里了。

当然，三造这个名字只是我杜撰的。那位被我化名三造的先生向我说完这桩奇事之后，又说："我原本以为我是太操劳了出现的幻觉，但是第二天，内人就问我说，昨天跟我聊了一晚上的人是谁呢？我这才确定，我不是在做梦。"

# 雨夜的对话（下）

山田三造先生还给我讲过另一个故事。

有一次，他去芝的青松寺出席一个自由党派同志的追悼会，在那里，他碰到了多年不见的好友伊泽道之。山田已经很久没听到伊泽道之的消息了，他都以为伊泽道之说不定已经不在人世了。没想到，这次居然会在会场碰到他。

伊泽道之是山田三造在“有一馆”相识的。当年，政府大力打击了自由党的过激派以后，过激派不得不解散，其中一些领头人就成立了“有一馆”，想以此培养可以继承事业的年轻人，他们两人都是这个“有一馆”的门生。

伊泽道之的仕途相当不顺，甚至可以说倒霉。1884年的加波山事件爆发之时，伊泽道之因为人在宇都宫，没有参与这次富松正安领导的事件，算是逃过了一劫。但在同一年的五月，他参与了群马事件，并担任妙义山阵地的指挥。事后不久，他就被逮捕入狱，这一去就是近十年。后来，他好不容易出狱，先是去了北海道，后来又转到了桦太岛……总之，他总也停不下来劳碌奔波的脚步，就这样四处奔走。山田也越来越少听到伊泽道之的消息了，直到前年，山田去参加了油井伯爵的追悼会时，才听政友又提起伊泽道之，不过那位政友说伊泽道之已经过世了，山田也便这么认为了。

“天啊，伊泽君！好久没见你了，我们前年在油井伯爵的追悼会上相聚时，还说你已经过世了呢。原来你还尚在人世，真是太好了！”

伊泽道之嘿嘿地笑了起来，他的皮肤还像山田最后一次见到的时候那么黑，就连脸上的痘印都一如从前。

“我现在的生活跟死人没两样，也难怪你们会这么认为了。我住在仙台的孩子那儿，每个月孩子随便给我点钱用就行。油井伯爵离世的那会儿，我正好在害病，整个人都快垮了，所以都没精力去给伯爵写封追悼信。我前些天到宇都宫去办事，就听说了这个追悼会，于是我就赶了过来。我就知道你肯定会来参加的，即使今天碰不到你，我也打算过几天去伯爵家上个香，顺便打听一下你的消息。现在看来，你应该混得不错嘛，我经常都能在报刊上看到你写的东西，写得不错的。”

“嘿，”山田不好意思地挠了挠脑袋，接着说，“本来只是工作之余写着来挣点补贴的，没想写着写着就变成了主业。想当年我们还年轻那会儿，谁会想到要靠笔杆子过活呢？”

“对啊对啊，我们当时都想着要在官场上大干一场呢！”伊泽道之接过山田的话笑着说道。山田有些诧异，因为一向性格怪僻的伊泽竟笑得有些孩子气。

伊泽继续笑着说道：“那会儿我还老是想着做炸药，时不时就围绕着金硫黄和盐酸钾打转。”

“提到金硫黄，你知道鲤沼君最近怎样了吗？”

“不太清楚啊……说起鲤沼君我就想起当年的加波山事件。我之所以当时会在宇都宫就是因为鲤沼君派我到那儿去调查一些事情的。不过，我也被鲤沼君的勇气折服，他居然敢直接去剪掉炸弹的电线，还因此丢了一条胳膊，后来的事态发展也逼得富松不得不退守加波山……唉，现在想想，当年的我们真是年轻气盛啊，我现在回想起来都不敢确定那些传奇事件的主人公就是我自己呢。”

“的确，我们那会儿都太年轻了，每个人都想着有朝一日能够当上大臣。说起来也有些不好意思，我们当时好多人走上这条路只是想着能够每晚到新桥去喝花酒罢了。那会儿我还认识一个家伙，想也没想地就跑到吃牛肉的酒馆去大放厥词说：‘日后我当上了大臣，必定每晚来此处吃牛肉。’你看看今天这些来参加追悼会的人，不少就是当年一起做牛肉梦的人呢。”

“你就别提了。我可以为自由党舍生取义，但对于这些什么政友会却是避之而不及的。”

“那是……”

正当两人聊得兴起之时，旁边一个样子看着挺年轻却长了白胡须的老人也加入了他们。他们又聊了一会儿之后，追悼会就正式开始了，两人也便没有多少机会可以继续聊天了。直到诵经念佛和嘉宾发言的环节结束，到了主办方拿出冰酒和鱿鱼干招待来宾的时候，大家才终于又可以继续和友人谈天说地了。

今天来参加追悼会的人大多都仕途不顺，抨击现今时政也便成了大家谈论的主题，但是山田对此并没有多大的兴趣，他看了伊泽一眼，伊泽正在掏烟袋，似乎对大家谈论的话题也没有多大兴趣，于是他用胳膊肘戳了一下伊泽，低声说道："待会儿追悼会结束以后你有事吗？"

"没事啊，"伊泽马上领会到了山田的目的，接着说，"要不我们找个小酒馆，去叙叙旧？"

"我正有此意，那就找个小酒馆去边吃边聊吧！"

"行！"

下午四点多的时候，山田和伊泽两人就一块儿离开了追悼会。他们一边走着，一边欣赏着晚春时节的风景。青松寺外边的树上还盖着一层雾气，天空中挂着几朵乌云。

"好像要下雨了，"伊泽看着那几朵乌云说道，"不过好在现在已经暖和多了。"

"是啊，没准天一黑就下雨。不过下雨不碍事，不刮风就好，"山田接着伊泽的话说道，他在想着要去哪里，"伊泽君有什么想吃的吗？鸡肉？牛肉？还是日本菜？"

"嘿，你刚才不是还说我们以前好些人走上仕途就是为了吃牛肉吗？那我们就去吃牛肉吧，我也喜欢吃牛肉的。"

"那行，那我们就去我常去的那家吧。店面不大，但是东西都不赖。"

两人边走边聊，过了青松寺门前的桥之后，往左边去了。

大概走了五六町的距离之后，山田就带着伊泽拐进了一条小巷，这条小巷上应该有几十栋房子，右手边的其中一家就是他们的目的地。山田领着伊泽走到一个门口挂着"喜乐"名牌的小餐馆门前，走了进去。

"这家店有牛肉，也有鸡肉，你想吃什么都可以的。"走在前面的山田向伊泽介绍着小餐馆的情况，小餐馆的服务员一看到他们走了进来，就马上迎上去跟山田问好，看来山田确实是这里的常客。

"我常去的那间房有人订了吗？"山田问年轻的女服务员。

她回答道：“没呢，我这就领二位过去。”

说罢，女服务员走在前面，把他们带到了二楼山田常去的包厢。这间包厢有五六个榻榻米那么大，中间还设了一道纸门，纸门是开着的。伊泽一进到包厢里边，就马上坐了下去，看样子是走得有些累了。山田则先去找女服务员点菜，伊泽把手撑在后边，望着山田，说：“你还记得木内种盛吧？去追悼会的路上，我还路过了至诚医院，当时好多人都怀疑他是遭人下了毒手才死的，我也觉得他不可能是病死的……”

“哦，你说木内啊，”山田这会儿已经点好菜了，挥手示意女服务员先退下去，然后坐下来继续说，“其实啊，油井伯爵过世那阵子，我还梦到他来着。要说梦，我也不敢确定，因为他就那么真真切切地坐在我面前，跟我长聊了这事情。他告诉我，他就是被青木宽那个恶人害死的。不过，青木宽近年来也算是罪有应得了，大儿子出车祸，小孙女夭折，小儿子最近又因为医疗事故被人告到了法院。真是一人作孽，全家遭报应，唉。”

“这样啊……那也挺惨的。你说，遭遇了这种事，爵位又能做什么呢？”

“要我说啊，如果当年的政友还在，知道是青木宽害死了木内，不得带着金硫黄和盐酸钾上门去找他？”

“就是，”伊泽笑着说，“不用猜都知道，肯定是伊泽道之和山田三造冲在最前头。”

两人相视大笑。

这时候，几个服务员端着小火炉、小菜、牛肉、小酒壶上来，把这些东西放在桌子上摆好，锅放到小火炉上，水不一会儿就开始冒泡了。

接着，其他服务员都退了下去，留下一开始接待他们的女服务员给他们煮东西、倒酒。

女服务员给山田倒酒的时候，问道：“您之前带来的那位客人最近怎样了呢？”

“哦，他呀……”女服务员说的是山田之前带来的一个年轻记者，他笑道，“挺好的呀，怎么？你看上人家啦？”

“怎么会，他那种人这么讨人厌，我才不会看上他。现在的报社记者是不是都变成他那样的啦？”

“别这么说啦，哎呀，我觉得那孩子不错呢。他要是成了家，绝对是那种顾家体贴的丈夫，嫁给他的女孩子，不知道有多省心呢！”

“才……才不会。反正我是不会嫁给他的，别以为他有点才气，有点学问，就能高人一等了。”

“哟，你看你，脸都红了还否认……你肯定是让那孩子拒绝了吧？”在一旁听着他们聊天的伊泽也加入了对话。

调侃一下年轻人之间的事情，山田和伊泽都觉得自己好像回到了当年年少的时光。女服务员下去之后，他们又接着聊起了当年年轻时候的事情……

“伊泽君当年可是酒量上乘的人呢，我记得你那会儿啊，喝个一升的酒，眼睛都不带眨一下的。现在还行吧？”

“也还行吧。不过到底都是年纪大了，酒量那肯定比不上从前了。不过每晚喝个一合酒，还是没问题的。”

“唉，我也是呢，现在顶多也只能喝个三合的酒，再多一点，第二天就感觉浑身不舒服。”

“唉，岁月不饶人哪。我们以后只会越来越老的，有时候觉得还不如在年轻些的时候死掉比较好呢。你看今天追悼会的那个人，生前也没啥上得了台面的政绩，但是一死啊，就马上被活着的人称为‘国士’。这待遇，可比我们这些活着的人强多啦。”

“可不是嘛……”

正说着话时，窗外下起了雨，清晰的雨声打断了两人的对话。

山田听着雨声，又给伊泽倒了一杯酒。“下雨了正好，这雨正好让我们与世隔绝了，适合把酒言欢。我们就慢慢喝酒，要是累了，就到我家去歇息。反正我家离这里也挺近的，你看怎样？”

“行啊！”伊泽马上答应了下来。

两人又喝了一会儿，雨越来越大，都快要把两人交谈的声音盖住了，而两人似乎也已经醉了……

等山田清醒过来的时候，发现包厢里只剩他自己了。他想，伊泽应该是去上厕所了之类的，因为伊泽不是那种会不辞而别的人。他拿起酒壶一看，酒又满了，看来服务员已经来添过酒了，他决定边喝酒边等伊泽回来。

然而他等啊等啊，伊泽就是不出现。走廊里始终没有响起脚步声，除了窗外的雨点掉落在瓦片上的声音之外，他什么也没听到。山田不禁怅然，难道伊泽真的不说一声就走了吗？他决定把服务员叫来问一问情况。

正当他准备拍手时，突然，他发觉对面多了一个身影。

伊泽怎么一下子就出现了？不过山田也没多想，就直接脱口说道："伊泽，你去哪儿了啊？你……"

他半天没说出话。

对面的人并不是伊泽。此人年纪在三十左右，留着一戳小胡子，双眼炯炯有神，有着棱角分明的轮廓，他正微笑着看着山田，接着说道："山田君，你不认得我了吗？"

山田半天才从口里吐出了几个字："是……木内先生吗？"

来人身上的穿着、面容，和前年见到的、由烟化成的木内种盛一模一样。

"是的，你还记得我就好。前年你在整理油井伯爵的遗稿时，我也曾经来拜访过一次，你还有印象的吧？"

山田点了点头，木内就在那次的拜访里说了自己是如何向青木宽报仇雪恨的。

"今日恰逢追悼会，众多政友得以再次齐聚一堂。我也不由得触景生情，就想着要来再见你一面，因为还有一些事要和你交代。"

原本还有一些醉态的山田赶忙端正坐姿，竖耳倾听。

"上次我已经跟你说过，因为当年贵族政府视我为眼中钉，便收买了医院院长青木宽给我下药把我害死。我这一死，让在野党原先定好的削减预算计划也搁置了，内阁政府也得以继续苟延残喘下来。我实在咽不下这口气，灵魂也得不到安息。为了让青木宽那个走狗血债血还，我就设了计，先让他在美国的大儿子沉迷女色，不惜挪用巨额公款，最后还被我吓得撞了车。接下来，我又设计让青木宽的小孙女失足坠楼身亡，让他的小儿子以为自己的妻子和父亲在偷情，把小儿子逼疯。这些事情，我上一次都有跟你说过的。"

山田没说话，对着木内鞠了一躬。

"最近你也听说青木宽小儿子的事情了吧？青木宽中风去世了以后，这一家子就只剩这个小儿子了，他在疗养院待了一段时间，恢复正常之后，又回到了医院去正常工作了。前段时间他给料理店老板娘做了一个手术，我使了点小伎俩，让他手术失败，而那个老板娘也因为这个失败的手术丧命了。那个老板娘也是一个作恶多端的女人，这也算是她的报应。我也正好借此一石二鸟，把这些恶人一并铲除了。”

“我们早怀疑您的死是青木宽一手造成的，我们恨不得扒了他的皮！无奈没有任何证据，只能看着他逍遥法外！”山田听得悲愤填膺。

“山田，醒醒，山田，醒醒，别说酒话了！”山田的耳边传来了熟悉的伊泽的声音，他睁眼一看，发现自己在一个酒吧的吧台前。

“我怎么会在这儿呢？”他向伊泽问道。

伊泽一脸莫名其妙地看着他说：“我们来这儿喝酒啊！都来了好一会儿了，你醉了吧？”

“我……我好像又梦见木内先生了！”山田拍了拍脑袋，接着说道，“也不像是梦，太真实了，我就这么跟他说着话。”

这时候，酒吧附近的铁轨上驶来一辆电车，轰隆隆的声音，一下子就盖过了酒吧里的喧闹声，伊泽也没听到山田说的后面那句话。

# 幽灵的笔记

初夏的傍晚，天空中布满了乌云，海面上也很不平静，狂暴的大风将船帆鼓得满满的，推着大船一直往西边的方向驶去，暗色的波浪不时地打在船身上，那波浪的边缘还闪现着银灰色的光，看上去就像一条条扭动的蛇。

在船尾的舵棒旁边，盘着腿，拿着烟斗，吐着烟雾，淡定地望着船舵的人，就是这船上资历最深的老船夫了。他一边吞云吐雾，一边和旁边两个年轻船夫聊着天，烟斗里的火光随着他的手在黑暗中画下一道道轨迹。

老船夫又吐出了一个烟圈后，开始给两个年轻人讲起他当年到品川去喝花酒的事。

我一到那儿坐下，就相中了桌子上的盘子。

这盘子上的花纹相当华丽，我猜，这要么是中国要么是荷兰的舶来品，一看就值钱得很，我忍不住就动起了歪念头。这么一个盘子拿出去倒卖，今晚花出去的酒钱不就回来了？于是，我就故意放慢喝酒的速度，一直拖到这家店打烊。一般在这个时候，老鸨和店里的壮汉都直接回家去了，然后我就见机装出不省人事的样子，扑到床上就开始呼呼大睡。招呼我的姑娘一看我睡了，她也就出去了。我等了好一会儿，听到外边没什么动静了，于是我就装出要去上厕所的样子走了出去，到大厅一看，果然一个人都没有。我连忙把那些盘子里的菜收拾了，然后把盘子擦干净，接着，我去上厕所，然后回到房间继续装睡。好不容易熬到了第二次鸡鸣，我赶忙把身上的睡袍脱下，穿上自己原来的衣裳，匆匆走到客厅去，把刚才收拾好的盘子塞到后背上，接着马上回到房间里去，装出一副刚酒醒的样子，还点着了烟。

过了一会儿，招呼我的那姑娘就回来了，我马上跟她说我差不多该走了，她也不惊讶，看来像我这种天还没亮就走的客人还是不少的。

“那我送送您。”那姑娘说了一句。我连忙摆摆手说不用，接着就快步走了出去，那姑娘也跟了上来，估计这是她们的规矩。我只好让她跟着我到大门，眼看着走出大门我就大功告成了，万一在这个节骨眼出什么岔子可就完了。当时我大气都不敢出，暗暗告诉自己要沉住气，还做出一幅轻松的样子。

我走到了大门，妓院的守夜人拿来了我的木屐，并且把大门打开。我穿好木屐，正准备走出去的时候，突然，那姑娘冷不丁地拍了一下我的后背，笑着说道：“以后常来呀！”边说着她又拍了两下，每一下都正好叩在盘子上。

她心里明白我偷拿了盘子，但也并不打算揭发我。不过也是，她揭发我也没有什么好处，再说了，那盘子根本不值几个钱。我后来回去仔细洗了一遍，你们猜怎么着，那花纹就没了，那就是些画着颜料的普通陶盘而已。

不知道过了多久，船已经经过了远洲滩的互岛。老船夫把自己兜里的那些故事都讲得差不多了，三个人就只能有一搭没一搭地说着话，沉默了好一会儿以后，突然，其中一个年轻人盯着帆布的方向，惊恐地说道：“那……那是什么？”

其他人顺着他的目光望去，只见帆布后边竟然出现了一个虚无缥缈的人影，那人影愈来愈清晰，最后可以清楚地看到，里边有一张轮廓分明的人脸。

老船夫见势不妙，马上喊道：“是船鬼！”接着他伸手示意大家往后退。然而两个年轻人已经吓得动弹不得，老船夫继续呼喊其他人：“船鬼来啦！快来人啊，把香灰拿过来！”

“大家莫怕，我并不是什么船鬼。”那个人影停留在原来的地方，并没有要靠近他们的意思。

“你别骗人了，要不然你还能是什么！”老船夫大声喝道。

“其实，我曾经也和诸位一样，是一个整日经受风吹雨打的船夫啊。我是土州安云郡人，叫孙八。就在上个月的二十日，我们的船经过这里的时候，遭到风暴的袭击，一船的人无一幸免……其实，我此番前来，只是想拜托你一件事。”

“什么事？如果我能帮上忙，必定在所不辞。”

“太谢谢你了！其实，我只是希望你能向藩国通报，告诉他们，我们的船遭到了暴风雨，船上的二十名船夫，无一生还。”

“这倒是没问题，我们这条船会在大阪停靠，到时候我就给你去向大阪的土佐藩邸通报这个事情。只不过我这样两手空空去说，恐怕不太好，你要是能给我个信物什么的最好了。”

“可以。请问船上是否有笔墨纸砚？我这就给你写个字据作为凭证。”

“有的有的，我这就叫人给你去取。”老船夫边说着，把瘫坐在地的其中一个年轻船夫拉起，派他到船舱里去取笔墨，并让另一个船夫把旁边的工具箱打开，取出里边存放着的纸。

不一会儿，年轻的船夫就带着笔墨回来了。

老船夫把纸摊开，把毛笔递给那叫孙八的男鬼，说：“都给你准备好了，你写吧。”

孙八接过毛笔，开始在纸上写字。不一会儿，他便写好了，接着他把字据捧到老船夫面前，感激地说道：“这是字据，这件事就拜托你们了！”

“你就放心吧，到了大阪之后，我马上就给你送去。”

老船夫话还没说完，孙八就消失在了空气中。

船一到大阪，老船夫马上就带着孙八写好的字据去找土佐藩邸。正好，那里有个官员和孙八相熟，然而他们几个人围着字据看来看去，谁也不敢下定论说这是出自孙八之手。最后，其中一人突然想到，孙八有个相好的住在主吉，可以找她来辨认。

官员们一听，马上派人去请孙八的相好过来。

派去的人不久之后就把孙八的相好带过来了，官员们一见到她，就把字据拿出来给她辨认，问道：“你仔细瞧瞧，这字你可认得？”

那女子一脸迷惑地接过字据，仔细看了看。

一旁的官员赶紧给她解释说：“有艘萨摩藩的船经过远洲滩的时候，碰到孙八的鬼魂，然后就托他们带回来了这个字据。你看这个字，是不是孙八的呢？”

还没等看完全篇，她已是泪流满面。

“对……这就是孙八的字迹！”

说完这句话以后，女子便大哭起来。

# 二楼的鼓声

此时正是春日正好的时节，柳桥游船店里的女仆们都陪着客人去游船赏花了，只剩老板一个人留在店里算账。他一边抽着烟斗，一边翻看账本，好不自在。

这时，他听到了一阵奇怪的鼓声，咚咚咚……

其实，在这附近有鼓声并不是稀奇的事情。问题就在于，这鼓声竟像是从自家二楼传来的——可是只有他自己在家啊。他也顾不得把烟斗里的烟灰倒了，就赶紧走上二楼去看个究竟。

他走上了楼梯。这家游船店就在神田川旁边，此时神田川的水位比前些日子高了一些，水面在正午阳光的照射下闪闪发光，不远处还有几艘小船在慢悠悠地前行着，好一幅岁月静好的美景。

鼓声忽远忽近，远的时候，老板都不由得怀疑是自己多疑了，说不定就是别人家的鼓声，然而，近的时候，鼓声却犹如在耳边。

他走到了二楼的走廊上时，鼓声突然消失了，一切都恢复成刚才的样子，旁边的那一幅画依然还是安安静静的。

但是老板还是想到二楼的房间里去看看。他走到走廊的尽头，一下子拉开了纸门，眼前的一切让他大吃一惊——

在房间的榻榻米上，坐着一个素未谋面的年轻女人，她梳着岛田髻，身上的长衫是绯色的，腰间还系着一条蓝色的腰带。在这名女子的对面，还有一个面容白皙的年轻男人，身上穿着一件夹层棉袄，肩上还有一只花鼓——看来就是这花鼓发出的声音。

可是，这两个人是谁呢？今天店里并没有客人，也没有歌姬，手下的女仆也已经都出门去了。正当老板准备开口询问他们的时候，两人一下子就不见了，只剩下目瞪口呆的老板。愣了半晌，老板对着空无一人的房间说道："真是抱歉，不小心扰了两位的雅兴……"

说罢，他就把纸门拉上，下楼去了。

老板并没有跟其他人提起这件怪事。直到十几天后的一天，老板在账房算着账，手下的一个女仆慌慌张张地跑了进来，还一副惊魂未定的样子，一见到老板就说道："天啊！不好了！"

老板抬起头，看着她问道："什么不好了？"

"我看到了可怕的东西！"

"什么东西？"

"我刚才到二楼去打扫房间的时候……"

老板想到了她要说的事情，从容不迫地说道："哦，你也碰见了啊。"

"老板你碰见过？"女仆一脸惊讶的表情。

"嗯，"老板一边继续算账，一边淡定地说道，"是不是一男一女，男的在击鼓，而女的则是在听。"

"对啊！"女仆连连点头。

"嗯，好，我知道了。你也不用害怕，那是咱们家的熟客来着，不用到处张扬这事。"老板叮嘱道。

虽然这么说，但老板自己其实很想查清事情的真相。接着，他想到了一个住在这地方很多年的盲人按摩师，于是他便找了个机会请这位老师傅到家里来给他按摩，并装作不经意的样子问道："师傅，你知不知道这房子以前出过什么事呀？比如说有年轻女子遭遇了不幸之类的。"

"好像……"师傅停止了按摩的动作，陷入了沉思，不一会儿，他说道，"确实是有出过人命的事。你这栋房子之前的主人有一个养女，有几分姿色。下谷武士家的儿子看上了她，想娶她为妻，于是就上门来提亲了。接着，两人就结婚了，还没过多久，那儿子就死了，养女也就守了寡，就回娘家来了。其实，这家主人还有一个养子，和这养女是青梅竹马来的，但是主人不让他们成亲。养女回来不久，主人又给她找了一个女婿入赘，于是养子和养女就约定殉情了。据说主人为了保全面子，就对外声称他们是染上不治之症去世的，两人最终也没能葬在一起。对了，听说他们殉情的地方就在二楼的房间。唉，这都已经是二十多年前的事情了，你要不提，我都快忘了还有这回事了。”

“哦……还有这样的事情啊……原来如此……”老板喃喃自语道。

# 失去母亲的孩子

在明治初年的时候，那会儿在东京的街上还能看到很多人力车，这些人力车的车夫通常背后都画着武士的图样，这些车夫通常都要从早忙到晚。他们其中有一人，妻子刚刚过世，留下了一个刚满三岁的孩子。这个车夫必须要出去拉车才能养活自己和孩子，而他又不放心幼子一个人在家，于是他出去拉车的时候，都会把孩子拜托给邻居照看。

有一天晚上，车夫迟迟没有回来。但是这天照看孩子的邻居手头也有一些事情要忙，他想着估计一会儿车夫就回来了，于是他对孩子说："你爹差不多该回家了，我先把你送回家去等着吧。"

然后邻居就把孩子送回了家，还给他点上了油灯。

然而，车夫一直都没有回来。独自在家的孩子便开始哭泣，一开始只是小声地啜泣，接着就变成了号啕大哭。声音传到了邻居家，邻居便感觉到有些内疚，心想不应该自己图方便就把孩子单独留在家里的，因此他准备起身去把孩子带回自己家里来。就在他正准备出门的时候，孩子的哭声没有了，取而代之的是嬉笑声。邻居听着孩子开心的笑声，便猜测应该是车夫正好回家来了。不过奇怪的是，车夫回来的时候，都会伴随着空车"嘎吱嘎吱"的声音，而且通常车夫还会到邻居家里来道谢。他左思右想，怎么都觉得在车夫家里哄孩子的那个人不可能是车夫。为了探一探究竟，他还是决定去车夫家一趟，于是他便走出了门。这时候，恰好碰到车夫拉着车回来了，经过邻居家门口看到他时，还停了下来特地道谢，然后回自己家去了。

这就说明孩子刚才确实是自己一个人在家的，那他怎么会被哄得笑嘻嘻的呢？

难道他是自己在逗自己吗？邻居想来想去还是觉得这其中有蹊跷。有一天，车夫又把孩子寄托在他家的时候，他便问孩子："前两天我把你送回家的时候，你爹还没回家，你还记得吗？"

孩子点了点头。他接着问道："那你怎么哭着哭着就笑了呀？"

"因为我娘来陪我玩了呀。"孩子歪着头回答道。

邻居顿时被吓出了一身冷汗，他战战兢兢地问道："你看到你娘回来了？"

"嗯。当时我等我爹等了好久，他都没回来，我就哭了。我一哭，我娘就来了。她把我抱在怀里哄我，还给我喂奶喝呢。"

邻居一听这话，赶紧拉起孩子的手，带他回到自己家，然后问他："你看到你娘是从哪里来的吗？"

"呐，就在那里。"孩子指着一个方向，邻居顺着他手指看去——那是车夫平时放车的地方。

# 借法衣的年轻人

这个故事发生的地点我不太记得了，可能是在东京的千住，也可能是在琦玉的熊谷。但是有一点可以确定的是，这是在一座尼姑庵里发生的事情。尼姑庵附近的村里有个年轻人，常常会到庵里来做客。有一天，庵主突然发现年轻人已经有好一阵子没来了，她感觉有些不对劲，于是她打算找个机会问问和年轻人同村的人，年轻人身上发生了什么事情。

结果没过几天，庵主还没找到可以问的人，年轻人倒是自己上门来了。

“哎呀，你终于来了……我说好一阵子都没见你了，还有些担心呢。”

年轻人笑了笑，说：“我这段时间生了病，身体一直不太舒服，也不方便走动。”

“这样啊，”庵主看了看年轻人的脸，觉得他确实脸色很难看，便关切地问道，“那现在呢？好些了吗？”

“好多了，”年轻人回答道，但声音听起来还是有气无力，他接着说道，“其实我这次来，是想向您借一样东西……”

“如果我能借你的话，自然会借给你的，你想要借什么东西呀？”

“是这样的，我想借您的法衣一用。”

庵主听了感觉有些莫名其妙，于是便问：“可以倒是可以，可是你要借法衣做什么呢？”

“不会用来做什么坏事的，你就先借给我吧。”

年轻人说得很诚恳，似乎有难言之隐。庵主也不好再继续追问下去，便回到里屋去取了法衣来给年轻人，年轻人一番道谢之后，便离开了。

过了一会儿，庵主经过大门时，发现自己的法衣被放在了大门口。她感到十分奇怪，明明刚才年轻人来求她给自己法衣，怎么这么一会儿就把法衣丢在大门口了呢？难道是他拿了法衣回去之后，又发现没用了，然后又给拿回来丢在门口了吗？这也太失礼了吧！但是这个年轻人是个有教养的人，不会做这种事情才对，庵主百思不得其解。

正当庵主满腹狐疑的时候，年轻人家里派来了一个使者，告诉庵主，年轻人之前患了重病，已经卧床多日，就在昨天去世了。庵主十分吃惊，原来她刚才见到的是年轻人的鬼魂。

但是年轻人为什么要来找她借法衣呢？为了解开疑惑，庵主决定到年轻人家里去一趟，顺便吊唁年轻人。

她来到年轻人家里，找到年轻人的母亲，和她说了这件事。母亲边哭边说道：“我也不知道那孩子为什么非得去借法衣……他最后这几天总是把衣服弄脏，我们就总是给他换，实在没衣服穿了，就只能先给他穿了女人的睡衣将就着……他可讨厌穿女人的睡衣了……”

# 噬神

傍晚，土路被斜阳炙烤着，饿坏了的长吉在路上走着。路不宽，并且脏兮兮的。路两边有很多店——点心店，香烟店，荞麦面馆，酒馆，杂货店，和服店……店与店之间由树篱隔开，中间夹着几户农舍。

马车、马儿、自行车相继过去了，一个身穿和服、脚踩皮鞋的八字胡男人过去了，马夫将马拴在小酒馆门口，走进店，大声说笑着。

所有的一切都很符合这个小镇的氛围。

空气里飘散着各种味道——甜的、酸的、咸的……似乎还有烤鳗鱼。长吉用力吸了吸鼻子，终于停下了脚步。

没办法，他实在饿得不行了。

面前是一家粗点心店。店门口的台子上摆着一些玻璃做的糖果罐，其中一只里面装满了糯米糕。长吉望向那些罐子，显而易见，他非常想吃糯米糕，只可惜，他也很清楚，自己的口袋里并没有足够的钱。

于是，他也只能想象自己正津津有味地吃糯米糕的情形了。他可不想再像昨天一样——昨天，他因为实在饿得不行，只好去了附近小镇里的一家小饭馆。那里的饭非常好吃，他一口气吃了四五碗，才总算填饱了肚子。

不过，他却没钱付账。

老板娘见他没有钱，马上变了脸色，还狠狠地揪住他，劈头盖脸地骂了一顿，末了，又喊来几个人，把他从店里扔了出来。

长吉呆呆地站在店门口，脑海中又浮现起那个老板娘凶神恶煞的样子——他记得非常清楚，她当时非常生气，应该还气得头疼了，因为她最后还在太阳穴贴了一个治疗头疼的梅干。

算了，算了，还是别吃糯米糕了，万一再碰上一个这样的老板娘呢……长吉无奈地想着，终于叹了口气，继续往前走。

不过，他真的已经要饿死了。无论他怎么转移注意力，依然忘不了糯米糕的香味。

这就是这么长时间以来他一直不得不做的事——为填饱肚子而不断地奔波着。

有没有能换钱的东西呢？他低头看了眼自己。无可否认，自己现在的样子非常寒酸，除了一身破衣服，所有的财产只是一块油迹斑斑的手巾和所剩无几的火柴。如果说唯一能值点钱的东西，应该就是脚上穿的这双橡胶鞋了。它虽然曾经破过一个洞，但早就补上了，现在看上去，依然像双新鞋。

长吉曾经在一家小酒馆里做事，这双鞋是他偷了酒馆的钱之后，在逃跑的路上买下的，算是一件很有纪念意义的东西，也非常实用。

卖不卖呢？还是再想想吧，如果把鞋卖了，以后找到工作，可就再也没有像样的鞋穿了。

不过，如果不卖鞋，又从哪里弄些钱呢……他又发愁起来。

正在这时，一阵煮蚕蛹的腥味扑面而来。长吉本来非常不喜欢这种味道，不过，当一个人真的饿到了一定程度，也就不会恶心任何食物了。他伸长了脖子，期待地望向那边。

那是一家小杂货店，门口像点心店前面一样，也有个平台。上面放着一套男式夏装，布料上等，应该值几个钱。

拿到它，就能有糯米糕吃了。长吉这样想着，不禁变得兴奋起来。他着魔似的朝那件衣服走去。此时此刻，它在他的眼睛里早就已经变成了热气腾腾、香气扑鼻的糯米糕。

“喂，你要干什么？”还没等长吉碰到那件衣服，一个壮实的男人就从屋子里走出来，疑惑地问。

“我，我累了，”长吉语无伦次地掩饰道，“我累了，只是想在这儿休息会儿，并没有别的意思。”

“这儿不是茶馆，谁允许你坐这儿的？”

"就坐一会儿都不行吗？"

"算了吧，你明明是要偷东西！"男人一眼就看穿了长吉的心思。

"阿由，发生什么事了？"

正在长吉支支吾吾、无言以对的时候，一个老人走了出来。男人一见老人，赶紧向他交代了事情的原委。

"好啦好啦，你消消气，交给我来处理。"老人用一副息事宁人的语气说。

"好的！但是，您可千万别把这混账小子放跑了！他鬼鬼祟祟，分明就是想偷我的衣服！"男人恶狠狠地瞪了长吉一眼，恨恨地说道。

长吉瞥了一眼男人，心里七上八下的。因为对方并没有抓到任何证据，他非常想反驳，不过，他很清楚如果吵起来，甚至打起来，自己这么瘦弱，完全打不过这个身强力壮的男人，如果对方再叫来一群人，自己就更没胜算了。于是，不管那个男人说得多难听，长吉也都是默默地听着，一个字都不说。

幸亏那个老人还算厚道，好说歹说，劝走了男人，这事儿才算了结。

长吉垂头丧气地离开杂货店，整个人依然饥肠辘辘。突然，前方风风火火地闯来几个小学生，长吉赶忙躲闪到一边，而小学生们继续嬉笑，放肆地朝前奔跑着。

前方是一望无际的路，路边有一家荞麦面馆。很快，长吉又被一阵大葱的香味吸引了。

算了，算了，还是进去吃碗面吧！要是老板要钱，干脆就把鞋子给他算了。可是，万一又遇到一个那样气势汹汹的老板娘……长吉想到这里，心里不由得一哆嗦，又开始犹豫了。

这时，一个包子突然滚到了他的脚边。原来对面走来一个五六岁的小男孩，这个包子是他不小心掉的。

长吉什么也不管了，直接捡起包子就吃。

"你偷我的包子，你偷我的包子！"男孩见包子没了，一把抓住长吉，急得大哭起来。

长吉根本没料到孩子会这样，他被这吓得不轻，赶紧挣脱男孩的手，打算转身逃跑。

男孩却很有耐心，一直紧追不舍，一边跑还一边又喊了一遍相同的话。

“怎么回事？谁偷你的包子了？”没过多久，一个体格健壮、劳工样子的男人从一旁冲了出来，打算为男孩抱不平。

“是他！就是他！”男孩说着，用手指了指长吉。

“你这个狗东西，连孩子的东西都要偷！”听罢，劳工一把抓住长吉的脖子，怒斥道。

长吉知道自己跑不掉了，干脆心一横——反正包子已经在肚子里了，不如狡辩一下吧！

“你这人怎么这样！我根本没见过你说的什么包子。”长吉一边回味着嘴里残留的包子味道，一边狡黠地说。

“浑蛋，居然还敢抵赖！”劳工不依不饶，就像知晓一切一样。

“是他！就是他，他把包子吃了！”那个小男孩也在一边叫着。

劳工听完，气不打一处来，狠狠地给了长吉一拳头。

这一情景引来了路边居民的围观，他们一边看热闹，一边讥笑长吉。长吉又生气又不敢声张，只得拼力从劳工手里挣脱，悻悻地跑进了一条小巷里。

如果可以的话，长吉真想瞬间转移到别的地方，这样就能避免尴尬了。

他一口气跑了很远，才敢停下脚步，继续慢慢地走着。

走着走着，他发现了一座满布苔藓的石鸟居。长吉不想去神社，却又实在没什么地方可去，只好穿过鸟居，继续向前走去。

通往神社的路上长满了高大的杉树和榉树，树荫非常浓密，阳光只能透进来一点点。因此，树林里的光线很暗。隐隐约约地，长吉可以看见树林里面有几座瓦片房，那里应该是神职人员的住所。

树林的右侧是一条石板路，石板路附近是一座铁皮小房子，应该是个消防小屋。

不远处就是神社大殿。长吉穿过小屋，继续向前走。周围死一般的寂静，显得有点阴森。

很快，长吉来到一个葫芦池旁边，池水上面是一块通体雪白的石板，上面散落着一些枯枝落叶，长吉走上石桥，无意间将一团树叶踢到了水池里。

两条鲤鱼欢快地游过来，它们一定以为那团树叶是食物。

你们才是我的食物！长吉已经饥不择食了，对他来说，这两条突然出现的鲤鱼简直就是上天的恩赐。他决定把鲤鱼抓来烤着吃。

不过，得先准备一些鱼饵，长吉这样想着，四处望了望，然后沿池塘左边走去。那里长满了朱红色的花。长吉蹲下来，扒开枯枝落叶，使劲儿向下挖去。

果然，他的判断没有错，这里有很多蚯蚓。

抓到蚯蚓后，他又用树枝和布条做好了“钓钩”。不过，因为要避开大殿里的人，他特意往前走了几步，用长了山茶花与黄杨树的树林做掩护，小心翼翼地将鱼饵抛入水中。

即使是这样，他也一直在提心吊胆，生怕被别人发现。幸亏鲤鱼不算聪明，没过多久就上钩了。

他怕被人发现自己偷鲤鱼，便脱下衣服，将鱼裹住，小心地望向神社的入口。见没人，他便放下心来，想找个隐蔽的地方烤鱼。

他匆忙地走上神社门口的一条小路。这条路上人烟稀少，放眼望去，全是大片的旱地，里面种着一些黄瓜和桃树。一对父子正在给黄瓜喷药。

长吉本来打算顺手摘两根黄瓜，却发现那药水绿莹莹、黏糊糊的，看起来实在恶心极了，只好打消了这个念头。

距离黄瓜地五六町的地方是一片杂树林。长吉仔细看了几眼，心想这里是烤鱼的好地方，便爬上了前面的小土丘。

但是，这里很难生火。于是，他决定去山丘另一头的树林里烤鱼。

走着走着，他来到一棵榉树下，惊讶地发现了一座小小的神龛，前面供着五六根黄瓜和两瓶神酒。他什么都不管了，拿起便吃。一直把黄瓜都吃完，长吉才心满意足地拿起之前一直裹着的鱼。

突然，他手上一滑，鲤鱼落在了沙地上，不停地蹦跳起来。他大惊失色，一把抓住鱼。

可是，总不能吃一嘴沙子吧……他这样想着，想找点水，洗一洗鱼身上的泥沙。

他向四周望了望，发现贴近地面的树干处刚好有个洞，里面积着一汪水。他刚想把鱼放进去，就听见不远处传来了人声。

他一慌张，鲤鱼再一次脱手，掉进了水坑里。

反正这水坑也不大，长吉这样安慰自己，等一会儿再抓吧。

他站起身来，披上衣服，装出一副没事儿人的样子。

两个路人渐渐走近了，一个是身材佝偻的老人，一个是身着短装的农夫。

老人走到庙前，看到黄瓜没了，大惊失色道："这！这！我明天得再拿新的贡品来！"

长吉心里凉了半截，觉得一定是老人发现他偷吃了黄瓜了。

此时，树洞里又传来了水声，长吉又一想，完了，连鲤鱼也要被发现了，他可不想再像之前那样被人打骂了。于是，他决定佯装镇定，朝那两人的方向走去。

"神明显灵了啊！"这时，他听见那个老人家对着树洞大喊，边喊边拍手跪拜。

长吉走过去，发现那个农夫也凑了过去，和老人一起专注地盯着那个树洞看。

一年后的初冬，长吉拖着伤腿走在路上，迎面遇见两个人，他们正赶着一辆装满白萝卜的人力车，其中一个是体格健壮的年轻人，另一个是气色很好的白发老人。

老人看见长吉，关心地问道："你腿不好啊？"

"是啊。"长吉丧气地应答。

长吉离开树林后，成了一名矿工，后来因为和矿上的技师起了冲突，逃了出来。在翻过矿山的后山时，不慎跌到谷底，弄伤了右脚。

老人听罢，突然起了兴致，神秘兮兮地对长吉说了一处神灵所在地，让他赶紧去拜拜，也许可以恢复健康。

老人绘声绘色地讲着，神乎其神的样子。长吉一开始还认真地听着，后来仔细一想，那不就是从前那个树洞吗？

"那个树洞里有神仙，还变成了一条鲤鱼呢！"老人津津有味地讲着，"现在那里有个老头带着孙子，专门卖给人们上供用的东西，你可以买一点，求神灵让你恢复健康。"

长吉听到这里，不觉身子一震，那不就是当年他抓住又不小心给放跑的那条鲤鱼吗？

"好的，那我去看看，多谢了。"等那两人走远了，长吉不自觉地发出一阵冷笑，笑曾经那个让他受尽屈辱的城镇。

"这座小镇的人都是白痴，可笑又荒唐。"他自言自语地穿过鸟居，走上那条已经被铺上河沙的小路。很快，他就看到了熟悉的榉树。

不过，也许是天色已经晚了，他走进神社的时候，里面并没有人。

他穿过神社，又走向那个树洞。那里有两个烤火的小男孩。

“只有你们两个人？爷爷去哪儿了？”

“镇上，刚去的。”

“这样啊，那他什么时候回来？”

“很快就会回来。您是来拜神的人吧？没关系，您要的大米和灵符，这儿都有。”

“好……”长吉随口答应着，突然心想，不如吃了那条鱼，吓吓这群白痴，反正那条鱼本来也是他的。

于是，他假装向两个小孩子询问起这条鲤鱼，还说起当年自己如何抓到它的事。两个孩子听了他的话，觉得很是不敢置信，大叫“骗人”。

长吉轻蔑地笑着说：“不信？那我吃给你们看好了。”

他不费吹灰之力地抓住鱼，架在火上烤起来。

只是一会儿的工夫，那条鱼就被烤熟了。长吉见状，开心地掰下鱼肉，大口吃了起来。

此时，驼背老人回来了。

小男孩见到爷爷，赶忙急得大喊：“爷爷，那人把神仙烤熟吃掉了！”

“你……你……你居然把神仙……这是要遭报应的啊！”

老人大惊失色，差点跌倒在地上，好不容易才稳住脚步，瞪着眼睛，歪歪扭扭地扑向了长吉。

而长吉呢？当然是不慌不忙地拖着伤腿跑远了……

# 保平安的烟管

“年轻人，这是去哪儿呢？”

出了冈崎，刚刚走到赤坂的道路上的时候，一个行人追上前面的年轻人问。小年轻回头，只见一个长相粗犷的路人正在问他，他回答说：“我要去江户呢，您呢？”

“嘿嘿，这么巧，我也是去江户，你去江户哪里呢？”

“下谷御徒町。”

“我去的地方是神田，跟你还蛮顺路的，我们一起吧？”

其实这个粗犷的路人是东海道地区的盗匪头头。他根据年轻人的状态，看出了这个年轻人肯定带了挺多钱，他想到了赤坂把钱劫下来。

“好啊好啊！”年轻人很开心。为了显示他对盗贼头目的尊敬，年轻人靠着路边走，想让头头在前面走。

“没事，路很宽，我们可以并排着走啊。”

“那怎么行呢，我一个晚辈怎么能走前辈的前面，不行不行，您走前面吧。”

年轻人执意不肯。实在没得办法，盗匪头头只能在年轻人前面走着。

“小伙子脾气还蛮倔的哦。”

年轻人看到盗匪头头身扛两个大包，便对头头说：“大叔大叔，要不我帮您拿行李吧？”

盗匪头头听到后，有点警觉，回头看了看年轻人，心想：这小年轻不会打我行李的主意吧？想抢了逃走？

“我是年轻人，而且手上也没拿东西，我可以帮您拿啊。”

“没事没事，真的不用麻烦你，我拿着不累。”

“不行不行，您跟我一道，您是长辈，我是晚辈，您做长辈的提着两个大包，我一个晚辈什么也不拿，说出去都让人笑话呢。”

听年轻人这么一说，盗匪头头倒是解除了警戒，发现这小伙还真是出于一片好心想帮忙。

“哦，那就麻烦你了。”

盗匪头头把肩上的行李拿下来，给了年轻人。年轻人接过后，往背上一扛，继续跟头头一起赶路。

“小伙子你挺有意思的，你去江户干啥呢？做什么工作呢？”

盗匪头头对年轻人很感兴趣。

“哦，这样的，我养父的儿子开了个旧衣店铺，平常我就在他店里帮帮忙。”

“那生意好不好啊？”

“最开始还是不错，但是这几年哥哥生病了，没空料理店里的事务，生意自然就差了很多……”

“是吗？那还挺惨的。”

“对啊，我这回出门就是因为生意不好，哥哥又生病了，各种事都办得不顺利。”

“哦，这样啊，你这回是去了哪儿呢？”

“我去了趟名古屋，因为我的亲生父母家在那儿。那时家里一共六个小孩，我是老三，妹妹老四出世的时候，家里实在太穷了，没办法，把我送给了别家，那家当时答应等我成年让我自食其力。后来养父过世了，哥哥一直在操持着这个店，但是现在哥哥生病了，如果我一直不理这个事的话，店铺恐怕就会关门大吉了。所以我必须去张罗点钱，这不我就想到了名古屋。”

“借到了吗？”

“我生父人挺仗义的，听说了这个事后，各种拼啊凑啊，变卖工具和衣服啊，终于给我凑了一些钱，够我们店用一阵了。”

“这样啊，你生父是做什么的呢？”

“他很爱阅读。”

“爱阅读，是学者吗？”

“不叫学者吧，就是经常会在名古屋给武士们讲课。”

“哦，难怪你跟其他年轻人不同。”

盗匪头头被这个善良的年轻人感动了，这时有点良心过意不去，于是他转身跟年轻人说：“行李递给我吧，我可以拿的。”

“大叔，没事，我是年轻人，可以帮你多拿会儿。”

年轻人依旧犟着不肯给。

“傻孩子，我要拿东西呢。”

听盗匪头头这么一说，年轻人就把行李递给了头头。只见头头把行李大包往肩上一扛，抽出了腰间的烟管。

“年轻人，我突然想起还有事儿没办完，要折回冈崎。为了谢谢你帮我扛了行李，我要把这个烟管送给你。要是在回家的路上遇到什么歹徒，你就亮出这个烟管。有了烟管你就会平安的。”

年轻人很是纳闷，但还是收下了烟管。说完，盗匪头头就转身往冈崎走了。

天黑了，月亮爬得老高，年轻人趁着月光，到达了藤枝的旅店。正在他推门的时候，身后出现了三个鬼鬼祟祟的男人，他们是从松树林里出来的，这三人一把拦住了年轻人。

“小子，打劫，你想要命还是钱？”

年轻人吓得够呛，但是他突然想起了盗匪头头跟他说的话，于是他颤颤巍巍地从包里拿出了烟管，说：“我只有这个！”

三个男子一下子被烟管吸引住了，借着月光，他们仔细地瞧了瞧。

“这是江户那边头头松哥的烟管啊！我的天……你在哪儿见过他？就是那个给你烟管的人。”三个人中领头的问道。

“冈崎……”

“哦，冈崎，年轻人，你现在钱够不够？”

年轻人不知道怎么回答好，要是说够的话，这三人肯定会抢，而且说不定还会要了他的小命，于是他说：“我没有钱，住旅店的钱都没有。”

“也是，不然大哥不可能把他的贴身信物送给你。”

说完，三个鬼鬼祟祟的人聚头商量了一番，竟然伸手递给年轻人一些钱。

“给你钱，就用这个住旅店吧，想住哪儿都可以。”

年轻人有点摸不着头脑，但他还是收下了，收下后就进了旅馆。

年轻人回家的时候经过萨陀山，不巧，又碰到了劫匪。有了上次的经验，他知道拿出烟管就没事，劫匪看到烟管就送给他一些钱。

不久之后，年轻人在程谷的一个茶馆吃饭的时候，不小心弄掉了烟管。隔壁桌有两个吃饭的看到了。没一会儿，其中一个人就趁老板不注意的时候，送给了年轻人一个装着银钱的小包裹。

# 匕首奇遇记

团十郎吉是一个老实本分的年轻土木工人，一直在高轮萨州的工地上打工。一天，他一如往常来到工地，熟络地与工友们打着招呼聊着天，一会儿去帮忙搭脚手架，一会儿又运下木头，很是融洽。不过他有个糟心事，因为去年年末的时候，他从朋友那儿借的两铢钱至今没还上。

更加雪上加霜的是，团十郎吉的老婆两三天前跟他说家里面也亏了债务，让他想想法子，凑齐一份钱，把现在的债务都还清。唉！他现在满脑子都是还债还债还债。只要一闲下来，他就想起债务的事。

那天，他一边盘算着怎么还钱，一边抽着烟。

"郎吉，在想什么呢？"一位工地上经验丰富的大哥喊道。郎吉吓了一跳，抬起头，眨了下眼睛，一副老实本分的样子。

"怎么了，是不是被女孩子嫌了？"那个大哥继续问。

"哎呀，大哥，别瞎讲，我没有那个心情去找乐子呢……"团十郎吉摇摇头说。

"还有什么事，那难道是房东赶你们走？"

"不是不是，但是也快被赶走了。"

"哦……欠钱了吧？害怕欠钱，你当土木工做啥？"这个大哥一脸不在乎地说。

休息完后，工人们都回去重新干起了自己手中的活儿，忙了好一阵。不知不觉，春天的太阳已经悄悄下山了，一天的活也完成了。团十郎吉跟其他在工地上干的工人一样，偷偷地藏着一沓碎木片在衣服里面。等他离开打工的工地，走上平常必经的土桥时，天都黑了，月亮都爬上来了。今晚月光很亮，照亮了回家的路。

在桥头告别了几位工地上的朋友后，他就往土桥走去。桥才走一半，他就迎面碰上了喝得酩酊大醉的魁梧武士。看到这个武士，郎吉想，要是撞上了武士就糟糕了。于是他就往左边让了让。可是这个武士竟然歪歪斜斜地也往左边走，正好撞上了他。撞上的瞬间，武士就一下子抓住郎吉的衣领，可把郎吉吓得够呛。

“大人，小的实在不是故意要撞您的，求大人放过小的！”

“哼，不是你，难道还是我了！你先撞的我，还在这胡说八道，一顿乱讲，真的是没有王法了吗？老子饶不了你！走，跟老子去府里！老子要你好看！”武士蛮横地说道。说完他长长地呼了一口气，满是酒臭味。

团十郎吉想到，这个醉鬼，跟他说再多都没用，我一定要想个法子逃走。但是他从工地上塞了好多木片在棉袄里，不是很好逃，跑起来不方便。除非真的是特别有运气，不然真的逃不掉。武士加重了手中的力道，说："混账王八蛋，赶紧走！"

武士揪着他的衣领，拖着他。在路上，郎吉一直找机会溜，可是武士太讨厌了，一直不松手，边走边兴致高昂地赏月唱歌。

没走多久，团十郎吉心生一计，对着武士说："武士大人，小的想方便一下。"

被这么一问，武士就失去了唱歌的兴致。武士仔细地瞧了瞧郎吉，看了一会儿才松开手。手一松，郎吉就到路边作势要小解，忽然他一转身，撒开脚丫子就死命跑啊跑。武士看他逃跑，立马也追。

团十郎吉本来也害怕，好不容易找到逃跑的空当，如果不用尽力气跑的话，抓到就惨了呢。他使劲跑使劲跑，毫无方向地跑了很久。终于到了一个小巷子，武士没有追上来。他终于能松口气了。他慢慢地走着，当然他还是害怕的，他怕武士偷偷跟在后面。于是他又特意兜了几个小巷子，穿过了好几个不用经过的弄堂，在路上绕啊绕的，走着走着就走到了自己住的地方——和泉町。

推开家门，他看到老婆在火盆旁边吸烟。他一边跟老婆说话，一边走到灶边拿出他偷的木片。拿了半天，碎的小木片还是很容易拿出来了，但是有块最大的怎么拿都拿不出来。

“老婆，你快过来帮我拿下，还有一块拿不出来。”他转头跟老婆说。

“啊，拿不出来？我看看。”他老婆放下烟枪，起身给他帮忙。

“我也不知道怎么回事，根本拿不出来……”

“你转个圈，我看看。”老婆抓着他的肩膀，示意他转一下。突然，她发现团十郎吉的后背上插了一把小刀。

“我的天，这有把小刀。哪里来的？”

“什么？我的后背上有一把小刀？”正在纳闷儿的郎吉突然想通了。这肯定是武士在追他的时候飞出来的小刀，“一定是那个讨厌的武士干的……”

于是郎吉把自己今天的遭遇告诉了老婆，说他在桥上撞了一个武士，武士硬是要押他回府里，他借着自己的小聪明，这才逃出来的。他一边说着，一边脱下了自己的衣服，拔出了插在木片上的小刀。

“讲真的，要是没有这块丝柏木板，我应该就丧命了。”

“是啊，真的是太危险了。这厚木板真的是救了你一命啊。”

之后，他俩便开始吃晚饭。吃着的时候，团十郎吉突然灵光一闪道：“老婆，我们要不去把这个小刀卖了吧？好卖点钱。”

“是哦，肯定能卖几个钱！”

“嘿嘿，我去当铺问下。”

“能卖点钱是点钱，就当泄恨。”

“嗯嗯，是的，我等下吃完就问问去。”

晚饭后，郎吉就去当铺了，没过多久，他就拿着一分钱回家了。他特别开心地跟老婆说：“老婆！幸好有这把小刀，我们终于可以还上债了！”

# 草地中

在一个静谧的夜晚，益雄在虫鸣声中蹑手蹑脚地走着，苍白的月光穿过稀稀疏疏的栎树，静静地投在他的身上。

这是一个宁静祥和的海边小镇，益雄非常喜欢这里。不然，他也不会在此逗留了一个多星期之久，尽管平日里也没什么别的事，只是写写俳句、画画水彩而已。

总之，益雄在这里的日子过得很是惬意。

只是，现在他不太开心。因为就在刚才，他收到了父亲的命令。父亲让他明天一早立刻回家。益雄不想离开这里，所以听到这个消息之后，他非常难过和伤感。于是，他吃完晚饭后，就独自一人来到海边散步。

说是散步，其实也只是在沙滩上徘徊，没什么特别的。

他就这样无聊地走来走去，一直到烦闷了，才决定返回旅店休息。

不过，益雄突然决定，不从来路返回，而是穿过草地，从旅店后门回去。

也许这样可以增加一些乐趣，益雄一边走，一边这样想着。

很快，他就踏上了土地，穿行在抽了穗的芒草之间。

忽然，益雄来了兴致，想要写一首以虫鸣为题材的俳句。但是，当他在脑海中构思俳句的时候，突然听见左手边传来沙沙的声响，很明显，这是有人踩到枯树枝了。

益雄心里一惊，猛然转头，想看看身边的到底是谁。

结果，他看到了一个小男孩。

那小男孩活蹦乱跳地蹿出来，手里拿着一个小竹篮。小男孩一看到益雄，就十分热情地冲上来打招呼："你要去哪儿啊？"

“我是临海亭的客人，想要回去休息。”益雄很不理解男孩为什么这么热情，他奇怪地看了看四周，但是，周围似乎并没有发生什么令人兴奋的事情。

“啊，原来是那里啊！”孩子兴奋地绕着益雄转了一圈，继续问，“我也正要去那里送鱼，不过刚刚有东西跟了我一路，黑乎乎的，吓死人了，我也不知道是不是狐狸，或许是狗也说不定。”

“狗？在哪里呢？我怎么没看见？”

“现在走掉了，或许是见到你害怕了，就逃走了吧。”

“你很怕狗？”

“没有，只是它一直在前面挡着我的路罢了。”

“那我陪你一起走吧，免得它又出来挡你的路。”益雄只把这当作小孩子试图掩盖内心的害怕而编造的拙劣的谎言。

“真的不用了，我先走了。”说完，孩子就转身跑向了草地的另一头。

看着男孩滑稽的动作，益雄无奈地笑了笑，跟了上去。

这个时候，一阵轻微的咳嗽声从远处传来。益雄心里一紧——难道这附近还有人？

他一抬头，发现了一栋小小的房子，正隐藏在不远处的杂树林中。

这小房子很奇怪，似乎什么都透不进去，就连月光似乎也被阻隔在外，只有一盏昏暗的煤油灯发出微弱的光。

透过窗户，隐约可以看到一个女人正在伸头向外张望着，手里还忙着修补衣服。

益雄感到很诧异，这附近他走过两三次，从来没有发现有这样一栋房子。

“过路人，要不要进来坐坐啊？”屋里的女人招呼益雄。

益雄这才注意到，那女人很年轻，应该也就二十出头。她有着椭圆脸型，整个人看上去很沉闷。她里面穿着一件白色的上衣，外面穿着铭仙绸条纹外套。但是，她似乎很瘦削，这些衣物穿在身上，显得很空，就像挂在身上一样。

这样一来，衬得她的脸色更加不好了。

“我路过这里两三次，竟然都没有发现这栋房子，真是太不可思议了。”益雄向女子表达了自己的惊讶。

“这里这么偏僻，树枝交错纵横，再加上房子又破又小，您看不见也是很正常的。”

女子微笑的样子让人感觉很亲切。益雄顿时对她有了些许好感，他注意到这房子的客厅不大，只有几张榻榻米那么大，门口的过道走廊也窄得像船板一样，显得客厅更加逼仄。

“不嫌弃的话，就请进来坐会儿吧。”女子又发出了盛情的邀请，让益雄有些招架不住。

于是，益雄走向了过道。

女子体贴地迎上来，递过一个坐垫，虽然看起来薄薄的，但是却代表了她的一番心意。

“您不介意它有些脏吧？”

“不不，当然不会，您真是太客气了，我不用它也行，天气还可以。”

“还是垫一下吧，晚上天凉。”女子躬身递过坐垫。

就在这时，益雄闻到了一阵女子的体香。他稍稍鞠了一躬，还了一礼，从女子手中接过坐垫，坐下了。

“我这里也没什么好茶能拿得出手的……”女子坐回位子上。

“不用麻烦了，本就是我打扰了，您不用帮我泡茶了呀。”益雄这才平静下来，掏出被他遗忘许久的烟，拿出火柴点了一根，静静地抽着。

“您是东京来的？”

“是的。”

“是来读书的吗？”

“并不是的，我只是来玩七八天而已，家里事情太多太忙，我这是忙里偷闲呢，明天一早就得赶回去了。”

“东京，我一次都没有去过，应该是个极好的地方吧。”女子的眼中流露出向往的神色。

“那您可要去看看啊！不过住久了也就那样吧。”

“是的吗？能在东京居住可是我们这种乡下人的梦想呢，怎么会厌烦呢？毕竟没有见过那样的大城市啊。对了，东京的街头是不是有各种美女啊？她们都是怎么打扮自己的呢？”

女子夸张的说法让益雄忍俊不禁。

“你想太多了，哪能到处都是美女啊！哪里都有美女，也都有丑女，就像东京，闭月羞花的虽然有，但是也很少，你看，像我这样蓬头垢面的人不是也有吗？”

“不过……”

刚说完这两个字，女子就不由自主地笑了。益雄也是如此。

“您往里面坐坐吧，天气越来越凉了，我关个门。”

益雄很希望能继续待在这里，又怕打扰到女子，便问道：“会不会打扰您休息啊？”

“没关系的，家里就我一个人在，您随意就好。”

于是，益雄拿上坐垫跟女子进了屋。

屋子里有一张破破烂烂的木桌，上面摆着一盏发出浅红光的油灯。益雄坐在油灯旁，女子也放下了手中的活计。

益雄一直和那女子聊到很晚，才独自离开了。旅馆的人迟迟不见他的踪影，很是着急，直到他回来才放心。照料他的女佣连连追问他的去向，益雄不厌其烦地瞎编了几句，企图蒙混过关，之后就睡觉去了。

第二天一早，益雄该回家了，然而，他实在是不想回家，于是，他抓住最后一丝机会，绞尽脑汁寻找借口来拖延时间。但是，还没等他想到任何可以晚回去几天的理由，车就已经来接他去火车站了。这下，益雄也无可奈何了，只能选择出发。

益雄回到东京的时候，已经是当天下午一点钟左右。一回到家，他就开始帮忙做生意，接连不断地忙了两三天之后，他才把积累许久的工作解决掉。

他家开了一个大型的食品批发店，就在日本桥上，因此生意很繁忙，益雄需要和不同的店家客户谈生意，有时候还要去银行办事。

忙碌的这些天里，益雄不时地思念海边小镇的女子，想着回去再见见她，但是，一直都找不到合适的机会。

后来，益雄突然想到有一个朋友，他很擅长画西洋画，那年夏天一直都住在那个小镇上。于是，他就对家里人说，他要去看望这位朋友。当然，实际上，他是想打听一下那个女子的消息。

家人不知道他的真实意图，当然没什么好阻拦的，于是，在去浅草忙完工作后，益雄就简单地解决了晚饭，乘电车前往团子坂拜访朋友。

“哟呵，你从海边回来了啊？资本家啊，跑去海边写俳句，啧啧，真是享受啊！怎么样，有没有什么艳遇？”

画家正在喝着威士忌，满屋子都凌乱不堪地堆满了画具。

“当然了，只不过待的时间不长，短短一个星期罢了。不过，那里的确值得去。”

益雄点了一根烟，缓缓地抽着。

“那里确实是个好地方，再加上你住的可是最高级的临海亭旅馆呢，不管是海景还是周围的环境，都是极好的。之前我还特地去旅馆后面写过生呢。要不要来一杯？”

画家伸出手去拿破酒杯，想为益雄倒一杯威士忌。

益雄微微皱了眉，推辞道：“不用了，别给我倒酒，我这辈子都不想喝你这酒。”

“好吧，那算了。不是有句话说，不会喝酒的人写不出好诗吗？怎么样？你呢，有什么好的俳句？”

“当然了，我每天都在海岸边构思俳句，还去了旅馆后的草地，那片草地真是令人向往啊！美丽极了！”

“我也去过那片草地，的确很美。那里还有一个破旧的小屋呢，一个老婆婆住在里面……”

“怎么会？婆婆？你确定吗？明明就是一个年轻的女子啊！”

“呵呵，你在开什么玩笑？六十几岁的老婆婆你竟然说年轻？她瘦得只剩皮包骨头了……”

“怎么可能，我见到的就是一个二十岁出头的美女，你看错了吧？”

“我看是你眼睛花了，哪有二十多岁的美女啊，那里就只有一个瘦骨嶙峋的老婆婆！”

“你是睡糊涂了吧！二十几岁的美女被你当作老婆婆……”

“你脑子出什么问题了？她那满头银丝、满脸皱纹，你都看不见吗？简直就是狼婆婆！还美女呢！”

“岂有此理，我可是跟她促膝长谈了一夜，你肯定没有近距离看到她，所以才搞错了吧！”

“那你就是瞎了，连老婆婆和妙龄女子都分不清了，真是可笑至极……”

“你！我和你没什么好说的了！绝交！”

“哟，我正有此意呢！”

两人激烈的争吵引来了房东，她跑过来，疑惑地问道：“你俩吵什么呢？平时不是挺好的，出什么问题了？”

益雄感到很尴尬，不知如何是好，还是画家苦笑着解释了一番。

大妈这才明白两人竟然因为这种小事伤了感情，于是给出了建议：“既然如此，你们俩一起再去一趟那个小镇，确认一下究竟是美女还是老婆婆，不就行了吗？”

益雄心中很赞同，这样他就可以再见到情人了。

画家也是心中一动，“怎么样？输的人出路费，敢不敢赌一把？”

“好，赌就赌！”

“那就后天早上出发，我明天有点事。”

“好，我赢定了！你就等着出路费吧！”

“哼！输的是谁还不一定呢！等着瞧！”

两天后，益雄和画家再次来到海岸。

刚到临海亭旅馆，益雄便拉住送茶水的女仆，着急地问道：“旅馆后面的草地里是不是有一栋房子？”

“没有啊，那里就是一片空地，没有房子的。”女仆摆茶杯的手一僵，一脸不解地回答。

“怎么会？我俩都见过那栋房子的，怎么会没有？你是新来的吗？”

“我在这儿都三年了，从没见过后面有房子的。我们害怕会遇见野狐狸，所以晚上不从那边走，真的有房子吗？”

“这就奇怪了……我们还是自己再去看看吧。”

益雄和画家喝了几口茶之后，就匆匆起身，穿过破旧的栅栏，前往草地。益雄还特地带上了准备送给情人的一套化妆品。

夕阳渐渐沉下去了，落在芒草和杂树间。两人一路前行，却什么都没有发现，那所破败的小屋似乎凭空消失了。

“我记得就是这里啊……”画家很疑惑地说，“我上次就是在这几棵橡树和杂树附近见到那所房子的，老婆婆还伸头出来骂了我一顿……”

益雄也疑虑丛生，他明明记得小屋就是在这附近的，怎么会消失了呢?

这时，给旅社浴场看门的老人经过此处。

益雄赶紧问他：“请问这附近有没有房子啊？”

“房子？现在肯定是没有。不过，三十多年前，临海亭还没建成的时候，是有一户人家在这儿居住的，我记得是一个渔夫带着他的家人。但是，那渔夫在一次出海打鱼的时候死掉了，他年轻的老婆在这儿独自住了一段时间……后来，她也出了点意外，死在了房子里，过了好长时间，尸体才被别人发现。再后来，临海亭的老板就把这里买了下来，拆了房子，盖了个旅馆。”老人费力地回忆着，“可是，听说那女人死得蹊跷，所以这里经常会发生一些怪事。怎么了？你们是不是遇到了？”

益雄看着画家，画家也看着益雄，两个人呆在当场，很久都没有说一个字。

# 镰刀

在一片长满了莴笋的菜地后，是一间屋子，屋子的套廊上坐着一个青年。只见这青年体态壮硕，他斜着身子和屋里的女子说着话，丝毫不知道，此时，自己的一举一动都被他人看在眼里。

这家院子被树篱围着，其中一棵树的后面，藏匿着一个偷窥的青年。青年名叫仲治，一直仰慕这家的女儿阿辰，但前不久阿辰成了亲，家里招了一个上门女婿，也就是方才那壮硕青年三忠。

树篱外的仲治很是不甘，他原本以为今天家里就阿辰一个人，想着能见阿辰一面，没想到三忠居然在家。正当他准备原路返回时，套廊上的三忠竟突然看向了仲治这里，他目露寒光盯着仲治，吓得仲治夺路而逃。

返回家里的路上，风景宜人，仲治却无心欣赏。他匆忙地走着，遇到了刚做完农活的伊太。仲治不想理会对方，便一路低头前行，却被对方叫住了。伊太神色诡异地打听仲治从哪儿来，仲治实在不想搭话，就装作没听见继续赶路。

回到家里，仲治没心思做任何事情。他坐在套廊上一个劲儿地发呆，就连自己的母亲回到家中都未发觉。

看着仲治无精打采的样子，母亲心中也不好受。她知道自己的儿子为何如此不快——仲治一向与阿辰交好，随着彼此的相处，仲治对阿辰产生了爱情，想要娶其为妻。但不幸的是，阿辰家只有她一个女儿，所以父母准备招一个上门女婿，而且态度很坚决。但仲治也是家里的独生子，父母和其他长辈无论如何都不会放任他去别家做上门女婿的。这件事在家里闹得鸡犬不宁，仲治对阿辰一往情深，但其实阿辰并不怎么中意仲治。最终，阿辰的父母回绝了仲治，并找到了更为合适的人选。

过了一会儿，仲治的父亲和其他亲属都从庄稼地里回来了。这段时间农活儿很忙，但仲治实在没心情帮忙，于是总偷懒。他担心被父亲责骂，赶快躲到了二楼自己的房间。

过了一会儿，母亲做好了晚饭，前去叫仲治出来吃饭，但仲治连吃饭的心情都没有。

月亮慢慢爬上枝头，仲治实在憋得慌，便出门散心。走到一个十字路口时，他遇见了自己的好友阿芳。

阿芳邀请他一同走走，却被婉拒了。

告别时，阿芳叮嘱仲治别做傻事，仲治嘴上答应着，脚下却像着了魔一样，一步一步迈向了阿辰的家……

他偷偷摸摸地躲在树篱后，朝屋里看去，有两个男人背身坐着，仲治一眼就认出其中一人是三忠。虽然心中一惊，但月黑风高，自己的位置还是很隐蔽的，仲治觉得对方应该很难发现他，于是他一动不动躲在树篱后。此时，两个男人聊起了几天前的相扑大赛，原来在比赛上，三忠十分威风，撂倒了多人，并最终夺得了冠军。

听到这里，仲治更加觉得自己无望和三忠竞争。

紧接着，两人竟开始嘲笑仲治。这时，仲治才听出另一个男人的声音，那是阿辰的父亲。他们极尽所能地嘲笑仲治瘦弱愚蠢，三忠更是嘲笑仲治经常偷窥的事情，这时仲治竟听到了阿辰的笑声——原来，在阿辰眼里，自己竟像个小丑一般。

听到这里，仲治实在没有心情再待下去。他赶忙跑回家里，到家门口时听到了父母的对话。原来，父母担心他会做傻事，特意将一些有可能伤到人的东西藏了起来。

回到自己的起居室里，三忠那些刺耳的嘲讽一遍又一遍在仲治耳边回响，他实在是咽不下这口气——难道自己真的赢不了三忠吗?

仲治好像走火入魔一般，绞尽脑汁想着“复仇”的方法。突然，他想到人们经常用刀宰牛杀猪，既然如此，难道自己就不能用刀解决掉三忠吗？只要杀了三忠，他就能一雪前耻！接着再慢慢折磨阿辰，毁掉她漂亮的脸蛋，最后砍掉她的头！

仲治摆脱不了自己脑中喷薄而出的邪恶想法，沉浸在复仇的快感中……

从想象中清醒过来后，仲治开始思考怎样做才能杀掉三忠。对方比自己高、比自己强壮，如果正面对决，他一定不是对方的对手，只能智取。也许趁对方熟睡的时候偷袭会是个好办法……

仲治想了一整晚，直到清晨他的母亲叫他用早餐时，依然沉浸在复仇计划之中。然而他根本没有心思吃什么饭。母亲无奈，只能将饭菜留在了厨房，叮嘱仲治想吃的时候自己吃。交代完这些，她便起身下地干活去了。

仲治突然灵光一现，道："对呀！也许三忠也去地里干活了！只要他去地里干活，我去找阿辰复仇，那么阿辰根本不是我的对手！"

仲治一改多日的颓势，顷刻有了精神。他想起家里有一把短刀，连忙赶到仓库里找起短刀来。然而令人意外的是，他翻遍了仓库里的多个箱子与衣橱，竟没能发现那把刀的踪影。正在他一筹莫展之时，突然想到："没有短刀，可以用农具啊！只要能杀了阿辰，用镰刀也可以啊！"仲治像是看到复仇的曙光般兴高采烈地去拿镰刀，但出人意料的是，他只看到了家里的五六把锄头，而镰刀竟一把都不在。他左找右找，也没能找到一把镰刀，最后，在一堆粮食的袋子上，找到一把已经生锈的镰刀。虽然已经生了锈，但仲治觉得，这就够了。

他一把抓起镰刀，径直朝阿辰家走去。路上遇到跟他打招呼的人，但他根本无心去看那是谁。

走到阿辰家，他蹑手蹑脚躲在树篱后，还没来得及朝院子里看，头顶竟响起了责骂声。

"你怎么又来我家！"

来人不是别人，正是三忠。

仲治大惊失色，吓得手足发麻，抱头鼠窜。他毫无目的地奔跑着，认为自己出师不利是因为手里的镰刀太钝，如果他拿着一把锋利的镰刀，即使面对三忠也不会害怕。于是，仲治开始思索去哪儿找一把锋利的镰刀。

又跑了一会儿，仲治发现前方有一栋民宅。巧的是，民宅前竟有一块磨刀石，而磨刀石上，竟放着一把足够锋利的镰刀。仲治觉得这是老天在帮他，二话不说便丢下自己那把钝刀，拿起刚磨过的镰刀。

手持利器，仲治感觉自己底气十足，他觉得杀人于他而言不再是难事，真想现在就试试。刚有了这样的念头，仲治就看到一个小姑娘迎面而来，小女孩看起来也就十岁左右，仲治恶狠狠地把刀架在女孩的脖子上，这时，不明所以的女孩抬起头，看到是仲治便冲他笑了起来，原来这女孩儿认识仲治，他们以前一起玩过，所以她误以为仲治在跟她开玩笑。

看到对方如此可爱的笑容，仲治觉得不应该杀她，赶忙抽回镰刀，却不小心划伤了女孩儿。女孩哭起来，仲治却置若罔闻，继续朝阿辰家走去。

不一会儿，迎面又走来一个八九岁的男孩，那男孩正在放风筝。仲治再度恶狠狠地将镰刀架在男孩脖子上，毫不犹豫就砍了下去。顷刻间，男孩的脑袋便掉在了地上，仲治满意地看着镰刀，直言："果真锋利！"

仲治觉得自己有如神助，发了疯一般举着镰刀向阿辰家跑去。

很快，仲治发疯的消息传遍了村子，但大家忌惮他手里的凶器，没有人敢上前拦住他。这时，邻村的前滨恰巧经过此地，他也是一位相扑好手。看到仲治发疯的样子，他不假思索上前制服了他。此时，其他村民也一拥而上，大家一起绑住了仲治，把他抬上一辆车，拉回了村里。

一行人经过那个小男孩的家时，男孩的父亲正抱着孩子的尸体痛哭。他愤怒地叫停了车，三下五除二爬上去，此时被绑得丝毫不能动弹的仲治仰面躺在车上，男孩的父亲用尽全身力气不停踩踏仲治的胸口。他无法抑制自己心中的痛苦与愤怒，他知道自己再怎么做，孩子也不会复活了……

终于，男孩的父亲筋疲力尽。此时的仲治也已经奄奄一息，那父亲将孩子的脑袋塞进袖口中，抱起可怜孩子的尸体，慢慢朝家里走去……

# 蛇妻

阿泷望着纸门外，那里有一个少年的背影。少年穿着发光条纹的衣衫，泛着不知道是黑色还是墨绿色的光。

阿泷一直目送着少年离开，直到再也看不清他的背影，心里忽然担忧起来，“他这么走出去，要是被人看见可怎么办……”

阿泷转过身来，此时她忽然想起来：我是在做梦吧，赶紧醒过来吧。阿泷这么想着，努力地睁开双眼，脑海中一片空白什么都没有，身体也变得不受自己控制了。阿泷有些急了。

正在这个时候，走出纸门的那个少年又一次出现在阿泷的面前，他的面容英俊白嫩。

“难道这不是梦？”阿泷挣扎起来。

少年就这样在她面前，看着她无力地挣扎着。

阿泷羞愧不已。这种半梦半醒的知觉变得清晰起来，她感觉自己的眼睛胀痛着，似乎看见了两个不同的世界，一只眼睛停留在自己的梦里，而另一只眼睛看见自己的丈夫侧睡在自己的身边，面容亲切安宁。

“咦，我真的是在做梦呢……啊，我真是不守妇道……”

阿泷静静地侧转了身，枕头窸窸窣窣地响着，四周一片黑暗，没有人发觉自己刚才的梦境。阿泷舒了一口气，羞愧的感觉一点点消退。

“为什么我会做这样的梦？”阿泷简直要哭出来了。

此刻，丈夫清一郎睡得正熟，均匀的呼吸声不时地传到阿泷耳中。

阿泷心想，幸亏清一郎没有醒，不然自己该如何面对他。阿泷一片清醒，怎么也睡不着，刚才梦中的场景再一次浮现在自己的脑海中，那个十八九岁的少年伏在自己的耳畔窃窃私语着，呼出的气就在她的耳垂附近打着转，身子四周都是少年身上淡淡的香气。阿泷觉得此刻都能感受到梦中的那股气息。

"好真的梦……"

阿泷原本打算叫醒一旁的丈夫，把自己做的这个梦说给丈夫听，可是话到嘴边又觉得贸然说出来隐隐有些危险的感觉。她在黑暗中看着清一郎的睡颜，不知如何是好。

就这样，英俊的少年开始每晚都出现在阿泷的梦境之中。

起初，阿泷十分讨厌他，在梦里躲着他、拒绝他，但是梦到最后，她总会心甘情愿地听从少年的话语。就这样，阿泷越来越没有办法向丈夫说出这不守妇道的梦境。

"快醒醒！是做噩梦了吗？"

清一郎焦急的声音唤醒了阿泷。很多次，当阿泷深陷在噩梦中浑身发抖的时候，都是清一郎觉察到然后将她唤醒。

"醒醒啊阿泷！快醒来！"

阿泷听见呼唤后才悠悠地从梦中清醒，睁开双眼发现自己刚才是在梦中。这时候的阿泷一直身体虚弱，在未结婚前，阿泷一心爱慕着清一郎，整天茶饭不思。如愿地嫁给清一郎之后却又时时避开他，总是自顾自地待在昏暗的房间里。

清一郎以为阿泷是闹别扭，于是想了许多方法来逗她开心，时而带她去散步，时而鼓励她弹奏三味线。可是不管怎么样，阿泷都不愿意，都不开心。散步不愿意去，三味线也不愿意演奏。丈夫清一郎实在想不出什么办法，只好请他的后妈来出主意。清一郎的后妈亲切善良，对清一郎一直疼爱有加，对阿泷也如亲生女儿般疼爱。

清一郎是本地一家大饭店的公子，他的生母在他刚满十二岁的时候就因病去世了，之后父亲把妾室扶成正房，也就是他的后妈。清一郎的后妈十分能干，家中的事务不分大小全部都由她来掌管，不仅如此，自家饭店里的三十个歌伎也全都是由她一个人照顾管理。不仅能干，清一郎的后妈个性也十分温和，一直对清一郎疼爱有加，清一郎也非常孝顺敬重她。

自从清一郎上了大学离开了家，他总会在空闲的时候回到家里来探望后妈。

那时候他即将读完大学，一次回家探亲的时候，认识了刚刚来自家饭店的新歌伎阿泷。假期即将结束，正值夏末，芙蓉花开得十分鲜艳，天气不再酷热难当，清一郎动身坐船回到东京去。后妈亲自带着清一郎的两个弟弟来给他送行，阿泷也跟着一起来送别。结果清一郎走后没多久，阿泷就病了，而且病得不轻，所有的大夫都检查不出病因。不过心如明镜的后妈却十分清楚，那天夜里她去找了阿泷，帮她想了一个办法。第二天一早，梳洗打扮好的阿泷借着看病的由头离开了饭店，始终没有再回来。

过了两三年，清一郎大学毕了业，荣归故里，还当上了中学的副校长，大家惊讶地发现，那个消失不见的阿泷梳着圆圆的发髻跟在清一郎的身边，已经是副校长夫人了。

清一郎把阿泷的情况告诉了后妈，后妈十分着急地来到他们家中。

“对不起啊……”阿泷一见到后妈就流下泪来。

“可怜的孩子，说什么傻话呢……快生个孩子吧，有了孩子就好了。附近的温泉很不错，你们一起去散散心吧。”

“不了……我这病应该快好了……”

“谁说要生病才能去泡温泉？都说泡温泉更容易怀孕，快去泡泡吧。”

“太破费了……”

“不要在意钱，难道孩子还不比钱重要？”后妈不停地劝说着阿泷。

就这样，阿泷一直病着，直到春天快结束的时候。这一天一直下着雨，淅淅沥沥没有停过，让人觉得无精打采。三日之后，清一郎就要和阿泷去后道的温泉散心了，可是阿泷一直躲在房间里，也不开灯，一个人默默地哭着，似乎在想着什么。

入睡前，阿泷忽然开口对清一郎说道：“夫君啊……”

清一郎迷迷糊糊地，听见阿泷叫自己，便努力睁开眼睛问：“怎么了？”

阿泷沉默了片刻，忽然泪流满面地说道：“对不起啊……”

清一郎被阿泷的话弄得摸不着头脑：“怎么了？怎么哭了？”

阿泷也不说话，只是一个劲儿地哭，清一郎只好追问究竟怎么了：“是弄坏了什么东西吗？不要紧的，钱财身外之物，不要哭了。”

“不是的，夫君……我做了罪大恶极的事啊……不是你想的这样的……”阿泷凄惨地哭着。

清一郎温柔地把手放在阿泷的肩上，轻声地宽慰道："阿泷啊，不管你做了什么我都不会埋怨你的。来，告诉我究竟怎么了？"

阿泷不答话，始终流泪不止。

"说啊，阿泷，别怕，说出来就好了。"清一郎劝着。

"是最最罪大恶极的事……"阿泷抽噎着。

清一郎心里想：阿泷估计是病得太厉害，所以有点胡言乱语，还是不逼她说出来了。

"要是不想说也没关系，好好休息吧，我们下次再说好不好？"

"可是夫君……如果今晚我还不告诉你，以后恐怕再也没机会告诉你了……"

"不会的，我们来日方长，以后有的是机会。"

"但是……"

"好了好了，快睡吧。"清一郎倦意浓浓，闭上眼睛不再理会阿泷的胡言乱语。

阿泷依旧哭泣着，慢慢地，哭声和屋外淅淅沥沥的雨声混在一起，听不分明。

清一郎就这么睡着了，忽然，他做了一个梦，梦见阿泷跪在自己的面前，一头秀发无比散乱，神情痛苦地说道："夫君，我要和你永别了。我有不得不赴的前生约定，今生无法再和你相伴了……"

说完，阿泷就慢慢站起身来，头也不回地跑了出去。清一郎还没弄清楚是怎么回事，赶紧追了上去。阿泷一直跑啊跑，跑到了护城河的边上，呆呆看着护城河里的水。清一郎怕她想不开，赶紧上去想要拉住她。

只见阿泷轻轻一跃，跳进了护城河里，嘴中喊着："永别了……"

清一郎吓了一大跳，结果发现天已经完全亮了，屋里的灯还没关，身边却没有阿泷。

那天夜里，阿泷失踪了，再也没有出现。

有人说阿泷是离家出走了，也有传闻说她跳河自杀了，总之没有人再见过阿泷，也没有找到她的尸体。这一年的夏天，清一郎辞去了工作隐居起来，悲痛之下仿佛一夜白头。伤心的清一郎常常徘徊在护城河边，呆呆地看着水面。

第二年，阿泷依旧下落不明。又到了暮春时节，自家饭店里年长的歌姬约了几个年轻歌姬一起去附近的弁天岛上参拜神仙，还把厨房的龟三也一起喊上了，让他带了一些饭店里的剩菜剩饭帮忙划船。

退潮之后天气不错，天上飘着一些云。众人要去的弁天岛就在护城河口的地方，十分小的一个小岛，岛上满是墨绿的大树，周围的水也清清浅浅。正当中的小祠堂里供着弁才天女。龟三划着船，小船儿随着护城河水往河口方向去。护城河里还有其他的篷船，不少人趁着天气好划船喝酒吹风。龟三不时地把船弄得左右摇摆，把几个年轻的歌姬吓得尖叫着。姑娘们充满活力的笑声在护城河上飘荡着。

船儿终于到了弁天岛，今天已经退了潮，岛周围的浅水都退了下去，露出茂密的水草丛，绵延开来如同一大片草原。船刚靠岸，就有一个歌伎迫不及待地下了船。

龟三吓唬道："蛇啊！好大一条蛇！"

"真的假的？"下船的歌伎犹豫着回过身来。

"怎么可能有蛇呢！"年长的歌伎笑着回答。

"好姐姐，这里真的没有蛇？"

"不会有的，要是有蛇，我们哪里敢来参拜弁才天女啊！"

歌伎们安下心来，一路聊着天上了岸。岛上的树枝都发了新芽，翠绿的树枝间歌伎们华美的衣裳更显得十分好看。

龟三没有下船，他留在船上把带出来的饭菜热了起来，炉子冒着火光。没过多久歌伎们就回到了船上。龟三兴高采烈地喊着："酒菜好嘞！"

歌伎们怕弄脏自己的木屐，小心翼翼地穿过水草回到船上。就在这时，有一个歌伎发现少了一个人。

"小花呢？你们谁看见小花了？"

走在最后的歌伎回头望了望，没有看见小花。

"是不是方便去了？"船上的歌伎往岸上张望了一下，她似乎弄脏了袜子，正在细细擦着脚尖。

"也就巴掌大的一个岛，还能去哪儿？你们谁喊喊她吧。"有人出了主意。

于是年轻的歌伎们一起喊起了小花的名字，却没有听到任何应答声，四周也完全没有小花的身影。

“真是奇怪啊，小花去哪里了？”

“这可怎么办……”

“要不谁过去找一找吧？”

大家都不由得担心起来，甚至觉得岛上的凉风都有些冰冷起来了。

“那么谁去找一下小花？”年长一些的歌伎问了一声。

众人你看看我，我看看你，没有人站出来。

“哎，我去找一找吧！”龟三站了起来，穿上自己的鞋下船去了。

龟三边走边四处张望着，岛真的很小，一眼就望到了头。龟三走着，走到了一个石阶前，这里有一个小小的祠堂，正好对应着弁天才女的祠堂。这个祠堂的后面还有一座鸟居，周围水草丛生，简直是水上的草原。龟三一路走过来，径直走到了祠堂前，这里除了祠堂和周围的一些花木，什么都没有。

“没准是到那个鸟居附近去了。”龟三这么想着，就慢慢走到了鸟居边，依旧什么都没有找着，转了个身，龟三忽然发现了一幢草屋，还有三味线的声音幽幽地传过来。

“咦？这岛上难道还有人住？”龟三有些诧异，也许小花就是在这户人家这里呢。于是龟三走到草屋前往里张望着。草屋的门并没有关，有一个披散着长发的年轻妇人坐在屋门口奏着三味线。

龟三端详着那个妇人，越看越觉得眼熟，这雪白的皮肤，乌黑的长发……这不是失踪了许久下落不明的阿泷吗？龟三发出了惊叫声。

屋里的妇人听见响动，停下了手中的三味线往这边看来，淡淡地说道：“是龟三啊。”

“哎呀……夫人……”龟三一时不知道说什么才好。

阿泷平静地望着龟三，说道：“看来你现在过得挺好的。”

“哪里……夫人啊，你到底是跑哪儿去了？老爷他很想念你，自从你不见了之后，他整个人都老了好几圈，学校的差事也辞掉了，每天就发着呆。老夫人也天天惦记您、到处找您。您快跟我一块儿回家去吧！别待在这种地方了！”

阿泷站起身来，把手中的三味线轻轻放下：“我已经回不去了，龟三……请你一定要帮我向夫君和母亲道歉啊……我带你去看些东西，你轻点声……看完就赶紧回家去吧……"

亀三小心翼翼地跟在她的身后，阿泷的纤纤玉手拉开了纸门。

"你可要看清楚啊……"

亀三睁大了眼睛往门口看，一片碧草之上，数十条小蛇正不断地扭动着。亀三被吓了一跳，连忙捂住了嘴巴，眼中露出惊恐的神色。要不是阿泷先前的提醒，他早就叫出了声。

"这些……都是我的孩子……"

亀三只觉得脑袋轰的一声，头也不回，跌跌撞撞地跑出了草屋。等到跑远了再回头一看，哪里还有什么草屋，哪里还有阿泷的身影？

"亀三！你在哪儿啊？"

歌伎们的声音从船上飘来，亀三吓得不轻，但还是屏住呼吸往方才草屋的方向望去，可是刚才的一切仿佛都是梦境一般了无痕迹。

回到饭店后，亀三把自己在弁天岛上看见的一切都告诉了清一郎。一直以来消沉度日的清一郎从此变成了虔诚的朝拜者，开始四处朝拜。

# 芳三的遗愿

镇上酒铺的老板过世了。

老板名叫芳三，还很年轻，众人纷纷感慨他年纪轻轻如此薄命。在亲戚和朋友的帮助下，芳三的妻子藤代总算办完了丧礼。她准备了丰盛的饭菜招呼大家，感谢大家的帮忙。亲戚朋友们全都在家过夜，毕竟一连忙碌了好几天，酒席一结束，大家伙儿就睡下了，因为实在太累了，喧闹的屋子没多久就陷入了寂静。

正在这时，后门口有节奏地传来笃笃笃的敲门声。众人早已酣睡，唯有藤代刚哄完孩子，心中惦记着死去的丈夫，怎么都睡不着。

起初，藤代以为这笃笃笃的声音是风吹的声音，仔细听起来又不是。或者是老鼠的声响？也不像。

侧耳听了许久，藤代确定这就是敲门的声音，而且是从后门传来的。敲门的声音听起来十分轻，但在安静的夜晚显得十分刺耳。是谁半夜还来敲门？所有人应该都知道家里在办丧事，怎么会唐突到半夜来打扰？难道是有什么要紧事？藤代想去开门，可是外面一片漆黑，附近强盗猖狂，不敢自己去。

想了想，藤代决心去找伯父跑一趟再开门。

“伯父您睡着了吗？”藤代隔着门低声喊道。

伯父的呼噜声停了下来，却没有应答。

藤代又喊了几声。

“怎么了藤代？”伯父清醒过来。

“打扰了伯父，我听见后门口有敲门声，能麻烦您去看一下吗？”

正在这时候，笃笃笃的敲门声又一次响起，伯父听到了。

“会是谁呢？”伯父从被窝中钻了出来，披了一件外衣，黑暗中穿错了鞋，一只是草鞋，另一只则是木屐。

夜空中没有几颗星星，实在看不太清，没一会儿，伯父就到了后门口。

笃笃笃的敲门声又响了起来。

“是谁？这么晚敲门有什么事吗？”

伯父靠近了一点，但没有随便开门，毕竟这一带的夜晚并不安全，还是先弄清楚谁在敲门为好。

敲门声戛然而止，传来一个虚弱的声音：“是我啊……”

“你是谁？”

“您听不出我的声音了吗？”

“听不出，”伯父警惕地问道，“你究竟是谁？”

“芳三啊……”

伯父顿时一个激灵：侄儿已经过世，怎么会跑回来敲门了？

“您是哪位啊？”

“我……我是你伯父，我是你林藏伯父！”伯父忍不住哆嗦起来，心里害怕极了。

“原来是伯父啊！请伯父帮我一个忙吧……”门外的声音幽幽地传来。

“要我帮你什么，你只管说，我一定帮你办好！”伯父爹着胆子回答道。

“伯父，这阴曹地府的东西我实在用不习惯，麻烦您把我平日里的衣物之类的埋到坟边吧……不然我走得不安稳啊！”

伯父听完，心里想想确实有道理，于是大声应道：“你放心，天亮我就让藤代收拾好你的东西给你送过去！家里也不用担心，大家都会照顾好的。”

“请务必埋下给我……否则我走得不安稳啊……”

“好好好，我保证送去给你。还有别的什么吗？”伯父忍不住问了一句。

门外已没有任何声息。

伯父吓得一头钻回屋里，坚信是芳三回来拿自己的东西，把屋里的所有人全部喊了起来，把自己如何去应门、如何与芳三对话细细地讲了一遍。

第二天天一亮，亲戚们就把芳三要带走的东西全部收拾了出来，他平日里常抽的烟都没忘记，所有的东西都打成了一个大包袱，埋在了芳三的坟头。

随着丧礼结束，亲戚们陆陆续续回了家，伯父还留在芳三家帮藤代收拾酒铺的东西。到了头七那一天，按理还要再为芳三举行法事，不少亲戚朋友都回来参加，又要招呼亲戚朋友又要举行法事，整整一天，大伯、藤代都忙得团团转。

黄昏时分，亲戚朋友们才散去，家里人又是整理又是收拾，折腾到十来点才终于整理完毕，大家辛苦了一天，都陆续歇息了。

这天晚上，大伯林藏喝了一些酒。从芳三过世到今天头七，大伯就没有好好休息过，今晚他特意喝了一点酒，好让自己睡得安稳些。

午夜时分，大伯睡眼惺忪地起夜上厕所，才出屋子，就听见后门口又传来笃笃的敲门声，和那天晚上的敲门声一模一样。

大伯顿时睡意全无，双腿如同灌了铅一般。

笃笃笃，敲门声又一次响起。大伯定了定心神，芳三毕竟是自己的侄子，不是纠缠不休的恶灵，他一定是有其他没有完成的心愿。但是半夜三更，鬼魂敲门，他无论如何都不敢再应门，但是又不能放任不管。

思来想去，大伯决定去把藤代的老父亲叫起来，一起去应门。就这样，伯父去房间低声喊藤代的父亲。

“您睡了吗？”他轻轻推开门。

藤代的父亲被推门的声音弄醒了，起来一看是林藏伯父，便问道：“怎么了？”

“芳三他……又来敲门了……”

“啊？”听到林藏伯父这么说，藤代的父亲立刻坐起身来。

“是啊，我又听见敲门的声音了，这次麻烦您陪我一起应门吧。”

“好好好！”藤代的父亲连忙披了外衣，跟着伯父一路摸黑走到了后门。

天上全无星星，四周一片黑暗。

笃笃笃……敲门声还在继续。

“是谁啊？有事吗？”伯父强忍住内心的恐惧，哆哆嗦嗦地问。

“是我啊……”

仍旧是虚弱的声音，和上次的一模一样。果然是芳三啊！

“芳三，你还有什么心愿未了吗？”

“伯父，您上次带给我的东西我收到了，麻烦您了……不过，我实在惦记着我辛苦挣来的钱，伯父您把钱埋到我坟头吧。”

“钱？”

伯父一头雾水，不知道芳三到底需要多少钱。家里丧事一路办下来，几乎已经没有多少钱了。

“是啊，请务必埋下给我，否则我走得不安稳啊。”

“那给你送多少钱过去？”

“五十两就可以啦……不需要很多。”

“虽然给你办葬礼花费了不少钱，但五十两应该还有。”

“那就麻烦伯父了……请务必埋下给我……否则我走得不安稳啊……”

“老爷子，这……我们给芳三埋一些钱？”伯父转头和藤代的父亲商量起来。

藤代的父亲一想到芳三年纪轻轻便过世了，不由得感伤起来，说道：“既然是芳三的心愿，那就帮他完成吧。”

“芳三啊，你安心吧，明天天一亮我们就埋了给你送过去。”见藤代的父亲点了头，伯父只好回道。

“谢谢伯父！”

“藤代和孩子我们大家都会帮忙照顾，不管什么事大家都会照料好的，你就安心走吧。”

“谢谢伯父，那我就先走了。”

藤代的父亲在一旁听着，不免老泪纵横，嘴里念叨着：“芳三你一路走好……我们都会帮你照顾着藤代和孩子的。”

门外毫无声息，芳三已经不在了。

“看来芳三是走了，看来人死之后确实有灵魂一事啊。”

两位老人眼角都泛着泪光，相互搀扶着回到屋中。

次日清晨，伯父凑了五十两钱埋在芳三的坟头，因为担心有人得知消息会将钱偷挖走，家里的知情人都没有把这件事说出去。

但是，流言很快就传播开来，芳三回家的消息尽人皆知。从此之后，酒铺的生意越来越冷清，上门的人越来越少，连芳三下葬的寺院都没有人敢去。

农历六月的夜里，某个商人正外出谈生意回来，那晚的月亮又大又圆，把回家的路照得一片光明。商人路过野外一个神社门口时，决定在门前的树下休息一番再走，这个神社门口本来就常有路人在此休息。

商人刚一靠近，就模模糊糊看到一个白影。

“难不成是有人在这里幽会？”商人心里想着，一回神，只见一个人穿着白色的袍子出现在他的面前。商人细细看去，这个白衣人的舌头伸在外面，长长的一大条！

商人吓得面如土色，正想逃命，却被什么绊倒在地，顿时晕了过去。等醒过来，商人立刻爬起来就往家里跑，等到了家中仔细检查，才发现自己的钱包竟然不见了。

商人遇到长舌鬼的事不胫而走。镇上的人都不敢在晚上出门，生怕遇到长舌鬼。

又过了十来天，有个马夫替米店送米，送完米后在酒馆里喝得醉醺醺的。马夫回家要穿过一个长长的巷子，正当他走在巷子中的时候，一个白衣身影突然冒了出来，一只手搭在了马夫的胸前。马夫被这突如其来的人吓得酒意全无，定睛一看，这个白衣人露着一条长长的舌头！

一番惊吓之下，马夫立刻晕倒在地，等到他醒过来，连忙赶着马逃回家中，才发现钱包不见了。

就这样，长舌鬼的事愈演愈烈，镇上的人个个闻之色变。这时候，有个卖年糕的小商人，每天都会做好年糕去隔壁村子卖。为了保护自己做的年糕，总把装年糕的饭盒仔细地包起来，然后挂在自己的脖子上。

这天晚上，小商人和往常一样走着，由于心里惦记着长舌鬼的事，有点发怵。

小商人沿着山丘往回走，山丘附近是农田，有间农民搭的简易小屋。正当他走过小屋时，一个白色的人影扑了过来，一只手抓住了他胸前的衣服，一条长长的舌头吐了出来。

小商人立刻被吓晕了。没多久，他便醒了过来，仔细一看，长舌鬼还待在他眼前，奇怪的是，长舌鬼似乎端着饭盒正在吃年糕！小商人偷偷观察着长舌鬼，见他像个普通人一样将年糕塞进嘴里，嘴里是一条普通人一样的舌头！

他立刻就觉得不对劲，哪有鬼吃年糕的？这个肯定不是鬼！果然，在他的仔细观察下，发现眼前的长舌鬼不过是个矮个儿的男人！

小商人气急了，竟然有人扮作长舌鬼来吓唬自己！他立刻扑上去要抓住长舌鬼，长舌鬼被小商人吓了一跳，推开小商人就跑。小商人一边喊着抓贼一边紧紧地跟着他跑。

最后警察终于抓住了长舌鬼，事情也就真相大白了。

原来，这个长舌鬼就是镇上一个嗜赌如命的人，他用魔芋做了条长长的假舌头，在夜里专挑独行的人吓唬，然后趁机偷取钱财。酒铺的人听到长舌鬼被抓的事，开始怀疑当初来敲门的芳三是不是也是这个男人假扮的，跑去墓地一检查，果然埋下的东西全都不翼而飞了。众人这才明白，所谓“芳三的遗愿”，不过是恶棍的骗局。

这个故事是真人真事改编的。明治维新时，在千叶县，确实发生过这样的事。

# 白落樱

春夜，长街。

一个年轻的武士悠闲地走着。他走得很慢，因为他尚未成家，并没有什么人在家里等他，所以，他并不着急回去。

云霞溶化月光，一片片地透到人间，仿佛一地掉落的樱花，纯洁而神圣。

突然，武士注意到了一对商人打扮的母女。她们正默默地站在传通院门口，相对无言。

那女儿也很年轻，看起来和武士一样的年纪。她有着白皙的肌肤，就像盛开的白樱一样。

武士打量了她们几眼，继续向前走。

前面是一座宅子，宅子后面有一道缓坡，坡上有棵樱花树。武士走下缓坡，发现了一个风姿绰约的美女。

那女人穿着闪闪发光的黑衣，静静地站在树下。

夜风吹过树梢，扬起樱花，拂过她的脸颊和发梢，然后落到了她的影子上。

武士见了，又好奇又疑惑，就走上前去，恭敬地问："请问，姑娘是迷路了吗？"

"我家住滨松，年幼丧父，一直和老母亲相依为命。前不久，老母亲也去世了，我只好来江户投靠姑母。但是，我来了之后才知道，姑母已经搬走了，我无家可归，不知道应该去哪儿，所以只能站在这里……"

女人身上不断地飘过来一阵一阵的香味，武士闻见，不由得沉醉其中。

武士打量着她，喃喃道："是啊……你一个年轻女子，逢此等遭遇，着实可怜，夜晚路黑危险，你也无处可去，唉……"

女子听武士如此说，更是紧紧地盯住武士，眉头也越发紧皱了，看起来楚楚可怜，仿佛把武士看成是唯一可以搭救她的人。

武士刚再想表示些同情，女子就说："也许你可以收留我一晚。一晚，就一晚。我并不求别的，只要求睡在屋檐下，有人照应，就知足了。"

"也未尝不可，只是……我有一事，不得不说。"

"什么事？大哥尽管说来。"

"我……我还未成家。"

说罢，武士的脸涨得通红。女子听了，也红了脸，即使在夜幕下也能看得一清二楚。

不过，两人眼中却没有显现出过多的担忧，反倒有了一丝喜悦之情。

此时，又一阵风刮过，樱花零落飞舞，很是漂亮。

武士带着女子上路了。

路上，他们经过了一座年代久远的小坡。小坡下面是条小溪，溪上有座板桥。板桥的后面是一座关押重犯的宅邸，而桥边的空地上则是可怕肃穆的刑场。

小溪潺潺地流水，让人觉得神圣而静谧。但是，不知道为什么，经过这里的时候，那女子突然发出了一声娇喘。

终于，两人回到了武士家里。

"姑娘，你稍等片刻，我先进去点一盏灯笼，谨防姑娘踩空。"

"大哥人善，谢过大哥了。"

"区区小事，不足挂齿。"

很快，武士就带着灯笼出来了。女子又谢了他，跟他进屋。

女子虽恭敬，倒也不拘谨，进屋之后，连声说要帮着泡茶。武士推辞不过，就随她去了。

她的手艺很好，没过多久，茶香就飘满了整个屋子。

武士不禁对她刮目相看，邀她坐在灯笼前，两人一起喝茶。

喝着喝着，女子突然说："大哥的大恩大德，我永世难忘。我看你一个人居住在此，家里恐怕没人打理，很不方便，不如大哥收留我，我替您操持家务。您也知道，我是个弱女子，无处可去，即使您不能收留我很久，也请让我多住个两三日吧。”

“这……也好。你暂且在这儿住下吧，之后有了去处，再走也不迟。”武士干脆地同意了。

“真的吗？谢谢恩人！”女子高兴极了。

其实，武士之所以答应得这么快，也是因为早就起了恻隐之心。

第二天，武士早早起床，见女子睡得香甜，便没有打扰她，而是望着她苍白却甜美的脸出了神。想到这儿，武士的脸上情不自禁地流露出了幸福的笑容。

武士悄悄地起身去厨房做饭，在院子、厨房之间来回穿梭。

女子依然沉睡着，武士偶尔会去看看她。看着她可爱的样子，武士微微地笑着。

不过，也许女子太累了，就连武士淘米煮饭的声响都没有惊醒她。

饭准备妥当之后，女子仍未起床，武士有些担心，便前去叫她。

结果，武士掀开被子一看，发现女子没有下身，只有一颗切口处血肉模糊的头！

武士大惊失色，撒腿就跑。

“花要谢了，花要谢了……”

他一边跑，一边这样喊着。

原来，这女子是个死囚，本该在早春处斩，但是，她跪求官府，想看过樱花开放之后再死。于是，直到昨天，她才被处死。

从此，每当樱花绽放时，总有一个疯疯癫癫的人在街上大喊：“花要谢了，花要谢了……”

# 淳之助的好运

这会儿正是酷暑时节，水稻已经下秧，水田里传来阵阵蛙鸣，夜晚闷热无比。

千叶县铫子市的松岸附近，淳之助躲在大路边的松树林里面静静等候着。这时候蚊子开始成群出动，躲在树林里的淳之助成了蚊子的目标，被蚊子咬得满身是包。没办法，他只能一边轻轻挥手赶蚊子，一边凝神屏息地听着路上的情况。

淳之助原本生在富裕之家，他的父亲原本是土浦一带的乡绅，他还有一个哥哥，一家四口生活还算殷实。可惜后来闹起了“传马骚动”，父兄都被祸乱波及致死，只剩淳之助与母亲相依为命，可是前不久母亲也过世了。无依无靠的淳之助跑到松岸来想试试自己的运气，看看有没有好运。可惜他折腾一圈下来，完全没有遇到什么好运的事。

就在淳之助失望的时候，他听到有人说铫子的观音很灵，为了求个好运气，他又从松岸跑了一里地到铫子的观音处许愿。

然而，距离许愿已经过了三个七天，观音完全没有显灵。不仅如此，淳之助反而走厄运：先是丢了工作，后来连饭都吃不上了，上一顿还是早上的时候吃了一些，如今早已饿得前胸贴后背。为了混口饭吃，淳之助只好走歪门邪道——现在他正蹲在树林里，等着有人路过。

淳之助正在赶蚊子，突然间，大路上传来几声咳嗽。

“有人来了！”

淳之助打起了十二分精神，仔细听着，有人从铫子的方向走来。夜已深，淳之助眯着眼睛看去，却什么都看不到，这让淳之助有些失望。什么都看不到，那只能说明来的人没有提灯。但凡是有点钱的人，走夜路都必然提灯，穷得连个灯笼都打不起的话，还有什么好抢的？

路上的人走得很慢，不时地咳嗽着，走过淳之助附近时，恰巧飞来了只萤火虫。此时，淳之助终于看清了他的模样：白发苍苍，面容枯槁，身上破烂不堪。

“乞丐一个。”淳之助不屑地望向路的远方，一点灯火正在慢慢靠近，“这回肯定是有钱人！”淳之助两眼放光起来。

火光一点点靠近，交谈声也慢慢变大。淳之助又有些失望，拦路抢劫这种事，当然是以落单的人为目标，这么一群人，自己一个人哪里敢上前。

等到光亮靠近淳之助这边时，他才发现，这一拨人共有三个，似乎是坐船来自江户的旅人。“可惜没有落单的啊。”淳之助一直目送着三人走远，盼望着有人落单。

三人渐行渐远，淳之助只好回过头来继续盯着来路，一点灯火慢慢出现。

“太好了！”淳之助紧张起来，这次的路人走得非常快，很快就走到了淳之助的面前。淳之助一看，这个人独身一人，头戴一顶草帽，用扁担挑着货物，分明是个商人！

说时迟那时快，淳之助一下子从树丛里跑了出去，大喊一声：“不许走！”然后站在路中间。

淳之助早已准备了一根扁担当作自己打劫的武器，并用头巾蒙上了自己的大半张脸，防止被人认出来。

路人被吓了一跳，停下了急匆匆的步伐，把灯笼抬了抬，想要看清楚。

“谁？”路人谨慎地问了一声。

“此树是我栽，此路是我开，要想过此路，留下买路财！”淳之助照着强盗的话语，恶狠狠地说了一遍。

“强盗？”路人问了一句，还不等淳之助回答，就哈哈大笑起来。

淳之助觉得奇怪，就在他走神的一瞬间，路人抬起腿就是一脚，把淳之助打趴在地。淳之助觉得不妙，正准备爬起来逃命，却被路人一把按在了地上。

淳之助被打得浑身疼痛，连忙求饶：“英雄饶命啊！我只是太饿了，迫不得已才做这事啊！”

“怎么？你是第一次抢劫？”路人笑了起来，松开了手，“你在这样的地方怎么可能抢到值钱的东西，想要发横财必须去江户啊，那里才是金山银山的天堂！”

淳之助早已被吓得不轻，哪里还敢再抢劫，连忙摇头似拨浪鼓，道：“不敢了不敢了，再也不抢了！”

“这么胆小？”路人有些不屑，“你是这附近的人？家里还有些什么人没有？干什么活的？”

淳之助老老实实地回答了自己的境况。路人听完又大笑起来，道：“你这样的身世不好好干怎么行？十五日之后你去江户！”他边说边掏出一沓钱，扔给淳之助，“这是路费，应该够你去江户的了。在浅草那边有一个观音庙，半个月之后的晚上你就在观音庙殿外的回廊那里站着等，我会派人来接你的。”

淳之助收好钱，喜不自禁，连声道谢：“好的好的，十五日之后我一定去拜见您！”

路人从怀里拿出一柄扇子交给淳之助，道：“这是接应的信物，你去江户记得带上它。这事千万不要告诉第三个人，我还有事，我先走了。”

路人嘱咐完转身就走，留下淳之助手舞足蹈地在原地傻笑。真没想到自己抢劫没有抢成功，反而得了个差事，还得了钱。

淳之助不敢将这件事告诉别人，回家休息了两天便动身到江户去了。约定的日子还没有到，淳之助在约定地点的附近租住了下来，每天喝喝酒，好不快活。

很快，约定的日子到了。天还没有黑，淳之助就带上信物到观音庙的殿外回廊处等着。夜幕渐渐降临，观音庙里的灯笼被一一点亮。正在这时，一个英俊的年轻人忽然出现，如鬼魅般夺走了淳之助手中的扇子。

淳之助吓了一跳，心想：这可是和人相约的信物，丢了可怎么得了，好不容易才走了一次好运遇到了贵人！想到这里，淳之助立刻追了上去。

那个年轻人沿着后山快步地走着，淳之助心里着急，快步跟着。却见那个年轻人似乎悠然自得，穿过街道走过茶馆，在一个酒馆前停了下来，转过身望着追了一路的淳之助，摇了摇扇子。

淳之助这才明白，原来这个年轻人就是来接他的人，于是赶紧跟上去，进了酒馆之中。一个小间中有五六个人坐在一起喝酒。

“来啦？坐，还认识我吗？”一个四十岁上下的男子望着淳之助笑道。

一听见他的笑声，淳之助立刻认了出来，他就是那晚那个路人。

淳之助战战兢兢地坐在接应他的那个年轻人身边。那位路人对身旁的那位头发花白、浑身精瘦的老者说："这就是我在铫子遇到的那个年轻人，来我们这里锻炼锻炼，打打下手的。"

"那挺好的啊，小子，来，喝上一杯！"老者递给淳之助一个空酒杯，边上的接引人给他倒得满满的。

淳之助心想，这些人一定都不是寻常的人，但还是鼓足勇气接过酒杯。身边的人介绍道："这位老者是桥场的老大哥，那个约你来江户的人，是现在的大当家！你尽管喝就是了。"

淳之助一听，奓着胆子喝了一杯。老者笑眯眯地问："小子叫什么名字？这么有胆识，不像是普通人啊！"

淳之助不敢随便说出自己的真名，胡乱说自己叫"三吉"。这时包间里突然进来了几个添茶的姑娘，老人转而和姑娘们开起了各种荤玩笑。

一伙人就这样吃喝闲聊，直到深夜才出了酒馆，每个人都是醉醺醺的样子。老者笑着对淳之助说道："跟我走，小伙子！带你去找漂亮妞玩几把！"

淳之助一听，心怦怦跳起来，方才见老者和那几个添水的姑娘说了不少荤话，莫不是要带他逛窑子去？淳之助赶紧跟在老者身后。夜已过半，月亮被云雾遮挡住了，月光显得格外淡，说来奇怪，这一拨人都不再说话，只是一并快走。淳之助不敢多问，也跟着走，心里还惦记着漂亮妞。

大约赶了十町路，老者带领众人停在了一处豪宅门外，示意众人就是此处，然后绕行到豪宅后门口。淳之助正一头雾水，老者那张满是酒臭的嘴就凑到了他的耳朵边，说："小子，今晚我们就在这里干一番大事业！"

淳之助疑惑起来，越来越不明白他们想做什么。突然，他脑中灵光一闪，回忆起与路人相遇的那个晚上，"想要发横财必须去江户啊，那里才是金山银山的天堂！"

淳之助登时一身冷汗，原来，这拨人是强盗！

来不及多想，后门已经被弄开，老者领着众人鱼贯而入，还不忘招呼淳之助一起。淳之助无奈，只好跟着走了进去。众人进去之后按次序排好，老者吩咐淳之助说："小子，你第一次来，就站在这里好好等着，要是有绳子放东西下来你就好好接着，把东西拿下来，有什么情况的话，就扔一块石子上屋顶。"

淳之助点点头。此时众人都已经各做各的，消失无踪。老者仔细叮嘱了一番，然后顺着梯子爬上屋顶，也消失不见。淳之助第一次做这样的"工作"，连他们何时搭了梯子都不清楚，心里惴惴不安，木桩一样站着不敢动，却又怕被人发觉。

正在恐慌的时候，忽然，一个大包袱落了下来，原来是同伴用绳子放下来的赃物。淳之助不敢多想，照老者说的把东西接了下来。刚接下，绳子就被同伴抽了回去。

淳之助打开一看，是一大包精美衣裳。此时，另一个小包袱落了下来，淳之助赶忙又接了下来，包袱里似乎是个木箱子，虽然很小，不过很重。

"难不成是一箱子金银？"淳之助顿时好奇起来，正要打开箱子看一看，又一个大包袱落了下来，淳之助只好继续接货。几次之后，终于得了一个空闲，淳之助立马打开了箱子。只见箱子里金灿灿的，全是各种金币银币。淳之助从未见过那么多钱，欢喜得不知如何是好。但是他转念一想，自己一个刚加入的新手，能分到钱吗？

淳之助回想起了自己吃过的苦，还有自己求神拜佛所渴望拥有的好运，这一箱子钱足够自己过上好日子，不用再吃苦，也不会再走投无路。再说了，这一拨人都是打家劫舍的强盗窃贼，哪里会有什么仁义？他们满脑子都是害人的主意，自己绝不能与他们为伍。

他觉得自己跑了很久，也不知道自己已经跑到了什么地方，这一路小跑引得狗叫连连，淳之助像只惊弓之鸟，终于跑得没了力气。此时的淳之助已经跑到了一条宽阔的路上，路上有轿子缓缓经过。他生怕被人发觉，穿过护城河上的桥，这里有一间寺庙，他发现有脚步声渐渐靠近。

听见脚步声，淳之助不由得慌张起来。自己卷款逃走，一旦被那拨强盗抓住，那肯定没有活路了。他咬紧牙关加快步伐，不停地转弯，最后终于走到了一条宽阔的大河边上，河岸上正有人生了一个火堆。

肯定是渔夫！淳之助兴奋起来，就像看见了救命稻草，心想，有渔夫就肯定有船，把我送过河肯定没人能抓到我了。

淳之助小心翼翼地靠近火堆，火堆旁的确有一艘小船，上面坐着两个渔夫。其中一个矮矮胖胖，左眼有一道扭曲的伤疤，另一个身材精瘦，脸上有许多麻风似的小坑，两个渔夫看起来都有些醉意，兴许是刚喝过酒。

“麻烦了，请问二位能不能送在下去对岸？”淳之助抱紧了箱子，试探性地问道。

“干什么？”胖渔夫没好气地吼了一声。

淳之助只好又大声地问了一遍，想起自己还有两块金币，淳之助又顺便说了一句：“在下必定重谢。”

两个渔夫心领神会般地点了点头，招呼淳之助上船。小船渐渐离开水岸，两个渔夫划着桨，让船驶向水流上游。

哗啦啦的水声有节奏地响着，淳之助把箱子放在自己身边，终于松了一口气。

这时，胖渔夫忽然对淳之助说道：“客人你站起来，水漫上来了！”淳之助闻声立刻站了起来，只觉得腰部一记重推，还没来得及喊，就已经落入了河中。

“快醒醒！快醒醒！”

淳之助觉得耳边似乎有人在喊，还有人在摇晃着自己，他慢慢睁开眼睛，看见一个相貌普通、眉毛发白的船夫正关切地看着自己。

“你醒啦，还好你没有呛到水，不过倒是昏了挺久。”船夫似乎不是本地人，说话带着口音，总将最后一个音调扬起来。

淳之助受了惊吓，还没有回过神来，只是慢慢地坐起来。幸好淳之助会游泳，落水的时候受了惊吓昏了过去，顺着河水遇到了这位船夫。

船夫问：“你怎么落水的，应该不是自杀的吧？”

“过河遇到坏人了，被暗算了。”淳之助回答说。

“那你肯定是带了什么值钱东西吧？这附近很多谋财害命的人。”

“就一些衣物，不值钱。”淳之助长了心眼，没有透露一箱子钱的事。

“那些害你的人什么样子，你还记得吗？”

“记得，一个瘦子满脸坑，一个胖子左眼一道疤。”

船夫思索了一番，道：“这么说来我好像见过这么两个人，去年有个朋友跟人打架，被一个左眼有伤疤的胖子咬掉了手指，大概就是你说的那个人吧！”

“您知道他是什么地方的人？”

“不知道，只是遇到过。”

“哦，那现在这是在哪里？”

“浅草的对面。你要去什么地方吗？”

“我想去铫子。”

船夫点点头：“没事，人没事就好，东西没了就算了。马上天亮了，你快休息一下吧，我也要睡了。”

淳之助看了看，自己的衣服被船夫晾在火堆边烤着，身上穿的是船夫的旧袍子。奔走了一路又落了水，淳之助浑身酸痛，眼皮直打架。想到自己好不容易交了好运得了钱，就这样白白被抢，心里不是滋味。

天一亮，淳之助就换回了自己的衣服，虽然没有干透，不过也干得七七八八了。船夫准备了早饭，淳之助饿得厉害，所以也没有推辞。饭后，他千恩万谢地告别了船夫，独自朝河的上游走。他仔细地观察着岸边的小屋，心想，说不定那两个坏家伙就是住在这河边呢。

淳之助一直走，差不多走到了千住大桥附近，一幢小屋建在柳树边，有两个醉醺醺的男人正在聊天。淳之助看着两个男人的身影，怎么看怎么眼熟：没错！就是那个瘦子和那个胖子！

他赶紧蹲下躲在芦苇后面，胖子转过身来和瘦子说话，胖子的左眼上一道狰狞的伤疤。淳之助的心都快跳到嗓子眼了，看来这屋子就是他俩的住处了！

他在芦苇边耐心地等待着，两个坏人在屋子附近交谈了一番，便往大桥的方向走。等他们消失不见，淳之助才壮着胆子走了出来，一把推开了小屋的门。

他本以为屋里没有人在，结果却发现有一个十六七岁的年轻姑娘，姑娘明显被淳之助的闯入吓坏了。

“不许喊人！不然杀了你！”淳之助威胁道。

淳之助在屋里一顿翻找，竟然真的找到了自己的木箱。箱子里的东西还在！

淳之助立刻拉着姑娘抱着箱子，坐上小屋边的小船，顺着水流，逃跑了。几天之后，淳之助回到了自己土浦的老家，并和抢来的这个姑娘结了婚，生了孩子，靠着箱子里的钱建房子，买土地。之后经历了明治维新，许多原本的乡绅都活不下去了，淳之助依旧交着好运，衣食无忧地生活着。不仅如此，淳之助还捐款赞助各种事业，收获了百姓的称赞与尊敬。

然而，没过多久，淳之助就被自己的妻子气得发了疯——她实在是行为浪荡，品行低下，无法继续一起生活。疯了的淳之助在土浦四处乱转，高喊着“想要发横财必须去江户，那里才是金山银山的天堂”，家里很快就跟以前一样一贫如洗，他则疯疯癫癫，最后不知所终，没了消息。

# 河畔蹴鞠

自广成离开京都，到现在已经半个多月了。

为了寻找失踪的父亲，这半个月来他一直四处打听。这半个多月一直是阴雨绵绵，天气闷热得让人难受。连日的阴雨使得河水暴涨，根本没有办法过河，没办法，广成安心地在驿站里住下了，顺便在这附近打听父亲的下落。

广成刚住下，持续了半个多月的雨就忽然停了。他放下自己的行李向驿站里的人打听自己父亲的下落，只要有一点关于父亲的线索也好啊，哪怕是最坏的消息……广成这么想着，可是驿站里的人却没有给出任何有意义的回答。

广成一家一直居住在京都，祖上是蹴鞠名门，父亲广足也一直以蹴鞠出名。广成则在大内里当差，在太上皇的居所里当卫士。父亲一直觉得怀才不遇，于是孤身一人离开了家，打算去镰仓投奔源实朝。可是，自从父亲离开家，就再也没有任何消息传来。母亲实在放心不下，和广成一番商议之后，决定由广成出来寻找父亲，为此，他只能辞去了自己的职务。

此刻皓月当空，广成觉得心情舒畅了许多，夜晚，他独自在驿站附近的河边散步。河水哗哗作响，路上没有什么行人，许多人都被暴涨的河水困在了驿站，都在盼着水早些退下去。广成也打算趁此机会，好好打听一下关于父亲的消息。

走到下坡路的时候，一个男人向他走来，走近他身旁的时候，广成问道："请问，河水有没有退下去啊？"

那个男人听见广成的声音，停下来回答说："现在还没有退，明天应该能退下去一点，不过这么大的水，就算退下去一点也没办法渡河，多等几天看吧。"

"这样啊。我是京都过来的，原本想过河去找我父亲，没想到现在过不了河……”

“唉，涨水没办法啊！你要找的人什么样子？京都到镰仓这一路我常走，挺熟悉的，没准我见过呢。”

“哎呀，我父亲四十多岁，我与家父长得很像。之前他说要去投靠镰仓将军，可是，至今音讯全无。他开口就是京腔，蹴鞠踢得很棒！不知道您有没有遇到过或者听说过这么一个人？”

“听你这么一说，我还真是没遇到过令尊。去年在箱根山有对夫妻被山贼杀害了，不过夫妻俩都是二十出头的年纪，应该不可能是令尊。”

“唉，我一路寻来也是毫无线索。”

“这种事急不得的，我帮您多留意一下吧。”

“多谢了！我叫原广成，家父原广足。”

“好好，我记下了，擅长蹴鞠的原广足。”

广成再三谢过了那个男人，继续往下坡路走着，再往前走了一段后，马路两侧不再有住宅楼，只剩下大片的竹林，水声更加近了。广成往竹林中看去，隐隐约约能看到火光，可能是船夫的篝火吧。白天的时候广成就到这里来打听渡河的事，这竹林深处住了几个船夫，广成特意向年纪大些的船夫打听父亲广足的消息。

“哎呀，我哪里记得住啊，我每天渡河的人都有成百上千个啊！”老船夫不胜其烦，把广成打发走了。

广成不想再去找不自在，就沿着林子里的小路一直朝前走。

此时的月光被竹林遮盖了一些，林子里有些昏暗。

广成就这么漫不经心地瞎逛着，不知不觉，月亮变得朦胧起来，乌云渐渐地厚了起来。广成一路心不在焉地走着，乌云的影子在他的脚下飘过，他都有点分不清自己是走在路上还是走在乌云之中了。广成停了下来，抬头看着天上的月亮，月亮正悬在河面之上，此时，一朵乌云倏忽飘过。

广成继续往前走，忽然，左边出现了一个土丘，连绵着一直到水中，上面还有一小块平整的地方长满了低矮的树丛，像是一道篱笆。河面此刻映着月光，一眼望不到边。

广成目不转睛地看着河水，他总觉得土丘附近有什么，定睛看去，发现土丘附近的草地上竟然围坐着四五个人。这一圈人喝着酒唱着歌，说说笑笑。

自从河流涨水，人们都怨声载道，怎么会有人在这里赏月喝酒？广成越想越觉得奇怪，不自觉地朝他们走去。

走近一看，原来坐了有五个人。月光下五个人的长相看不太清楚，不过他们各自穿的衣服却可以辨认。正中间的地方坐了一个高大魁梧的男人，一身黄色衣裳十分显眼；高大男人的右边坐着一个高瘦的白衣男人，这白衣男人的脸黑乎乎的，看起来油光满面；高大男人的左手边坐着一个青衣男人，又矮又胖，眼珠子特别大。三个人坐在一起，举着酒杯开怀大笑。

另外还有两个人坐在这三人的对面，背对着广成，所以看不太清楚，只知道穿的是黑色衣服，看身影一个似乎是个少年，不过十五岁的样子；另外还有一个则是中年男人，身材也有些矮小。

广成看了一圈，目光忍不住盯着那个中年男人看。

这时候，广成注意到，那个穿青衣的男人凶恶地看了一眼少年，端坐着的少年立刻战战兢兢地站起来为青衣男人倒酒。青衣男人看着少年，发出诡异的笑声。

这些是什么人？难道是附近的地主或者富商？要是地主，那说不定见过父亲，指不定能帮忙打探下父亲的下落。想到这里，广成真想直接上去询问一番，可是这群人正玩得开心，贸然出现打扰别人，实在太没有礼貌。广成只好按下性子，继续在一旁等待时机。

“哎呀，今晚的月色真是美啊！是喝酒的好时候啊！来！给我满上！”黄衣男人扯着嗓门说了起来。

少年毕恭毕敬地端起酒壶，把黄衣男人的酒杯倒满。

那个中年男人却一直没有动静，广成再一次端详起他的身影来。

“哎呀，今晚的月色真是美啊！要是有下酒菜就好啦！”白衣男人泛着油光的脸上露出遗憾的表情。

“说得对啊，要是有下酒菜就完美了！不过十全十美总是不存在的，这样也很好啊！”黄衣男人又一次笑了起来。

广成一番观察，认定这个黄衣男人肯定是这群人中的头。

“这么好的月色，欣赏欣赏蹴鞠再合适不过了！我们的蹴鞠手这会儿肯定按捺不住了吧？”青衣男人忽然开口道。

“不错不错！来蹴鞠啊！蠢货，你难道不想起来活动一下腿脚吗？一直傻坐着舒服吗？”黄衣男人边说边朝中年男人笑道。

那个中年男人也不回话，只是低着头，似乎说了些什么，但是广成听不清。

“快来表演蹴鞠，去！把球拿过来！”黄衣男人朝着少年发号施令起来。

少年再一次毕恭毕敬地站起来往水边走，只是一瞬间的工夫，少年就不见了。广成揉了揉眼睛，确实不见少年的影子。

真是奇怪啊！广成忍不住想。

“蠢货！不打算教我们蹴鞠吗？”黄衣男人又一次拿中年男人开起了玩笑，望向中年男人的目光十分凶狠。

中年男人似乎开口说了些什么，但是由于背对着广成，广成什么都听不清楚。

正在这个时候，消失的少年又出现了，手里抱着一个雪白的球。

“好了，球来了，蠢货，快表演吧！”黄衣男人动作灵巧地拿起球，一下子闪到了中年男人的身后。广成微微退了一下，以免被他发现。

“蠢货，接好球！”球飞上了天空，中年男人一记漂亮的脚法把球踢了回去。

这脚法……广成忍不住回忆起来。

雪白的球就这样不停地传来传去，广成的注意力完全被中年男人吸引了——他的技术如此精湛，脚法竟然与自己的父亲一模一样！眼前的景象不禁让广成回忆起当初父亲教授他蹴鞠的时候。

广成忍不住往中年男人的方向走去。

忽然间，那个球被黄衣男人踢偏了，正朝着广成的方向飞去。广成吃了一惊，下意识地把球给传了回去。

这个雪白的球十分柔软，一点都不像过去踢过的球。

“什么人！”黄衣男人发现了异样，大喝一声。

“哎呀，这叫流星拐，好脚法啊！”

“白痴！我没问你这是什么脚法！刚才是谁把球踢回来的？你要是还想留着自己的狗命，就把你身后的人给我抓住！”

广成一下子看见了眼前这个中年男人的面容……尽管憔悴消瘦了许多，他还是一眼就认出，这是自己的父亲！

“父亲！父亲！”

“广成！”中年男人也认出了眼前的青年。

“我这是在做梦吗，父亲？”广成完全忘了自己现在的危险处境。

“哈哈，竟然是这个蠢货的儿子来了！正好！把你们都抓起来！”黄衣男人大笑着发号施令。

“哎呀，广成！快跑啊，广成！被抓住你就活不下去啦！别管我！赶紧跑！跑到有人的地方去！”

广成这才反应过来，此时的黄衣男人、白衣男人、青衣男人都一拥而上朝他扑来。

月亮一下子被乌云遮住了，四周什么都看不见。

“快跑，广成！快跑！”广足立刻把儿子保护在自己的身后，使劲地推着他让他逃命。

“不！父亲！我今天就和你一同战斗！我绝不抛下你！”广成坚定地拔出了自己的佩刀。

青衣男人第一个冲到广成面前，伸出长长的胳膊想要抓住他，广成挥刀砍中了他的胳膊，青衣男人惨叫一声，胳膊断在了原地，立刻往河边逃命。

黄衣男人也不落后，想趁机抓住广成的脑袋。广成一个侧闪，举起佩刀往他头上砍去。黄衣男人吃痛惨叫起来，也往水边跑去。

白衣男人此时已经抓住了广成的肩膀，广成被他的长指甲吓了一跳，挥刀向他砍去。就这样一片漆黑之中，似乎有万千的敌人，广成坚定地握住佩刀，不放过任何一个敌人。

“没事了！没事了，广成！他们都逃走了！”

月亮一点点露出脸来，乌云消散了。

广足激动万分，熟悉的脸再次出现在广成的眼前。

“父亲，这些是什么人？”

“他们是水里的妖怪！刚才那个白球不是别的，那是鱼鳔！”

广成若有所思地放下了刀。

“你看看你砍下的胳膊，绝不是人类的胳膊，是鱼的鱼鳍！”

广成低头看去，月光下，那条“断臂”果然是鱼鳍，竟有三尺多长。

“我不慎被这些妖怪给抓住了，他们每天都让我表演蹴鞠，我都快不知道自己是活在水里还是活在陆上了！”广足感慨道。

数日后，大水逐渐消退，广成父子一起到了镰仓，后来都成了源实朝的手下。

# 红猫

已经过了三更，柴田备后家的老奶妈起身去茅房。

走廊上冷冷的空无一物，老奶妈路过一间又一间黑漆漆的房间，慢慢走到一间还亮着油灯的小房间旁。这盏小灯特别昏暗，为了方便夜间要上茅房的侍女才特意通宵点着。经过这儿的时候，睡眼惺忪的老奶妈忽然好像听见了什么，似乎是脚步声，听起来好像是在跳舞。

是谁在里面跳着舞吗？老奶妈抬头看了看，纸门上映现出一个舞动的身影来。

这是怎么回事？老奶妈觉得奇怪。这间屋子并没有人居住，而且后院又都是女眷，更不会有那些因为喝醉酒就手舞足蹈的男人。此刻正是午夜，哪有人会在午夜起舞啊？

老奶妈是这个家的内务总管，有什么人做了违反规矩的事都由老奶妈负责。这个人这么大胆，半夜起舞，这次被我抓到了一定好好惩罚！老奶妈这么想着，悄悄靠近纸门，里面的跳舞声依旧未停。

老奶妈趴在纸门上细细地听，这舞步声轻而杂乱，似乎不是年轻男子的舞步声。那会是谁？难道是那个经常来宅子里的奇怪老头？嗯，说不定就是他，喝多了酒都认不清地方了，在这里跳起舞来了！老奶妈打定主意，把自己亲眼看见的情形汇报给老爷，再让老爷好好教训一下那个不知天高地厚的古怪老头。

于是，老奶妈轻轻用舌头舔了一下纸门，把纸门上的纸打湿，然后用手指戳了一个孔，透过小孔张望着里面的情形。

然而，纸门后面的情形简直吓了她一跳！哪里有什么老头，分明是一只浑身长着红色长毛的大猫！这猫在灯火下舞动着，头上包着一块头巾，两条后腿站在地上，整个都直立起来，两只前爪挥舞在胸前。只见它后腿点着地，前爪和尾巴有节奏地左右摇摆。

老奶妈惊呆了，活了一把年纪，从未见过如此诡异的场景。这只猫她不会认错，就是主人柴田备后养了好多年的宠物。老奶妈盯着看，猫儿完全没发觉有人在看，依旧自顾自地跳着舞，连头上的头巾快要掉落了都没有发觉。

看了一会儿，老奶妈便扭过头不再看了，径直走去了茅房。从茅房回屋的路上，老奶妈再次经过这间亮着灯的房间。这一次她看也不看，直接回了自己的卧室。虽然她看见了红猫跳舞，但是她不愿意把这件事告诉别人。家里大多是年轻的女仆，她们一旦知道这件怪事一定会害怕，到时候都不敢在府上好好做事。而且，土佐是山内的领地范围，这家的主人柴田备后就是山内的亲信，手中可是握有实权的。一想到自己的主人是山内的重臣，老奶妈更加不愿意这样奇怪的事情坏了主人的名声。老奶妈跟随主人已经不是一天两天了，事情的严重性她自有分寸，她决心让这件事烂在自己的肚子里。

三日后的夜晚，老奶妈因为过分操劳而疲乏至极，一躺下便睡得昏沉。睡梦之中，她忽然感觉有什么似乎在敲打自己的头。她迷迷糊糊睁开双目，眼前正是那只在小房间里跳个不停的红猫。这红猫此刻正蹲在老奶妈的枕头上，伸出两只前爪一下一下地拍着老奶妈的脑门。老奶妈被吓醒了，发出了一声惊叫，立刻从被窝里坐了起来。

红猫被老奶妈的叫声吓到了，一溜烟跑得不见踪影。

老奶妈一连遇到两件跟红猫有关的怪事，心里变得不安起来。一夜无眠的老奶妈天一亮就去向主人柴田备后禀告了这两件事。

“啊？那只猫还会这些本事？”柴田备后听完，并没有放在心上。

“老爷啊，那只猫该怎么处置呢？”

“随它吧，反正也不是什么大事。”

老奶妈心里虽然想要反驳，但是她也清楚主人的个性，于是应了声，不再多说话。

柴田备后有个爱好，他十分喜欢去山上打猎，只要有空他就会出去打猎。秋末的时候，备后正好有闲暇，于是他决定去北山好好打次猎。出发的前一天，备后在自己的卧房里做子弹。备后的子弹都是自己做的，用的是铅。只要把铅块加热熔成铅水，然后倒进黏土制成的子弹模具里，不一会儿工夫，子弹就做成了。备后仔细算了算，这一趟打猎，估计十多发子弹就够用了。于是他小心翼翼地抓住加热的小锅子，专心地看着模具。这会儿做好的子弹已经有九发了。

“九发了啊，再做一发吧。”

备后再次把熔铅的小锅放到火上加热，这时候，他养的那只红猫过来了。猫儿后腿站立着，前爪趴在模具所在的桌子上，目光犀利地看着备后。

“怎么？跑来看子弹了？”备后对着猫说道。

锅子里的铅块已经熔开了，备后不再看猫，小心翼翼地把铅水倒进模具里。然后一点点把第一发子弹周围的土去掉，子弹完完整整地出现在备后的手心里。这时候，猫儿已经甩着尾巴离开了，不过，专注做子弹的备后一点也没有发觉。

备后小心翼翼地从黏土里取出第十枚子弹，他忽然想起锅子里似乎还有一些剩下的铅水。既然已经做了这么多子弹，再多做一枚也不麻烦。锅子里的铅水还没有凝住，他重新加热了一下小锅，把剩下的铅水倒进了黏土的模具之中。

次日一早，备后就带上自己做的子弹还有猎枪骑马去了北山。他兴致勃勃地找了一大圈，却什么野兽都没有看见。真是奇怪，原本会有野兽出没的地方没有一点动静，连一只猴子都没有出现。秋末的天气已经有些寒冷，备后不愿意空手而回，于是迎着风往山谷底下去了。

在山上的时候，阳光还能晒到一些，感觉更亮更暖和，到了山谷底下，寒风不停地吹，又背着光，简直看不清楚。此时，备后注意到路左边的大石头上似乎有个什么东西，仔细一看，是一只像山猫一样的走兽。

忙活了这么大半天，备后什么野兽都没见着，现在好不容易遇上一只，他兴奋不已，顿时摩拳擦掌，想要试试自己的子弹。

他举起猎枪，瞄准山猫。只听见“砰”的一声，似乎是打中了岩石上的那个家伙。

“第一发！”

山谷里忽然传来一个声音，听起来似乎是在嘲笑着备后。备后有点吃惊，抬眼望去，那只走兽的前爪似乎抓着什么东西，发出数数字的声音，还不断嘲笑着备后。备后惊讶之余，开了第二枪。

没错，子弹确实是打中了，备后听得出子弹击中的声音。

“第二发！”

那只岩石上的走兽再次发出数数字的声音。

真是奇怪啊！备后又开了第三枪。和前两枪一样，子弹打中了，但是数数字的声音和嘲笑的声音再次响起。

“第三发。”

“第四发。”

走兽一直在数数，一直数到了第十发。

此刻的备后已经惊慌不已。即便经历过各种大风大浪，但是这样的怪事他却从未遇见过。走兽的嘲笑声比前几次更加嚣张，它把前爪抓住的挡子弹的东西扔在了一边，大笑道：“哈哈，你没有子弹了！”

走兽目光凶恶地朝备后扑了上来。

可惜，它猜错了，备后还有一发子弹。就在这最后的一刻，备后填上了子弹，对准走兽开了枪。走兽显然没有料到备后还有子弹，一声惊恐的惨叫之后，消失不见了。

如果前几发子弹都被这走兽用什么东西挡下了，那么最后这一发它肯定是结结实实地挨了。备后在岩石附近找了好几圈，却没有找到这只走兽。于是他只好把走兽扔下来的黑乎乎的东西捡了起来。到亮处一看，原来是一个大锅盖，盖上密密麻麻的全是刚才子弹射中的坑。

回到家的备后把今天打猎的奇遇说了一遍，还把见到的锅盖拿了出来。家里马上就有人认出来，这是后院丢的东西，为了找这个锅盖，仆人们都上下翻了一天了。备后联想起老奶妈说的两件怪事，马上想起了自己养的红猫，仆人们回答说这一天都没有看见它。备后心想，难道山里遇到的那只走兽就是那只红猫？

过了四五天，备后的卧室里发出阵阵恶臭。仆人们翻开榻榻米一看，那只消失不见的红猫，此刻正躺在地板的地面，胸口中了一弹，已经死了。

柴田家生怕这只古怪的猫前来报复，便为它盖了一个小小的祠堂。柴田家的位置，大概就在现在的高知县本町内，四丁目的南侧。前几年，人们还可能见到红猫的祠堂，可惜的是，现在大兴土木，祠堂已经不见了。

# 无头债

“想要挑战我，估计很难呀！”三左卫门满脸堆笑，略显得意地看着他的对手。

“昨天输给你后，我可是冥思苦想了一整晚呢，你不要小看我。”说这话的是温泉旅馆的老板，他全神贯注地盯着棋盘，慎重地拿起棋子。

“哦？照你这么说今天我要拿出真本事咯？放心，我不会轻敌的。”

老板一开始还能故作镇定，下了一会儿不由得紧张起来，他的手开始轻轻发抖。这一切，都没能逃过三左卫门的双眼。

然而老板还是不想输了阵仗，嘴里喊着：“无论如何我也不会输的。”

旅馆老板是一个十足的围棋爱好者，然而仅限于喜爱，他的水平实在不堪一击。往往和三左卫门比试，需要对方让他好几步才能勉强打个平手。三左卫门从江户来箱根疗养，已经住了有二十余日，因为旅馆老板喜欢下棋，所以空闲时和他厮杀几局也很是痛快。

正值入夏时分，阳光正好，旅馆外就是山路，来往三两行人，如从仙境中走来，又走进仙境中去，一片美好景色，令人心旷神怡。

两人聚精会神地下棋时，三左卫门突然发现门外多了一个人影。

“老板，好像有客人来了。”

“啊……”老板应付地回答，显然他一门心思都扑在棋盘之上。

三左卫门起身前往门口处。旅馆外云雾缭绕，之前看不清楚来人的相貌，离近了才发现是一位僧人。

三左卫门朝来人点点头示意。

对方先开了口：“看到二位正在下围棋，贫僧对围棋也尤为酷爱，不知可否在此观战？”

这时，老板才从棋盘中回过神来，招呼僧人入座。

“不，贫僧在此观战就好。”

这位僧人衣着朴素，所穿黑色法衣上甚至有许多破烂之处，他规矩地坐在门外，目不转睛地看着两人酣战。

老板仍旧是拼尽全力对抗三左卫门的布局，不时发出“哎呀走这一步”“糟糕”“失策失策”之类的惊叹声，最终还是难以抗衡三左卫门，败下阵来。

三左卫门笑着问老板：“不是说今天无论如何都不会输的吗？”

老板略显羞赧，不知如何回应，情急之下想起了一旁的僧人。

“哎呀，这不是还有一位客人呢？不如让这位客人跟你下？”

僧人立刻谦虚地推辞。

“别这么客气呀，反正我俩天天下，我估计他也腻了。”

三左卫门也邀请道：“不如咱们来一局？”

僧人不便再推辞下去，席地而坐，嘴里依旧谦虚地说着自己技不如人的话。

三左卫门看到僧人依旧不进屋，便邀请他进来，但僧人却坚持只身坐在门廊上，三左卫门见状，便将棋盘搬到门廊处。

两人相互客气了一番，便陷入了激烈的棋局之中，虽然他们表面上都尤为从容，但相互之间咬得很紧，谁都不甘示弱。不一会儿，棋盘上满是棋子，第一局，三左卫门居然输了。

“阁下果然是高手，我输得心服口服。”三左卫门觉得这样的对决尤为痛快，迫不及待想和对方多下上几局。

两人接着下起来，基本上是你拿下一局，我再扳回一局，彼此不相上下。一旁的老板也看得兴致勃勃。

不知不觉，两人居然对战到黄昏时刻，每一局都十分激烈，两个人也下得非常投入。

天色已晚，僧人不得不暂别，三左卫门尤为不舍，问对方是否就住在不远处的寺庙之中。

“不，贫僧的陋室就位于山中。”

看僧人就要离开了，三左卫门急忙问道：“不知阁下明日可否前来，咱们再对上几局？”

僧人欣然答应，直言自己也酷爱围棋，天天来都愿意。

听到这话，三左卫门放下心来，期待起两人翌日的对战。

三左卫门目送僧人远离，僧人渐行渐远，身影如同一只巨鸟，在山雾中缓缓前行。

“说起来我也是第一次见这僧人呢。”旅馆老板这时开口说道，“客官，您和僧人交朋友可要留心，不过这个僧人看起来挺和善的，应该没什么问题。”

听到老板话里有话，三左卫门不禁狐疑问道：“难道我这样做有什么不妥之处吗？”

“并非阁下有不妥之处，而是相传这山中有一位神秘的僧人，如果他人将这僧人做的事情泄露出去，就会遭遇飞来横祸。但没人知道这僧人是什么样子，也没人知道谁曾丧命在他的手中，更没人知道这里所说的‘做了什么事情’究竟指的是哪种事情，但这个传言由来已久。”

“哦？”三左卫门倒是不以为意，“我只关心能不能下一手好棋，只要会下棋，那僧人再可怕我也不害怕。”

翌日，僧人按照约定来到旅馆和三左卫门博弈。整个下午，两人都沉浸在激烈的棋局之中。

自那日之后，每天下午，僧人都会前来下围棋，三左卫门欣喜之余，也觉得有些不妥，毕竟每天都劳烦僧人前来有些过意不去。于是他提出前去拜访的请求，心想，在僧人居住的地方下棋也不失为一件惬意的事儿。

然而出乎三左卫门的预料，僧人略显生硬地拒绝了他的请求，直言他住的地方不适合招待客人。

看对方如此坚持，三左卫门也不好再提拜访的请求，将心思转回棋盘，和对方“厮杀”起来。

某日，僧人突然没有像往常般出现。三左卫门百无聊赖，便带着随从外出散步。

一直住在旅馆之中，三左卫门从未好好观赏这山中景色。山间空气清新，抬头是一望无际宁静蔚蓝的天，变幻多端的云彩流动其间；低头是蜿蜒的小路，可爱的野花点缀在冷峻的岩石之中；上空不时传来小鸟动人的歌声，别有一番滋味。三左卫门被这样的风景所打动，带着随从沿着一条小路向上走去，想着山顶的风景定然更加宜人。

他们逐渐走进一片树林之中，山中雾气缭绕，寒气逼人。

随从突然发现山顶有一栋房子。

三左卫门顺着随从指引的方向，看到了那栋房子，他心下思忖，莫非那位僧人就住在这里？

想到这里，三左卫门带随从朝小屋走去。虽然看着不远，但到达小屋还是费了一番力气，沿路都是荆棘，每走一步都得想想下一步怎么走。

终于，主仆二人到达了小屋。三左卫门问道："请问有人在吗？"

屋里立刻有了作答声，窗户中探出一个人的脑袋，三左卫门发现不是别人，正是每天和他一起下棋的僧人。

看到是三左卫门，僧人面露不悦，说道："贫僧不是请您不要来了吗？算了，既然来了，那请进吧。"

这时，三左卫门才意识到自己确实有些唐突，毕竟对方当时果断拒绝了自己的请求，只好解释道自己并非刻意前来，只是在山中游览时发现了此处。

僧人明白了其中原委，将三左卫门迎入小屋中。步入小屋中，三左卫门发现屋内陈设尤为简单，墙边有座佛龛，再往里是灶头，僧人正在灶头旁沏茶。

三左卫门再度表示了歉意，表明自己喝完茶就走。他心想，一定是自己的来访打扰了僧人的坐禅。

僧人解释道，自己将三左卫门拒之门外确有自己的苦衷。说这话的时候，他眼神冰冷，和平日里那个下棋的人判若两人。

看到僧人这副模样，三左卫门觉得无趣，想着不如当下就告辞。他劝僧人不用再沏茶，却突然在茶壶的灶头下方，看到一张可怖的人脸！

如果不是他平日里就胆如斗大，恐怕已经吓得出了声。显然，僧人也看到了灶头里的脸，但见他目光如炬，恶狠狠地盯住那张脸，那张脸竟缩了回去。

面对发生的这一切，三左卫门感到十分诡异，他正想告辞，哪料僧人先起身，说要去捡一些柴，并让三左卫门等他一下。

等僧人出了门，三左卫门便计划离去。但身为武士，唐突离去显得有失尊严，不如假以施济再离开。但是，如果直接把施济给那僧人，很可能他不会收下，不如先将施济藏于某处，等僧人回来便告辞。

他环顾周围，并没有什么地方能藏下东西，看来看去，他决定把施济放在佛龛之中。

三左卫门用纸包好了一些钱，将在门口等待的随从唤了进来。

“给你这个，放进那边的佛龛里。”他把包着钱的纸包递给随从。

“是，主公。”

随从接过纸包，准备按照吩咐放进佛龛里。然而当他心怀虔诚地打开佛龛的门时，竟目瞪口呆，吓得手足发麻，不禁惊呼起来。

听到随从惊慌的声音，三左卫门联想起方才在灶头里看到的人脸，心里不由得紧张起来。

他走到佛龛前，发现佛像前竟然有一个背对着的人头！

三左卫门从随从手中拿过纸包，放到了佛龛之中，佛龛中供奉的佛像尤为诡异，样貌如同一个恶魔般可怕。

关好佛龛门，三左卫门让随从回到原先待的地方，自己也回到了原来坐的地方。

不一会儿，僧人夹着一捆柴火回来了，不住地给三左卫门道歉，继而将柴火塞进灶头。三左卫门十分警惕，跟着看过去，竟再度看到了那张可怕的脸！只见僧人做出要打那张脸的姿态，将那可怕之物吓了回去。随后，僧人将柴火点燃，声称水一会儿就开。

“真的不必劳烦了，在下很快就告辞了。”

说着这话的三左卫门严密地盯着僧人的一举一动，倘若对方有任何可疑举动，他都决定用佩刀解决掉眼前的麻烦。

而僧人却依旧神色平静，“如果这里也有围棋就好了，咱们还能再下上几局。”

“您说得没错。”三左卫门也尽量平静地回复着。

两人正有一搭没一搭地说着话的时候，水开了。僧人沏好两杯茶，一杯递给三左卫门，又特意将另一杯给门口的随从送去。三左卫门趁僧人向外走的时候，不声不响将茶泼在了稻草上。

等僧人返回屋内，三左卫门便起身告辞，他邀请僧人翌日下山再次切磋棋艺，僧人欣然应允。

离开的时候，三左卫门有意正对着僧人后退，他担心一旦背过身去就遭到不测。

之后，他和随从有惊无险地离开了僧人的小屋。

三左卫门和随从急急忙忙向山下赶着，随从问他是否饮了那杯茶，三左卫门答曰“倒掉了”，才知随从也感到诡异，并未敢喝茶。

两人迫不及待地赶回旅馆后，三左卫门立刻问起旅馆老板有关那僧人的事，并告知老板自己见到了诡异的事。

正当他准备把所遇之事一五一十地告诉旅馆老板时，被老板及时制止了。

“客官！您还记得我曾经跟您说过的山中的怪僧人吗？我担心那个僧人就是呀！您今天看到了什么可一定要保密，千万别告诉其他人，否则我担心您遭遇不测！还有，您今晚也不要在小店过夜了，还是尽快赶回江户吧！”

老板说得煞有介事，神情严肃得很。

三左卫门觉得老板有些大惊小怪，但对方再三叮嘱他不要讲。他想起白天经历的事也确实奇怪，便决定听从老板的劝告，尽快返回江户。

当晚，三左卫门连同随从离开了箱根，翌日到达藤泽，第三天已经到了金泽。奇怪的是，他们居然在将要下榻的旅馆门口看到了几名前来接应的家臣。

三左卫门感到十分奇怪，问他们怎么会来这里。

几名家臣答曰：“昨天有个僧人来府上通知说今日您就能回来，特意让我们来这里等候您归来。别看那僧人穿得破破烂烂，没想到消息倒准得很。”

听到这话，三左卫门感到既惊讶又恐惧。

当天晚上，三左卫门回到江户的府邸，全家人都在大厅迎接他，正当大家其乐融融迎接三左卫门之时，他最疼爱的小儿子突然朝门廊走去。谁都没有料到，一声惨叫响彻整个宅子。

当三左卫门跑到门廊时，发现年仅四岁的小儿子，竟已身首分离……

# 天谴

永禄四年夏。落日刚刚坠入天际，四个养着鸬鹚的渔人到长良川旁来抓鱼。打头的两名渔人两只手上都拎着只鸬鹚，紧随其后的一名渔人手拿船桨，肩背竹篓，篓里面放着一小壶酒还有几只酒杯。落在最后的那名渔人，右胳膊挟了个草席卷起的包裹，左胳肢窝挟着捆火炬。这几人身上衣服都破破烂烂的，言行举止却和那些散漫惯了的寻常渔人完全不一样，显得英气逼人。

拎着鸬鹚的两名渔人，一个四十多岁，身形瘦削。另一个三十五六岁的样子，长着张国字脸，一身的肌肉。挟着草席卷和火炬的渔人三十岁左右，身材魁梧，目光敏锐。拿着船桨的那名渔人年纪最大，五十来岁的样子，满头白发，个子矮矮的，很是显眼。

这地方在长良川的西岸。傍晚的时候，东岸的稻叶山投下暗影，山巅城池的白壁映射着落日余晖。这片地区，河水在东岸汇聚，西岸就有了一片滩涂。

如果是在白昼，河岸上的柳树会卷起叶片，以抵御炎炎烈日。但到了太阳落山以后的现在，柳叶都伸展开了，安享这清凉时分。几人往下游行去。滩上的砂石受了一整天的炙晒，现在还有余温。

这会儿，挟着草席卷和火炬的大个子渔人对国字脸那个说：“要是能捕到香鱼就好了。”

国字脸渔人扫视了一下前面河岸上丛生的树木，回话说：“有了这几只鸬鹚，想捕香鱼还不简单吗？”

话毕，他还发出了笑声。笑声一起，他右手拎着的鸬鹚就扑腾起翅膀，想要飞起来。挟着火炬的大个子渔人也向前看了看，开口说：“正是，我们有鸬鹚，不愁捕不着香鱼。主要看能不能让鸬鹚听使唤……”说着他也笑了起来。

前边有一幢高大的建筑坐落在树丛掩映间，光线虽然昏暗，屋瓦还依稀能看见。那儿归属日莲宗法国寺，是法华寺别院。

其余两名渔人也看向寺庙方向……长良川有一条小分流自前方斜斜穿流而过，延伸向一片竹林。岸边拴着两三条小船，都隔着些距离。四名渔人往小船那边行去。挟着火炬的大个子渔人又瞄了眼国字脸，对他说：“那蠢物歇在别院中，整日里像个僧人般打坐，但是谁晓得他安排了什么场面……”

拿船桨的渔人不等他说完就截断了他的话头。

“单靠‘香鱼’，能安排出什么场面啊，嗐！‘香鱼’这事儿，我们还是到船上谈吧。”

听他这么说，大个子渔人不由缩了缩头，闭口不说了。几人闷不吭声地往岸边走。

在这几人以外，还有两名带着鸬鹚来捉鱼的渔人，正把一条小船推进河中。天光越发黯淡了。

“有人先行一步了，我们别耽搁了。”拿桨的渔人这样吩咐道。他把船桨搁到船上。

带着火炬的渔人也把拿着的东西都扔到了船上，开口道：“这就启程吧。”

他往竹林那边行去。船就拴在竹竿上，他解开了绳子，不一会儿，低矮的小船就滑进了河里。船从河底的鹅卵石上驶过，咔嗒咔嗒直响。

月朗星疏。大个子渔人燃起一支火炬，固定在船头。小船划进长良川的主干，逆水行驶，去往法华寺别院前面的那方水域。

河面上亮起零散的点点灯光，带着鸬鹚来捉鱼的渔人们接连出发。这几人也把鸬鹚放进河里，国字脸立在船首，瘦个子立在小船当中，这两人是专门照看鸬鹚的。掌舵的则是那个大个子，年纪最长的人操桨。鸬鹚们在主人的驱使下潜入河里，不一会儿又浮上来，循环往复，就这样不停捉着鱼。从鸬鹚嘴中逃出的鱼翻着鳞光闪闪的白肚皮，掉回河中。还不时有鱼跳出河面。等鸬鹚捕捉到四五条鱼以后，它们的主人就会收回“缰绳”，捏着鸬鹚的脖子，把它吞下的鱼倒出来。饿着肚子的鸬鹚紧盯住水里的鱼，蓝眼睛格外清亮……

五六条捕鱼船不知不觉行驶到了一处。操桨那个人蓦地高声说道："鱼就抓这些吧，够我们下酒了。没必要多造杀孽。"

掌舵的大个子也说："不错，不错，没必要多造杀孽，我们这就去喝酒吧。"

船首的渔人扭头瞧了瞧身周那些渔船，也跟着说："也对，这些鱼已经够了。"

他背后的渔人马上回应："那就上岸吧，到别院那儿，寻一处凉快的地儿，喝酒去吧！"

船首的渔人接话说："成，那我们就到别院那儿纳凉去。"

几人牵着"缰绳"收回鸬鹚。不用继续干活儿的鸬鹚欢快地拍打起翅膀，任由轻风吹过它们巨大的喉囊。

"那我们就划到别院去吧。"操桨的这样说。

几人掉转船头，往别院方向划去。

"民众们还在过着水深火热的生活呢，你们却这么逍遥……"他们右方的渔船上传来嘲笑声。

操桨的人听见了，"旁边那条船上还有人笑我们呢。"

目的地在下游，顺水很快就到了。那所别院位于断崖上面，几人在船上，抬起头就可以瞅见许许多多的树根。小船离断崖越来越近……

"要是这里有浅滩，我们还可以生个火烤鱼。如今只好拿醋冷拌了。"

"这就下手吧。"

船首的火炬不知何时熄灭了。船上寂然无声。

过了一阵子，才有人低声开口说："喝过了壮胆酒，到动身的时间了。万不能等闲视之，让那狗东西给逃了！"

说话的是那个操桨的人。船上响起窸窣的摩擦声。过了一阵子，声响就平息下去，万籁俱寂。

法华寺别院。

稻叶山城的掌权者斋藤义龙正在这里消暑，他是斋藤道三的儿子，而斋藤道三与织田信长有颇深的渊源，他是织田信长的岳父，人们常说的"美浓蝮蛇"，正是斋藤道三。此时的斋藤义龙身体微胖的样子，他倚着扶手，令人把油灯挪得远一些，免得那热浪阵阵扑面。两名妙龄女子就跪坐于他身后，为他打着扇子。

透过庭院中树木的间隙，能看到河面上零零星星的渔火。

弘治二年春，斋藤义龙亲手杀了自己的两名庶弟喜平次、孙四郎，又于鹭山击败了自己的父亲，正式执掌美浓，正是意气风发的时候。斋藤义龙极其爱洁，特别在夏季，他每天一定得泡个凉水澡。这几年，每到了夏季，他就会微服而行，到这法华寺别院来，享受院内水池的清凉。

“过来给我揉揉肩。”斋藤义龙开口，一边微微移动身体，让自己坐得更舒服些。

他身后左侧的女子搁下扇子，应声道：“是。”她起身行至斋藤义龙背后为主人捏肩。

恰在此时，屋子外面响起喧哗声。斋藤义龙有些难以置信。他扭头去瞧，正瞧见院中影影绰绰的人影。

“谁在那？”

同一时间，有伙人疾步奔进套廊——这来的正是那四名渔人。几人的装束还和先前相同，只在手上执了锋锐的大刀。

“我等要除暴安良，诛杀弑父的叛贼！我是道士孙八郎的儿子孙太郎！”目光锋锐的大个子渔人喝道。

“我是长井与右卫门！”身形瘦削的渔人喝道。

“筱山七五郎在此！”国字脸喝道。

“我是竹腰藤九郎！来此是要替先主道三报仇雪耻！弑父叛贼，拿命来！”个头矮小、头发全白了的渔人高喊道。

这四人全是道三的下属，一心要替旧主雪恨，诛杀斋藤义龙。女子们惊得乱喊乱叫，狼狈而逃。

不料，就在这危急当口，斋藤义龙却突然失去了踪迹——有道电光在屋内一闪而逝。长井和筱山立时倒毙。竹腰骇然失色，刚舞动起手中的大刀，就听到清脆的金属交击声，大刀像是砍到了某样东西。

同一时间，一只双眼凶恶内泛银光的大蛤蟆现身于屋内！蛤蟆三跳两跳，瞬间就出了套廊，“咚”一声跳入幽暗的池塘里，隐没不见。

“啊！”

竹腰的心神都被那离奇出现的大蛤蟆吸引了过去。正在此时，旁边屋里候着的十来名近侍冲了过来，差点就把道士和竹腰给包围了。

“道士！我们还是先撤吧！”

竹腰一面出手杀掉一名冲向他的年轻侍卫，一面喊道。他先一步跃到了庭院里，穿过池塘边的路径，钻入了陡峭山崖间的树林里。

“别想跑！”

道士也解决了两名侍卫，乘机逃到了院子里。他一逃到山崖间，就高喊了声：“呵！”

他跳下去，掉入漆黑一片的河里。

竹腰和道士到了间掩映在草丛中的小祠堂。之前，竹腰借助那些树根跃到了小船上，捞起自山崖间跳进河里的道士。两人乘着船顺水往下游去，好不容易才寻觅到一处隐秘之地登了岸。

“我们上什么地方避一避……”

“上尾州去投奔织田大人也不是不行……”

两人商讨着将来。竹叶上的夜空一片灰暗，只有寥寥数颗孤星，散发着清冷而微弱的光。

“哈哈哈哈哈……”

一阵畅快的大笑就于此时从周围传来。两人目瞪口呆——因为有位步履蹒跚的老人家现身于他俩面前。老人拄着的手杖，比他本身还要高。

“那只怪物你们杀不掉吗？这倒也不能怪你们，你们现今还不是它的对手。是不是有一道迅疾如风的电光杀死了你们的伙伴？哎呀，太不幸了。你们应当都看到有一只银眼的大蛤蟆了吧？”话说到这里，老人再次笑起来，“不过，自古都是邪不压正，等有一天你们看到月现晕轮、白蛇飞升到北斗七星上了，就再到这里来，那时老夫自会让你们如愿以偿。切记，必须赶在天亮之前抵达这里。”

道士和竹腰顿时佩服得五体投地，对他行起大礼。

“哈伊！”

“哈伊！”

“还有……竹腰和我没缘分，道士那天要独自前来。”

“哈伊！”

“哈伊！”

两人伏地了老长时间，可很久都没听到老人再开口说话，仰首一瞧，老人已经不见了踪影。

竹腰和道士折返他们的容身处，一心等待老人所说的时候到来。要把日子过下去，他们必须时常去捕猎。

有一天早上，他们携带弓箭到了一处辽阔的旷野。临近黄昏的时候，二人才终于寻觅到一头鹿的踪迹，可追到最后也没能追上。

等道士醒觉时，已经不知道竹腰到哪儿去了。他赶紧沿来路往回折返。

“竹腰！竹腰！”

他在林间小道上边走边连声呼唤，回应他的却只有风吹树叶的哗哗声。道士寻思，反正这么喊下去也找不着人，不如回容身处等着吧。

树林里阴森森的，一点光线都没有。道士一心想早些走出这林子，然而地面满是朽败的枝叶，踩在上面实在是走不快。等终于走出林子到了旷野上，却看到挂在天际的月亮竟是血红的一轮。

道士一见月亮有异，就记起老人所说，仔细瞧去，却发现月亮上只是笼了一层薄雾，并不见晕轮，他只好接着向前走。旷野上荆棘丛生，又有许多的树枝挡着道路，很是妨碍他赶路。

道士早已累得筋疲力尽了。还好他在系于腰间的皮囊里放了兽肉干，倒是不愁饿着。他寻思着，还是先寻处祠堂或是寺庙，歇一晚上，到第二天再回去吧。

他就一边赶着路，一边留心哪里有能落脚的地方。

一泓清泉自草丛间蜿蜒而来。道士嗓子里正发干，赶紧俯身喝起水来。喝完了水，他仰头一望，就看到有幢小房子正位于前面的树荫底下，内里似乎有人在生火。道士喜不自胜，立马往那边赶去。不过，他倒不是想在那房子里借宿一晚。

他到了房子前面往里一瞧，只见有个老妇人正在火炉旁坐着，炉子上烧着个锅。老太太身后，还坐了个肌肤白皙的女人。

“打扰了，劳烦您一下，我因追逐猎物迷失了路径，就想问问，这里是何处呢？”道士向主人家打听。

老太太仰头回他说："您是迷了路？实在难为您了。这里叫'镜'，您要是不嫌弃我这里，就在此歇上一晚如何？这里夜间还是蛮凉爽的。"

"能有个落脚的地方我就不胜感激了。我自己有吃的。"

"快进屋来吧。"

"叨扰了。"

道士踏入玄关，脱掉草鞋，弓箭挎在身后，坐到了老妇人身旁的草垫子上。

"老身去给您弄些吃食煮上，您还请到旁边的房里休息休息吧。阿道，赶紧领着客人去。"老妇人嘱咐那个女人。

"您不用劳烦了，我自己带了吃的，只需要有可以歇着的地儿就成。"

道士先行起立，等那女人领他过去。女人这才起身，大为困窘地说："请跟我来。"

她掀起屋子尽头的一道门帘，进入内里。里面是个小房间，光线较为昏暗。道士躬身跟进去。

"枕头在那里。您只管休息好了。"

女人话说完，就松开了帘子。房间里充斥着一股怪异的气味。

"真不敢相信，竟在这样的地方找到了落脚处……"

道士把弓箭取下来，倚墙放好，又搁好佩刀，这才坐下。这房间里开着窗户，月光透窗照进来。原先以为里面的微光是灯光，没想到竟是月光。道士将系在腰间的皮囊解下，取出几块肉干食用。吃完后，他把当作枕头用的树根扯过来，就地躺了下去。

他实在乏极了，一闭上眼睛，就沉沉睡了过去。

正睡着，道士突然察觉枕旁似乎有个什么东西，他眯瞪着眼睛瞅去——他是面向右侧躺着的，而就在他眼前，一只巨大的蛤蟆正对着他。它的嘴张得大大的，宛如血盆，眼睛滴溜溜乱转。道士大吃一惊，操起搁在枕头旁边的佩刀就砍了过去。

轰！天地震晃。道士一个飞身，夺窗而逃。

他在遍布树枝和荆棘的草原上逃了一阵子，才发觉身后并没有谁来追他。他站住了，扭身一瞧：那边就是他走了无数次的村间小路。道士长长地吐出一口气，顺便仰起头看向天空的月亮。

那轮明月眼见要坠落西方天际了，但是月亮周围，却有了晕轮。

"呀！"

道士赶紧瞧向北面天际，只见北斗七星正掩映于云间，而在其上，分明有一道蜿蜒而上的白色光带。

道士放下刀，瞠目结舌。

道士没有踏上那条回村的路。他往河岸旁的竹林那边行去，然后抵达了那天的那座小祠堂，等待着天亮。没过多会儿，胡子花白、步履蹒跚的神奇老人就现了身。

"你来啦。昨天夜里你破开了怪物的诅咒，它也就不再具备魔力了。我这有个宝贝，能让你得偿所愿。你拿着它去找到那怪物，然后将盖子打开。不过，切记，在见到怪物以前，盖子绝对不能开。"

一把小巧的红土壶出现在老者举着的左手掌上。

"祠堂里面有套服装。你一会儿就穿上它们，等到今天丑时，就能正大光明地自正门进入别院。"

老者把壶递给道士，道士恭敬万分地接过了。

等他再抬头时，老人又已消失了。他遵从老人的交代，进祠堂一看，果然看见有套服装：袈裟一领、头陀袋一件、草帽一顶，还有手套和脚套……这显然是云游僧的装束。

道士穿好这些，等到了丑时，就向法华寺别院行去。

别院正门守着十来个护卫，不过道士没有受到任何阻拦，顺顺当当地就进去了。他先是进了左侧的厨房，然后潜入厨房旁边的林木间，通过书院到达后院。就见有两名侍卫正在小马扎上坐着打盹。

池塘就在这后院里。而在池面上，正浮着那只大蛤蟆。

天赐良机！道士赶紧揭开红土壶。壶盖一开，一缕青烟缭绕而出，幻作一条白蛇，缠向池面上的蛤蟆，紧紧地捆缚住它，不给它机会进入水底。

"大人不行了！"

正当此时，书院那边响起叫喊声……原来，斋藤义龙犯了热病，已经在床上躺了两三天了，而就在这瞬息之间，他的病势突然加重，死去了。

《织田军记》记载："义龙势大，执掌美浓，无人可挡，却于永禄四年暴毙，盖因犯下滔天过错，承受天谴。"

# 升仙记

明治年间，有一个非常虔诚、一心修仙的人，名叫河野久，人称虎五郎，他自称俊八，在他修仙得道之后，道号至道。河野久是宫地严夫老人的弟子，宫地严夫曾经是宫里的掌典，一直坚信这个世界上是有神仙存在的，他把自己关于神仙的见闻故事都编纂在一起，题名为《神仙传记》。

明治四十三年，宫地严夫老人举办了一场关于神仙的讲演。有关于河野久的故事就被记录在这场讲演的笔记之中。

明治维新之前，河野久是一名藩士，在大阪的中之岛府中工作。明治维新以来，他便定居到了江户堀，此地也属于大阪政府管辖。河野久虔诚至极，不仅钻研各种神仙类的书册，而且一课不落地去听宫地严夫老人的课程。

到了明治七年的春天，河野久离开了大阪，在泉州的贝塚地区安定下来。此时的河野久已经完全沉迷在神仙道教之中，虔诚之心无与伦比。

宫地严夫老人形容河野久："他总是极其认真地听我的课，坚定地认为神仙真切地存在于这个世界上，只要信奉神仙、敬畏神仙，即便是普通人也可以修仙得道。为此，河野久下定决心修仙，盼望着自己可以见到神仙。他不仅坚持做好事行善举，还进入杳无人迹的犬鸣山中，在死亡的威胁下进行苦修。"

同年的十月份，河野久忽然做了一个梦，他认定这是一个"灵梦"，是神明的启示，于是下定决心要修仙。

明治八年三月份，河野久深入犬鸣山中进行苦修，每天都站立在瀑布之下，任瀑布冲刷自己，洗刷自己的污垢，以坚定自己的意念。

才刚开始修行，河野久就遭遇了许多莫名的事。

八月六日那天，河野久爬到了大和的葛城山巅进行新的修行。他身穿一身白色道袍，坐在青草地上入定，放空自己的意识，在天地之间感受万物生息。从白天一直到深夜，他始终寸步不移。

等到星光遍地时，河野久突然听见林中传来呦呦鹿鸣，伴随着落叶窸窸窣窣的踩踏声，似乎有三两只鹿正在靠近。

河野久定神一看，发现有五只鹿围在自己的身边，似乎一点都不惧怕人类，在他的身边卧下又站起，怡然自得。但是河野久并没有因为这几只鹿而中断自己的修行，仍旧在草地上打坐。天亮的时候，五只鹿忽然全部消失不见，河野久依旧打坐着直到傍晚。

到了傍晚时分，河野久感到口渴难耐，于是步行寻找溪水。走了两三町的路程，他遇见了一个身着黑衣的奇怪男子，他的衣服上印有家徽，下身穿的是旧式的裙裤，一根绳子将长发束在脑后，腰上挂着一把二尺短刀。虽然外表看起来不过二十出头，面容白嫩，但他的目光却炯炯有神，颇具沧桑的气息。

"这深山老林人迹罕至，你为何独自一人在这里？"男子问。

"我特意来此处修行，因为口渴，所以在找溪水解渴。"河野久老老实实地回答了。

"我知道溪流在哪里，随我来。"男子转身下山，河野久连忙跟在他后面。走过大片的杉树林与白桦林，再穿过一个山谷，在一个长满青苔的巨大岩石之下，一汪清泉碧波粼粼。

"就是这里了。"男子将泉水指给河野久。

河野久道谢之后，拿出随身的竹筒取水喝。这时候，夕阳已经下山，两个人又按照原路走回去。

"昨晚你在这山顶的时候，有没有看见什么奇景？"

"没有什么奇景，就是半夜的时候有几只鹿出现，在我身侧待到了日出才消失。"

男子听了笑着说："不是'几只'鹿，一共有两大三小五只鹿。"

河野久听见他亲见般的话语，心里大受震动，寻思着，眼前这个男子莫非正是自己一直在等候的神仙？

想到这里，河野久立刻五体投地，趴在地上道：“神仙大人，我眼拙没有认出您来，冒犯之处还请见谅，恳请神仙大人教我成仙之术。”

男子看着伏在自己面前的河野久，双眼散发出别样的光芒：“我知道你的心意，但是今晚我得回到住所中去，你若想成仙，就跟我一起去吧。”

“多谢大人，我誓死追随您！”

男子迈开双腿健步如飞，河野久不敢造次，尾随其后。一路上，他们行过草地、走过山谷、穿过树林……各种景色千变万化。夜风渐起，浓雾弥漫，星空慢慢被遮盖，男子似乎毫不疲倦，像风一样行走在夜色中。但河野久却坚持不住了，快速前行让他筋疲力尽，晕倒在地。等他醒来时，发觉口齿之间有淡淡的甘甜之气，随着这股甘甜，身上的疲倦感不复存在，简直如同熟睡醒来。

“再坚持一下吧，马上就到我的住所了。”男子一边帮河野久按摩着背部，一边鼓励他。河野久点点头，站起来继续跟随在男子的身后。

就这样一直走着，东方一点点发白。当清晨的第一缕阳光穿过树叶洒落在两人身上的时候，一块巨大的岩石落入河野久眼帘，岩石的中间是一个天然洞府。

“进来吧，就是这里。”

河野久跟在男子的身后缓缓步入洞中，端正地坐在男子的面前，说：“我叫河野久，希望大人能收我为徒，教我修仙之法。请问，我们现在是在哪里？”

男子缓缓道来：“这里已经是吉野山的腹地，人迹全无，是天赐的修行良地。我本姓山中，原是神官，侍奉大和国君。当时，幕府将军乃是足利义满，其为人狂妄且心狠手辣，愤慨之下，我归退山林。应水初年生于凡尘，归退山林时，我约莫四十岁。早先于富士山中随仙官修行，修行数百年终于圆满得道，位列地仙，赐封‘照道大寿真’。再过几日，我将飞升，此洞府是我的暂居之处。见你一心求道，虔诚可嘉，故领你前来吸取天地日月精华，助你修行。”

照道仙人说话之时，朝阳腾出地平线，阳光映入洞府之中折射出温暖的光芒，五彩斑斓的鸟雀在洞口婉转啼鸣。河野久想起了自己晕倒时口中的甘甜之气，于是询问自己吃的是什么灵丹妙药。

“草木之中，森罗万象。”照道仙人淡淡地说了一句。

“这是……”河野久完全不能理解其中的意思。

照道仙人笑着解释说：“桂花树下无杂草，麻黄枝上无残雪。多看、细看、遍看，此山之中，仙药遍地。”

照道仙人开始耐心地讲解了许多神仙道的玄理妙术，直到傍晚时分，一天的讲授才结束。河野久将这些闻所未闻的见解牢牢记在心中，转而想起自己仍是肉体凡胎，误闯仙境实在是冒犯仙人，于是提出先离开此处，隔日再向照道仙人求教。

照道仙人点头赞许，亲自送河野久下山去。出了洞府，约莫走了一里地，两人来到溪流边。

此时密林已尽，山峰环绕，落日正圆，霞光遍地。照道仙人指着流水左下方的那座山峰，说道：“沿着水流行走直到那座山脚之下，然后一路往西便可到人境。若是再来拜访我，只需到此处静候，我自会来相见。”

河野久一边点头一边沿着溪水走，走走停停，不住地回头看照道仙人，只见浮云一片，渐渐遮住了照道仙人的身影。

夜晚，河野久夜宿在溪流口岸，第二天，河野久穿过吉野路，经过五条桥本，夜宿在笼鸟草堂。八月十日那天，河野久沿着纪州路，穿过了泉州的牛泷一带，在葛城山里又修行了两日。八月十二日，河野久终于回到了家。

此后的河野久时常爬上葛城山，并且多次前往吉野拜见照道仙人，照道仙人如约定所言，教授他各种玄奥秘法，有时还会在河野久的家里现身。

河野久把自己遇见照道仙人并受到仙人指点的经历记录在了一本书中，书名为《真话》，并把书送到了宫地严夫老人的手里。过后不久，河野久就离开了贝塚的家到了大阪，寄居在粕谷治助位于纪伊桥附近的家中。

明治九年的夏天，正在大阪授业的宫地严夫老人知道了河野久遇见照道仙人的事。宫地老人此时接受教部省的命令安排，教授神仙道的相关知识，河野久一直都是宫地老人的忠实听众。尽管河野久一课不落地来听讲，却与宫地老人没有交往。后来，长泽在仲为他们相互引见，河野久才带上礼物拜访宫地老人。

当河野久自报家门之后，宫地老人才知道原来遇见仙人的人也听过自己讲课。之后的河野久时常来宫地老人家拜访或是借宿，每顿只杯葛汤，让宫地老人感到不寻常。如此虔诚的河野久其实并不是独身一人，他的妻子是同乡，还育有一女，名叫阿米。河野久的妻子有一名兄长，名叫木村知义，他常与河野久一起拜访宫地严夫老人，还把河野久的书信、遇见照道仙人的经历都编纂成册，题名《至道物语》，送给宫地老人。

明治二十年，河野久从四月底开始进行辟谷修行，为期百日。以往的修行中，即便是不进食，河野久也总会稍微喝一些水。这次的辟谷修行和以前的不同，河野久下定决心不进食也不喝水。

到了七月，修行即将圆满结束，河野久突然把客栈的老板叫了过来。七月的天气炎热无比，河野久正倚靠在桌子边，见老板进来，便说道："实在抱歉，请您倒两杯冰水给我可以吗？"

老板见河野久修行如此艰辛，马上倒了两杯冰水端给他。

"原本我打算滴水不进直到修行结束，但现在我得去一个地方，所以麻烦您了。"河野久轻声说道。

老板以为河野久要回贝塚去，劝说道："这么辛苦的修行，您身体一定坚持不住了吧，还是要好好休息呢。"

河野久谢过老板的关心，垂下头趴在桌子上。老板见他休息了，便退出了房间。

过了一会儿，他怕河野久会有别的需要，便推门去看。只见河野久依旧趴在桌子边，桌上的冰水已经喝掉了一杯，另一杯刚喝了一小口。

老板心想河野久一定是疲劳至极，刚刚睡着，于是悄悄退了出去。

再过了一会儿，老板重新进门去看望河野久，只见桌上的水杯毫无变化，但河野久依然静静伏在桌上，似乎酣睡正香，于是又轻轻关门，退了出去。

虽然退了出去，老板总是在意河野久没有再喝水。片刻之后，老板再次推门而入，轻轻推了推河野久，呼唤他的名字，却发现河野久此时已经离世多时了。

恰逢宫地严夫老人自东京去大阪处理一些事，在中之岛的友人家中偶遇了粕谷治助，这才得知河野久在二十日前过世的消息。

十四年后的春五月，皇典研究所开办了神仙道内容的研究会，各地的神职人士纷纷前往东京参加这次研究。一天，备前国的神职太美万彦与友人一起登门拜访宫地老人，此时的宫地老人正编写他的《神仙传记》。

万彦看见了宫地老人的书稿，于是问道："老先生特意编撰神仙故事，是相信世间存有神仙，还是为了猎奇呢？"

宫地严夫老人一本正经道："鄙人相信这世上定然是有神仙存在的，这本书我已经编写了许多年了。"

万彦听到老人的回答，当下没有再说什么。隔了几日，万彦孤身一人再次来登门拜访宫地老人，说道："其实在下也相信世间有神仙存在，昨天碍于友人在旁，所以没有坦然承认。"

于是，万彦说起了自己听过的一个神仙故事。

在备前国有一个盲人，姓山形，名尊。山形尊自幼便双目失明，少时想学习音乐以谋生，但是记忆力十分差，不管老师怎么教都记不住。他偶然听说在安芸有一个严岛，坚持寒食，不用火加热饭食，以此向天神祈祷，祈求将自己的记忆力变得更好。

于是，十多岁的山形尊特意前往严岛，七天七夜不吃加热的食物，虔诚地祈求天神可以改善自己的记忆力，却没有任何显灵之事发生。绝望之下，山形尊决定了结自己的生命，于是跑到备前国和气郡内的板根附近，在一座大桥上准备自裁。

正在这时，和气郡熊山之上的仙人忽然降临在山形尊眼前，指引他进入深山福地，讲授各种神仙道法给他，还赐了数件神器给山形尊。第一件是乐器，通体银制，约莫两寸长；第二件是龟甲，水晶制成，大约一寸半长；第三件是一把铁扇；第四件是一把宝剑。神仙告诉山形尊，遇见神仙教授仙法的事不许向任何人提起，至少保密十年。

山形尊一直铭记于心，即便十年之后也没有提起过这事。

明治二十八年的时候，有三个外地人找到山形尊，说他们来自备前国的御野郡内金山一带，受到神明的指引来找山形尊。于是山形尊把自己遇仙的事和盘托出，并且用自己学到的仙法道术行医从善。从那以后，越来越多的人知道山形尊的故事，纷纷前来。

万彦就是在那时拜山形尊为师的。山形尊规定弟子们不可以吃热食，并时常带弟子们登上熊山。因为不吃热食，往往可以听到仙人们演奏的仙乐，但是没有办法见到仙人。山形尊告诉弟子，熊山、吉野山、伯耆山都是仙界，吉野山的神仙常常和熊山的神仙相互往来。

某一次，山形尊带领着弟子们上熊山聆听仙乐，可是万彦却听见仙乐里有一些异样的音节。山形尊也无法解释，于是向熊山的仙人询问。仙人告诉他，这是因为最近来了一位新的神仙，演奏仙乐有些生疏。

山形尊又问是哪位仙人。熊山的仙人回答说："这位仙人凡姓河野，名久，约莫十四五年前修仙得道。"

听到河野久的名字，宫地老人有些惊讶，心想，此人大约是知道我认识河野久，所以才故意这么说的吧？于是宫地老人也没有再多说话。

此后，万彦多次前来拜访，谈论神仙道，宫地老人一番观察，发现万彦似乎确实不知道自己与河野久相识的事。宫地老人终于忍不住问起万彦："你还记得原先跟我讲的一个故事吗？说的是一个叫河野久的人。你认识这个河野久吗？"

万彦一头雾水，不知道老先生为什么这么问，老老实实地表示不认识。

宫地老人取出了河野久早年亲自编写并赠给自己的书，还将河野久的故事一同告诉了万彦。万彦非常吃惊，立刻写信告知了自己的师父山形尊。

东京的研究会相关事务结束之后，万彦拜见了山形尊，把有关河野久在凡间的故事讲述了一遍。山形尊听过河野久的故事之后，立刻向熊山的仙人询问河野久的事。传说河野久居住在吉野的仙境里，偶尔也会到熊山的仙境之中。

宫地老人得知了这个消息之后，感叹道："河野的死果然不是简单的死亡啊，这种死亡其实是升仙，而不是死去。就像中国古代的异士李少君，还有平安时期的白箸翁一样。河野久遇到神仙且升仙得道的故事，证明了神仙确实是存在的。虽然各种神仙故事层出不穷，有的甚至更加有趣更加神秘，但都不是我所亲眼所见、亲身经历的事。但是河野久确实是我认识的人，他的故事比其他故事都有说服性。太美万彦已经是安仁神社的主神官，他可以证明河野久的事乃是真实无疑。因此，我要把河野久的事记录下来，给更多的人看。"

# 朝鲜奇谈

## 1

今年初，我到邻国朝鲜和中国旅游，来回途中，我都在朝鲜的都城下车，借此良机好好游览了一番。

朝鲜京城四面环山，地势奇特，在李氏王朝长期的统治下，这片土地形成了独特的文化习俗。年初，白雪尚未消融，环顾四周，到处是残雪的痕迹。我和三两好友漫步在这座拥有古老历史的京城之中，每到一处，已居住此地多年的老友都会给我讲述有关这座城的历史。

走到普信阁时，他绘声绘色地描述了有关阁内吊钟的传说。

普信阁还有一个名称，叫作钟阁，就是得名于阁内出名的一座吊钟。

这座吊钟的铸就过程颇为曲折，相传，四百多年前，来自寺庙的僧人提出要打造一座钟，为此，他们不惜跋涉全国，化缘集款。一路上很顺利，直到他们来到一个只有母子二人相依为命、家徒四壁的贫苦人家。

那家人得知僧人的到来以后，母亲满不在乎地说道："我们家什么都没有，你要是真想带走什么，就把这孩子带走吧。"

听到女子竟如此答复，钟神非常生气，决心惩罚这个妇人。传说中，钟神来无影去无踪，但他能得知人们的一切行为，并播撒幸福或者厄运的种子。

过了一段时间，僧人们终于征集了足够的善款用来铸钟。但出人意料的是，在开光仪式上，这座钟居然怎么也敲不响。工匠、僧人、各路学识渊博的人都聚集于此，却始终没能解决问题。直到某夜，钟神现身于一个僧人的梦里，告诉他，钟之所以敲不响，是因为没把那穷苦妇人的孩子带来。只要将那孩子当作祭神之物熔入那口钟之中，钟就会响的。

随后，那可怜的孩子果真被活生生熔进钟里。因此，这座钟也因此被称为“人钟”。

关于这个故事，还有另一个说法。

吊钟被铸好后，因为太沉无法被吊起来，所以也没法被敲响。正当人们一筹莫展之时，一个小孩子说：“把钟拴好，再把下面的土刨开不就行了吗？”

官府的人们听闻此法，觉得这孩子机灵得很，以后一定会做出了不得的事。为了防患于未然，不如就此了断，于是他们残忍地抓起这孩子，并熔进钟里。

## 2

在朝鲜，社会阶级十分分明，贵族享有许多权力，和黎民百姓过着完全不同的生活，可以说出身便决定了他们的人生。身份高贵的人，可以掌握他人的命运前途。

朝鲜有一种官阶叫“势道”，他们拥有向国王推荐人才的资格。所以，势道家里挤满了各种想要飞黄腾达的人，希望能凭借自己的才能得到势道的青睐，从而过上堂皇富贵的日子。

有一位势道对这样的日子很是厌烦，认为那些前来攀高枝的人无聊透顶。为了改变这种状况，他想出一个主意，对外声称，只要有人能骗得了他，他就帮这人谋求官位。大家听到这个消息，便绞尽脑汁设计“骗局”。但身为势道，自然有自己的过人之处，普通谎言根本骗不了他，他轻易地戳穿了许多人自以为是的谎言。

这种情况，直到一个十分聪明的人来访才被改变。

时值隆冬，那人在这位势道面前讲述自己参加了一个颇有势力人家的寿宴，声称寿宴极尽奢华，自己竟见到了一个奇特的樱桃，那樱桃竟和普信阁那座出名的座钟一般大！

此话一出，势道不屑一顾，认为这样的谎言太容易被戳穿，这世上怎么可能有那么大的樱桃？

前来拜访的人见状，说道：“好吧，那就是跟永道寺的钟一样大。”

势道听闻此言，更加不耐烦，直言世上不可能有如此大的樱桃。

挑战者一再更改自己的说法，从酒瓶改到栗子，又改到小枣子。这时，势道才说：“对啊，说樱桃跟小枣子差不多大，还能勉强让人相信。”

没想到此话一落，前来拜访之人竟谦让地鞠了一躬，遂转身离开。之后，他告诉身边的人，自己成功将那势道骗了。

众人纷纷询问他是如何做到的，他将当天的状况一五一十告知，最后说道：“那势道一直和我争论樱桃的大小，却完全没意识到，如此寒冷的天气下，怎么可能有樱桃呢？”

事后，势道听闻了挑战者的解释，心服口服，按照事先的约定，提携那人做了当地的文官。

通过这些民间传说，可以清楚地获悉朝鲜这个国家的荒唐之处。不止如此，依靠欺骗获取大好前程的事，在这片土地上比比皆是。

某王妃的陵墓建造在奖忠台公园，不分昼夜，有卫兵守卫于此，但卫兵往往不那么尽忠职守，有时会在公园里遛弯。

某天，使者前来扫墓，到了陵墓却发现此地空无一人。这时，遛弯的卫兵在不远处的树林中看到了使者，但他已经赶不回去了，情急之下选择原地不动。过了一会儿，使者走到卫兵跟前，斥责他玩忽职守。只见卫兵摆出一副战战兢兢的样子，声称因为附近的树上长了许多毛毛虫，他觉得王妃一定很讨厌这种虫子，于是便每天都在树林中为王妃抓虫子。

听到卫兵如此答复，使者觉得自己冤枉了他，回到皇宫后，使者将这一事迹告知了国王。本不负责任的卫兵竟因祸得福，被提拔成了大尉，还娶了国王的女儿，从此平步青云，顺风顺水。

毛毛虫大尉的故事让人啼笑皆非，接下来的故事更令人备感荒唐。

传言，某士大夫为子女请了一位家庭教师，但不幸的是，这家庭教师一直都未能中举。每天都有一位漂亮的女仆为这教师端茶送饭，家庭教师心术不正，总想着能占些便宜，甚至将女仆据为己有。然而，他并未有追求女仆的资格，也知道女仆看不上他。

某天，士大夫的儿子犯了错，家庭教师正要对其体罚，哪知这半大不大的少年人小鬼大，连忙求饶，声称只要能不挨打，他就能让那女仆成为教师的人。

听闻此言，家庭教师既惊喜又慌张。他没想到自己的心思竟被他人洞悉，但又实在抵不过这诱惑。

少年声称，自己的父亲吃饭时习惯使用一把银勺，如果这勺子丢了，必然会惩罚仆人。所以他准备将勺子偷出来埋在树下，等女仆找不到勺子无计可施时，再告诉她，自己的家庭教师精于占卜，必能帮她渡过难关。这样，她就欠教师的人情，怎么还自然是教师说了算。

此时的家庭教师已经沉溺于拥有女仆的幻想之中，毫不犹豫地答应了下来。

晚饭前，家庭教师满心忐忑，既期待女仆的到来，又担心自己被少年欺骗。不出意外，那女仆竟真的来找他了。

教师装作什么都不知情的样子，看着焦急的女仆，问她有何贵干。

“还请先生帮帮忙，”女仆满脸愁容，“不知为何，老爷的银勺竟找不到了，一会儿他就要用，但我到处找遍了也没找到。如果被老爷发现了，定会责罚我，听闻您是占卜大师，还请先生帮忙占卜，帮我渡过难关。”

听完这番陈述，家庭教师内心窃喜，他装腔作势地说：“也不是没办法，不过，你凭什么让我帮你呢？”

女仆一看对方胸有成竹的样子，立刻说：“只要能找到银勺，您让我做什么都行。”

听到女仆这样保证，家庭教师内心感叹“得来全不费工夫”，装模作样地占了一卦，然后告诉女仆，勺子就在院子里那棵大树的下面。

女仆按照教师的指示，顺利找到了勺子，从此委身于教师。

从这以后，这名家庭教师会占卜的名头也被传开了，久而久之，人们竟称他为“占卜大师”。不久之后，他的名气居然传到了中国皇宫中。原来，皇帝的玉玺丢失了，无论如何也没能找到。最后有人献策，说邻国朝鲜有一位占卜大师，想必定然能解决这燃眉之急。于是皇帝便派人来到朝鲜，召唤这名教师进宫。

当时的中国很是强盛，被皇帝召见是许多人梦寐以求的好事。然而，教师却进退两难。如果去了，虽说找到玉玺便能青云直上，但他自知并无占卜本领，即使到了中国，也多半是找不到玉玺。如果皇帝怪罪下来，他也承担不了那后果。无奈之下，他找到士大夫的儿子，希望对方能为他出个主意。

最终，在少年的建议下，他们二人一同前往中国觐见。

皇帝问他："你当真能帮朕找到那丢失的玉玺？"

他不知该怎么回答，无奈之下立下誓言，称给自己一个月的期限，这一个月之后定然能完璧归赵。

回到皇帝特意为他准备的住所后，他和少年两人左思右想，也没能想出合适的对策。

就这样，时间一天一天过去，到了第二十九天，两人依然无计可施。那教师认为自己大限已至，难免灰心丧气。窗外飘着大片的雪花，教师对着窗户沉默不语。

寒风来袭，窗户上的白纸随之发出声响，人们通常把这层窗户纸称为"风纸"。垂头丧气的教师看着眼前随着寒风起伏的窗户纸，嘴里念叨着"风纸风纸"。

说时迟那时快，突然一个人从窗外闯了进来，一下子跪在教师面前，直喊："请高抬贵手饶了小的！"

教师似丈二和尚摸不着头脑，但见对方如此忌惮自己，便装模作样地斥责道："来者何人？"

原来，对方是一名叫"风纸"的贼，就是他偷了皇帝的玉玺，听闻有一位远道而来的占卜大师能占卜出玉玺的下落，他做贼心虚，便日夜守在窗外偷听，没想到竟真的被占卜到了，他感觉自己走投无路，于是请大师饶命。

正所谓柳暗花明又一村，教师听到这里，心中万分庆幸，但他佯装一切尽在掌握中，不紧不慢地问那贼把玉玺放在了哪里。

"我把玉玺扔在了御花园的池塘中。"

"若你所说为实，我就饶你一命。"

"绝无虚言啊大师！求您饶我一命！"

"我看你也不敢再自寻死路。既然如此，你就速速离京，逃难去吧。"

翌日，这占卜大师一副胸有成竹的样子，告诉皇上，玉玺不在别处，就在御花园的池塘里。皇上马上派人寻找玉玺，果真在池子底下找到了。因此，教师得到了数不胜数的财富，名声在中国也传了开来，许多人竟然前去拜访他，希望他能指点一二，好让生活过得安顺富足一些。

回乡当天一大早，少年突然对教师说："您把舌头伸出来我看看。"教师没想太多，直接伸出了舌头，没想到对方竟将他的舌头割了下来。

原来，少年怕这教师给他人占卜露出马脚，从而引火上身，自己也脱不了干系，索性把他的舌头割了。于是他再也不能说话，也就不会被他人戳穿。从此，一个原本默默无名的家庭教师，以名震四方的占卜大师的身份回到了朝鲜，过起了奢侈无忧的生活。

## 3

朝鲜京城的南山脚下流传着许多与成宗李娎相关的传说。历史上，李娎是一位明君，治国有方，尤为爱才。

据传，某天李娎微服私访，在南山脚下听到了读书声。那时天色已晚，大多数人家早已熄灯入睡。这个时候还读书的，定然十分勤奋，志存高远。

李娎很想亲眼见见这位勤奋的人，于是敲响了房门。

对方知晓其来意后，便打开房门。只见此人年事已高，几近半百，青丝染白，一身儒雅之气。

"不知方才先生念的是什么？"

老先生答曰："《周易》。"

成宗对《周易》颇有研究，突发奇想，想要试探一二，于是装作才疏学浅的样子，声称想要请教一二。

他故意问了几个高深的问题，没想到那老人轻松作答，完全不在话下。成宗感觉此人是个人才，提出请求，想要拜读其所作文章。

老先生欣然取出自己的多篇文章。成宗过目后，感觉字字珠玑。他讶异地问道："先生如此博学，为何不参加科举考试？"

不料，那老先生突然满脸羞赧。

细问之下，才得知原来他从二十岁起便年年参加考试，岂料从未金榜题名，如今他已年过不惑，想必此生也与中举无缘。

听闻此，成宗百感交集。科举制度正是为了广觅人才，然而眼前这位人才却被埋没了三十年之久。成宗感觉自己有负于社稷，决定破格提拔这位老先生。

他对老先生说："不要灰心，也许您之前确实是运气不好。听闻几天后有一场临时考试，希望您不要气馁，说不定这次就能被选中。"

虽然年年未能考中，但听到对方这么讲，老先生显然来了兴趣："哦？我还未听说这个消息，如果当真，我一定赴考。"

成宗回到宫中，命人给老先生送去了好米好肉，并下令举办临时考试，定下的题目，正是那位先生最擅长的文章。

考试结束后，成宗凭记忆向考官复述了老先生的文章，并命令他们从成千上万的考卷中找到这一篇。功夫不负有心人，他们果真找到了老先生的文章。成宗欣喜，亲笔批示，此文作者为本届考试状元。

然而，人算不如天算。状元进宫时，成宗惊讶地发现，来人竟是一位弱冠少年。他疑窦丛生，问道："你如实招来，这文章到底是不是你所写。"

少年见状，如实答道："并非我所写，而是我的老师所著。一位好心人给老师送了许多好米好肉，没想到，先生昨晚食用过多，腹泻不止，无奈之下派小生前去替考。我带着先生数篇得意之作前往，没想到题目竟与其中一篇相同，便原封不动地抄写了一份。"

成宗没想到自己好心提拔那位老人，却弄巧成拙。他派人前往老人家，未料到老人竟已因腹痛撒手人寰。

这个故事直叫人感叹天意弄人。此外，还有一则有关成宗的传说。

某天晚上，成宗微服私访，走到一户人家时，见到了有趣的一幕：这户人家的院子里有一棵大树，只见女主人从屋子里走出来后，从地上捡起一根树枝，并含在嘴里爬上了树。女子爬树时，树上传来声声喜鹊的叫声。成宗定睛一看，才发现树上根本不是什么喜鹊，而是一个男人。男人模仿着鹊声，用嘴衔住枯枝，两个人这样一来一往，就像是筑巢的喜鹊一般。

成宗看得入了神，没想到被女子发现了。女子十分惊慌，赶忙跑回屋里，男子也跟着爬下来，想要回屋。

成宗赶忙上前拦住男子，询问二人，为何装作喜鹊的样子。

此时男子一脸尴尬。原来，他已年过五十，自成年起便参加科举考试，然而三十多年过去了，一直未能中举。后来他听闻喜鹊在屋子南边筑巢会给屋主带来好运，所以他和自己的夫人便在院子南边种下了一棵树。然而十多年过去了，从来没有喜鹊在树上筑巢，他也一直未能中举。这就成了他与夫人的伤心事。无奈之下，他和夫人决定自扮喜鹊，这才有了方才一幕……末了，他恳请成宗保守秘密。

成宗欣然应允，并鼓励他继续参加考试。

翌日，成宗举办了临时科举考试，并定下了《人鹊》这个题目。听到这个题目，考生们无不傻眼，只有那位老人立刻明白了题目的含义。此时，他也猜到了昨晚邂逅之人的真实身份。他将自身经历融入了文章之中，第一个交了卷。

不出所料，本次考试，老人一举夺魁，走上了仕途。

# 风之少女

## 1

放眼望去，是一片无边的田地，种植着麦子、油菜花，还有不远处的梨树林。再远一些是一座远山，依稀可见几户人家的屋子在山脚下，还有耕牛的叫声悠悠飘荡。三郎埋头锄地，腰酸的时候，便支着锄头远眺田间的风景。

今天惠风和畅，天空中飘着许多薄云，鸟儿的鸣声悦耳动听，三三两两在半空中互相嬉戏着。三郎一直弯着腰锄地，不知不觉间，觉得腹中空空，原来已经中午了。

三郎放下锄头，往田边的一个小草棚走去，草棚又小又破，不过一把纸伞那么大，三郎伸着懒腰活动了一下筋骨，然后把早上带出来的盒饭拿了出来，就着茶水解决了午饭。吃完饭，三郎把空饭盒放在身边，正准备站起身来，突然，一阵强力的龙卷风刮了过来。

这风极大，将田里的砂石都吹得飞了起来，三郎也差点被风刮倒在地。三郎下意识地侧过脸，双手抱住了自己的脑袋避开大风。这时候，三郎猛地发现这股漆黑的龙卷风中竟然还有一个人。

三郎眯着眼睛仔细看去，确实是有一个少女在这龙卷风中，她穿着一身友禅和服，下摆被风吹起，露出一截雪白的脚踝。

“哎呀！救命啊！”呼救的声音传入三郎的耳中。

三郎满脸困惑地望着风中的少女：“出什么事了？”

“哎呀，这个风好可怕啊！吓死我啦！”少女的衣袖被大风吹起，轻轻拍打在三郎的身上。

“没事儿的，就是刮风而已，要不然，你进棚里躲一下？”

“这风真是吓人啊！大哥你快救救我啊！这风一直追着我！快让我躲到你身后去吧！大哥你可要帮我挡好啊！”少女像一阵风一般飘进了草棚。

“大哥你可要挡住了啊，不然我就要被风吹跑了！”少女的声音颤抖着，像一只小白兔一般躲在三郎的身后。

三郎见少女如此害怕，便依言挡在了草棚门口。这时，风忽然变得更大了。黑压压的妖风直逼草棚，三郎只觉得耳畔轰轰作响，草棚都快被吹翻了。三郎咬紧牙关挡在草棚门口，怕这风吓到了身后的少女。

大风刮了一小会儿便转了方向，往西边去了，只一会儿工夫，便听见打雷般的一声巨响，这股黑色龙卷风一下子消失不见。周围一片狼藉，恢复了宁静。

三郎总算松了一口气，回身往草棚里张望，那位身穿和服的少女正坐在草棚的最里面，双手抱着膝盖，十分害怕的样子。这草棚又矮又小，少女根本站不起来，只能这么静静地坐着。

三郎打量起少女的模样来，一身上等的友禅和服，长得白净可爱，看上去不过十七八岁。

“好了没事了，风停了。”

少女听见三郎的声音，微微抬起了头朝着三郎笑了起来。三郎顿时被这娇美的笑容给迷住了。

“已经……安全了呢……”

“真是谢谢您救我了……我特别害怕大风呢……”

“小事而已……”三郎腼腆地笑着。

“要不是大哥搭救我，我现在肯定被那大风给吹走了。真是吓死人了。”

“你怎么会这么怕风？”

“要是平常的风我可不害怕，可是刚才这阵风真是可怕极了，我从来没见过这么可怕的大风……总之谢谢大哥了。”

“也对，刚才这阵风确实挺吓人的……初春的时候这一带总会突然起大风，还会下大冰雹呢，刚才这么黑乎乎的大风我也没见过。话说回来，你是哪里人啊？我怎么好像没见过你？”

“嗯，我们家从我曾祖父的时候就离开这里到东京去了，以前是驻扎在这一带的呢。现在这附近肯定没有人认识我。”

“这么说来，你这是从东京过来？”

“可不是嘛，去年我父亲过世了，今年母亲也随他去了，只剩下我一个人孤苦伶仃。我打算出去旅行呢，找个其他什么地方住。走之前我想来这边看看，毕竟祖上一直居住在这里。结果我早上刚下火车出来，就被这大风追了一路，哎，衣裳都被弄坏了……”

三郎听她这么一说，细细看去，少女的和服上果然破了好几处，袖口、肩膀都是刮破的痕迹。

“哎哟，还真是刮破了不少地方。要不然我把我妹妹的衣裳先拿一件给你穿吧。只不过我们都是乡下人，衣裳可没有你身上的布料那么好……”

“咦？大哥你还有妹妹啊？”

“是啊，我和妹妹相依为命。爹娘都过世了……”

“只有两个人一起生活，挺寂寞的呢。”

“也还好啦，都习惯了。要不然你去我家休息一晚吧，你可别嫌弃我家又穷又破。”不知怎么，三郎特别想和眼前这个少女多待上一会儿。

“那可真是多谢了。不过我想先去镇上，镇上有火车站，而且也可以买到新衣裳。”

“不碍事的，乡下人家虽然破一点，不过相逢总是缘分。”

“其实我也很喜欢在外游玩，还住过很多深山老林的古庙或者穷苦人家的屋子，但是这么突然去大哥你家过夜，实在太唐突了……”少女说着，起身打算走。

三郎见少女想走，心里急了起来，赶忙出言挽留：“真的不碍事的，你要是不嫌弃就过来住吧！”他边说边伸出手去，他的手轻轻触到了少女的手，却没敢抓住。

“这……既然大哥都这么说了，那我就不推辞了。哎，我孤身一人在外漂泊，都遇不到大哥这么好的人呢……”少女的脸上流露出温柔缱绻的神情。

“那就这么说定了，我妹妹也是善良的孩子，一定会欢迎你的。”三郎鼓起勇气抓住了少女的手。

少女也没有闪躲，只是脸上露出了羞涩的表情。

三郎只觉得握住的玉手温暖纤细，整个人都要颤抖起来了：“我……我……你可一定要去我家住啊……”

“哎……大哥啊……我仔细想了一想，这么冒昧地去你家实在不合适，我还是先告辞啦……”

“没关系的真的，你不要客气，虽然我家破旧了一些……”

“可是，实在是太打扰你们了呢……”

“别走啊……你就去我家待一晚吧……求你了，可别走啊……你要是不答应我啊，我可不放手了！”三郎急了起来，抓紧了少女的手不肯松。

“这样可不好啊……改天吧……”少女依旧笑着，飞快地把手抽了出去。三郎一时情急想要伸手抱住她，可是少女却像一阵轻柔的风，一下子钻出了草棚，不见了身影。

三郎赶忙追了出去。

## 2

草棚外的阳光有些暗了，三郎四处张望，却不见少女的身影。他猜测少女估计是从草棚的后面跑了，于是三郎走到了草棚的右侧。果然，少女的背影隐隐约约在一町外的地方奔跑。那边是一大片草地，少女的前方是一小片树林，再往前就是马路了。

三郎远远地望着，少女的身影慢慢消失在了小树林里。三郎垂头丧气起来，坐立不安，不知道如何是好，一圈圈地围着草棚转悠着，好像弄丢了什么宝贵的东西一般低头寻找着失物。走了好几圈，三郎忽然清醒了一般抬起头来，往少女离开的方向使劲地快走。他一边走一边四处张望，仿佛还在寻找少女的身影。很快，他便像下了决心一样径直往小树林走去，顾不得自己扔在田边的锄头和饭盒了。

三郎跟着了魔似的朝着小树林走，麦田里的麦子轻轻摇动，三郎却什么都视而不见，眼前只有少女那一身美丽的友禅和服，还有那张巧笑倩兮的精致面庞。他的脑海中似乎有一个声音在告诉自己，那位美丽的少女就在不远的前方。

当细树枝划过三郎脸颊的时候，三郎忽然发现自己已经走到了树林之中。可是三郎却一点都想不起自己是什么时候进的小树林了，大概是太想念那位少女了吧。

三郎一边想着一边继续走。走了许久，还是没有看到树林的出口。

“怎么回事？”三郎疑惑起来。这片树林并不大，细细长长地夹在田地和马路之间，平时只要一会儿工夫就能走出去，可是今天已经走了很久了。

“这可怎么办？要快点走出这片林子才好啊，不然哪里还追得上那个少女？”三郎停下来四处望了望，右边似乎有一大片空地。他想也不想，往右边跑去。

这里确实是一处三郎熟知的地方，周围是高大的松树和栎树组成的树丛，围着一大片长满野草的空地，空地当中是一棵高大的朴树。不用说，这里就是朴树大宅了，不过原本的大宅早就荡然无存，只剩下些许墙角地基。

三郎有一种不好的预感，因为这个朴树大宅是出了名的风水恶地，据说曾经有人想在这里重建什么，但是立刻就染上了重病。

三郎也不管这些，只想着快点从这片空地穿过去，看看马路上有没有少女的身影。他小心地往朴树大宅走去，四周长满了荆棘丛，这些长满刺的荆棘正开着雪白的花朵。走了没几步，三郎就看见了一大片长着高高芒草的地方，还有一大块岩石，看上去像是曾经的假山池塘。

三郎仔细看去，大石头上分明坐着一个人，不是别人，正是自己一路找寻的和服少女。

少女坐在大石头上，背对着三郎，似乎是在发呆。三郎怕吓到她，轻手轻脚地往大石块走去，走到了少女的身后，他又不知道该怎么开口。

正在犹豫的时候，少女忽然转过身来了。少女微微地笑着，就好像是一直在等着三郎过来一般。

“你怎么在这里啊？”三郎看着少女的笑颜，忍不住也面露微笑。

“这里是我的祖宅啊。”

“这个朴树大宅是你家的祖宅啊？”

“对啊，父亲在世的时候经常说起朴树大宅，不过，我也不清楚这个地方有什么故事。”

“原来如此……”

“大哥你呢？现在是要回家去了吗？”

“嗯……是啊，是该回家去了……”三郎想起刚才自己冒冒失失地牵了少女的手，还说了不放手这样的蠢话，这会儿都不敢再提过夜的事了。

“大哥，你的妹妹现在多大了？”

“刚满十八岁，还像个小孩子一样，活泼好动。”

“那你的妹妹倒是和我一样大呢。你这么温和善良，妹妹也一定很可爱。”

“她不过是个农民的孩子，没见过什么世面。不过家里都是她收拾的，弄得挺干净的……刚才我说了胡话实在太过分了一些，姑娘你可不要介意，我不是坏人……你要不要去我家稍微坐坐，和我妹妹一起聊聊天什么的？”

“大哥你真是太热心了，虽然我不想自己跑去其他不认识的地方，但是更不好意思给别人添麻烦……”

“哎，你就别担心这些了。你要是肯来，那才是天大的缘分呢。你看，为了来找你，我都忘了要干活了。”

“这……那就麻烦大哥你了，让我借宿一晚……”

“好，没问题。”

“谢谢您了……”

三郎看着眼前的少女，两人正好四目相对……

“走吧走吧，天色不早了……”

三郎看了看天，太阳已在不知不觉间落了山，这棵巨大的朴树上，闪烁着几颗亮亮的星星。

## 3

三郎带着少女慢慢走出了小树林，然后回到田间收拾了一下农具和饭盒。三郎想着，要是少女能一直住下来该多好啊。

“你前面说，想要自己出去漂泊定居是吗？哎呀，一个女孩子出门在外多不安全啊，要不你就去我家住吧。我家虽然只是农民，不过要养活你还是不难的……”

“大哥，你说的话我前面刚好也在想呢。在祖宅那边我仔细地想了一下，我一个孤苦无依的女孩子，根本不知道该去哪里。与其四处飘荡，倒不如在这样安宁的乡下简单地生活。再说了，还有您这样的好心人会照顾我……”

“对啊，我家也就我和妹妹，再没有别的人了。你要是住在我家，我就多了个妹妹，也不会那么冷清了。你放心吧，我和妹妹一定会好好对待你的！”

“我多少会做点针线活儿什么的，乐器也会一些，可以去小学什么的地方当当老师呢……”

“不用这么麻烦，你就在我家住着吧，我会好好干活养活你的，你也不用出去辛苦工作。”

就这么聊着，没多久，三郎就回到了家里。

“快进来吧，别站在门口啊。”三郎领着少女往门里走，少女腼腆地跟在三郎的后面。

大门里面是红土盖的小院子，尽头是一扇纸门，透出灯火来。

“阿高啊，我回家来了！”三郎手舞足蹈地朝屋里喊着。

“哥哥回来了啊，今天怎么这么晚啊？”妹妹的声音从纸门后面传了过来，不一会儿，一个圆脸的少女拉开纸门迎了出来。

“阿高啊，有客人来了，我一边聊天一边走，结果回来晚了。”三郎转身对少女说道，“来，快进屋，这就是我的妹妹阿高。”

少女抬眼往屋里看去，纸门拉开了一道缝，阿高跪坐在屋里，膝盖上是缝到一半的红色布料。

“阿高，这位客人从东京回乡下来呢，不过今天实在太晚了，她一个人去外地也不方便，我就把她带过来了。好好招待客人啊！”三郎满面春风地和妹妹说道，接着又转身对少女说，“我先去洗一洗，你快进来坐吧。”

三郎自顾自地走到了屋后，用清水把自己手上脚上的尘土都细细清洗了一番。打开门回到屋中，阿高和少女聊得正欢。

“还没吃饭呢，阿高，快，我们开饭，别饿着客人了。今天有没有什么好菜啊？”

妹妹笑着说："我刚刚才告诉客人今天没什么菜，只能随便将就一下。哥哥你快把衣服换了吧！"

"好好。"三郎一边说着一边走到背光的角落里，把一身干农活的衣服换了下来。

等他走出来的时候，妹妹已经把饭菜都准备好了。

"什么菜啊？"

"今天煮了笋，客人先随便吃一些吧，明儿我就好好做一顿好吃的。"

"好啊，客人没准儿要一直住在我们家呢。"

"真的吗？"

"嗯，只要你好好招待客人，她肯定愿意一直住在我们家。"

"哥哥你可别唬我啊，她真的肯住在我们家吗……我们家这么脏这么破……"

三郎一边听着妹妹抱怨，一边对少女说道："快看，我妹妹已经舍不得你走了。"

少女听见这番话也笑了起来："你们这么热情，反而让我不好意思了。不过这样热闹的生活也很好，要不然我就住下吧……"

"留下来吧！真的，你看我妹妹都不舍得你走呢。"

这时候，阿高端着饭菜出来了。

"哥哥啊，这屋实在太脏了，要不然我们去客厅吃饭吧。"

三郎看了看屋里，确实又脏又破，"嗯，还是请客人去客厅吃饭吧。"

"你们不要这么客气这么麻烦啦，再这样的话，我就不好意思留下了。"少女假装发起了脾气。

"哎，客人都这么说了，我们也别介意了，一起吃吧。"

就这样，三个人一起围着炉子开始吃饭。阿高不时地夹菜给少女，虽然有些尴尬，不过却让人十分心安。

"饭菜简陋，还习惯吗？"三郎有点犹豫地问道。

不过少女始终津津有味地吃着，三郎也不好意思再客气。

吃过饭，三郎想问少女的身世，可是妹妹却一点都不想聊这个，大概前面她们独处的时候已经聊过了。

"客人今天出来这一趟累了吧？不如大家早点休息了吧。"聊了没多久，阿高就这么说起来。

三郎心里一点都不乐意，还想着多和少女聊一聊，不过他也怕少女会疲倦，于是道："是有些晚了，今晚我睡在这间屋，阿高和客人一起去客厅睡吧。"

阿高一副心领神会的样子，拉着少女往客厅走去："来，我们去那边睡。"

少女对阿高点点头，又转过身面带笑意地望了望三郎，眼中满是柔情，三郎都看呆了。

阿高把灯笼取了下来，带客人去客厅，随口问三郎要不要留盏灯。

三郎摇了摇头，目送着两个人往客厅走去。没多久，灯笼微弱的光就看不见了。三郎这才拿出被褥，在炉子边上躺下。

黑暗中的三郎翻来覆去地睡不着，满脑子都是少女迷人的样子。也不知道过了多久，三郎迷迷糊糊快要睡着时，却感觉有人在使劲地摇晃自己。

"哥哥，哥哥！你快醒醒啊！"

三郎睁开眼睛一看，是妹妹阿高。

"怎么了？"见阿高一脸着急的样子，三郎一头雾水。

"我有话跟你说！"

"什么话啊，说啊！"

"哎呀，你起来，起来说！"

"到底什么事这么要紧啊，不能睡着说吗？"

"哥哥！那位东京来的客人叫满津子！她刚刚告诉我，她愿意和你结婚，然后一直留在我们家！哥哥你快起来啊！快起来啊！这么好的机会，快去跟她说说啊！别到时候后悔啊！"

三郎一听见妹妹的话，立刻清醒了过来，连滚带爬地穿上衣服，往客厅奔去。

## 4

当天夜里，三郎就和少女结了婚。此后的日子里，三郎辛勤地在田间劳作，阿高和满津子在家打点家务。满津子的针线活儿得到了大家的赞许，不少街坊邻居都愿意花钱请满津子帮忙裁制新衣。

很快春天就过去了，夏天来了。这一年的夏天，暴雨连连，直到立了秋依旧阴雨不断，田里的庄稼几乎都被雨水给淹死了。很快就到了该交地租的时候了，地里一点收成都没有，没有粮食换钱，地租也交不上了，村里的众人都愁眉苦脸，不知道如何是好。

三郎家今年得交三十块钱的地租，这么多的钱，根本没办法凑。尽管十分苦恼，三郎还是没有把地租的事告诉满津子，只是和妹妹阿高一起商量着对策。他们想来想去，只有抵押田地这条路了，把地抵押出去，还能借到钱，先把地租交上。

一天早上，三郎找了个理由出门，前去一个放贷的富农家里借钱。可是三郎好说歹说，还是没有借到钱。阿高在炉边准备着早饭，见哥哥垂头丧气地回到家中，便问："没有借到吗？"

"哎，他们家说没有钱可以借了，看来大家伙儿都去他们家借钱了啊……"三郎瘫坐在地上，不知道接下来该怎么办。

"这怎么办？马上要交地租了。要不我去纺织厂做工吧，今早我碰上小松，她说想去纺织厂。听说只要签了卖身契就可以先领钱，三十块呢，可以交上地租了！"

"哎……实在没有什么办法的话，只能这样了……可是，哥哥不舍得你去受苦啊……"

"这有什么苦不苦的，反正家里还有嫂子操持，你不用担心的。"

"别这么说阿高，哥哥再想一想办法，总有办法能交上地租的。"

"哎呀哥哥，眼下哪里还有什么办法啊。其实我早就打算去纺织厂里了……你就安心让我去吧。"

"不行啊阿高，纺织厂里很辛苦的，太辛苦了……"

"哥哥你就别担心了，我总要出去见见世面的吧，再说了，我和小松一起去，还有个人照应，不会有事的。"

兄妹两人还是争论起来，谁也说服不了谁。

忽然一阵脚步声传来，两人扭头一看，满津子不知道什么时候站到了他们身后。

"阿高你要出去啊？你是要去做什么啊？"满津子听见他们的话语，忍不住问道。

“哎呀，嫂子你听见了啊？”

“没听见多少，就听见阿高说要出去，这是要到哪里去啊？”满津子坐了下来。

“哎，我也不再瞒你了，刚才阿高说想去纺织厂。”

“啊？为什么要去纺织厂？”满津子惊讶地张大了嘴巴，“纺织厂就是折磨人的地方啊！”

“……其实呢，今年地里收成很不好，我们交不上地租了……原本想借钱，可是怎么也借不到，所以阿高才说想去纺织厂，签三年卖身契好换点钱回来……我不肯让她去，想再看看有什么办法……”

“这……我们要交多少钱？”

“三十块……哎，也不是三十块，一共二十八块钱。”

“这样啊。我倒是记得我父亲在世的时候跟我说过，祖宅里还埋着许多金币。好像就在那块大石头下面，就是以前你来找我的时候我坐着的那一块。我父亲以前也想过要去挖，不过没去成。要不然，你去找一找看？”

“是真的吗？”

“真不真我也不知道，反正事已至此，也想不出别的办法，你就去挖挖看吧。白天去挖有些不好意思，你等夜里再去吧。”

“嗯，现在也只能去试试运气了，今天晚上我就过去挖！”

“要是没有挖到金币，就当是我的玩笑话吧……”

“嗯，我今天晚上先去挖一下。”

成婚以来，满津子从没有对三郎说过什么谎话，三郎心里又燃起了希望。

入夜，他便带着锄头，摸黑儿去了朴树大宅。

这天夜里没有下雨，弯弯的月亮挂在天上，三郎怕被村里人看见，因此特意绕远路走，小树林里积满了落叶，月光下只有三郎的脚步声索索地响着。

绕了一大圈，三郎总算到了朴树大宅，他仔细地往四周看了看，确定附近没有人，然后猫着腰小心地走进草丛中。

那棵高大的朴树依然矗立在野草丛中，三郎一眼就认出了满津子坐过的那一块大岩石。他回忆了一下满津子说的金币地点，对准了石块下面，开始挖了起来。

挖了没多久，石块便全都露了出来，三郎停下锄头，用手推了推大石块，想知道这石块下面有多深。哪知道轻轻一推，石块便滚到边上去了。

三郎抡起锄头开始向下挖了起来。

石头下都是沙土，挖起来并不费力，没过多久，三郎就挖了一个两尺深的洞出来。但接下来就不好挖了，因为土太软，里面的土不容易挖上来，再加上锄头也渐渐有些不够长，三郎只好尽量再把洞挖得宽一些。等挖了差不多三尺深的时候，锄头完全够不着了，三郎把锄头扔在一边，整个人趴在地上，把手伸下去掏土，一点点把土捧上来。刚捧了一把土，就摸到一个坚硬的东西，三郎赶紧爬起来，用锄头把这个坚硬的东西扒拉上来。

月光下，一个积满泥土的陶罐子出现在三郎的眼前。

“金币肯定就在这个罐子里面。”

三郎怕锄头弄碎陶罐，直接用手去扒土，不一会儿工夫，就把陶罐边上的土都扒开了。

三郎伸长了双手，使劲把罐子从土里拔了出来。借着月光，三郎细细打量起罐子来——这是一个一尺多高的细长罐子，拿起来十分沉重，罐子外面看不出什么花纹，只觉得已经在土中埋了很久。

三郎谨慎起来，再次四处张望了一下，确定没有别人，然后满心期待地打开了陶罐的盖子，只看了那么一眼，三郎就立刻把罐子给盖上了。

三郎手脚并用，把挖出来的沙土填回洞中，又用力把推开的大石块推回了原来的位置。正担心会不会被人看出异样的时候，忽然来了一大朵乌云，下起瓢泼大雨来。

三郎把罐子抱在怀中，扛上锄头冒着雨绕道回了家。

## 5

村里人都知道三郎娶了一个来历不明的漂亮媳妇，现在又听说三郎家改造自家的仓库结果发现了一个满是金币的罐子。众人茶余饭后都在谈论着三郎家的事。

就在罐子被发现后不久，三郎家盖起了新房，村里人都羡慕不已。三郎也听取了满津子的建议，买下了许多地皮，种起了茶树，养起了桑蚕，还做了许多买卖生意。三郎家过得越来越好，再也不用为交不起地租而愁眉苦脸了。

第二年的秋天，阿高和满津子安排完家里的事务便一起去田野上散步，这片田野正靠近朴树大宅。原野上开满了美丽的胡枝子还有女郎花，野草都结满了籽，随风摇动，草丛中开着美丽的紫色桔梗。

满津子想摘些桔梗花回去，在原野上四处寻找着漂亮的桔梗花。

正在摘女郎花的阿高忽然叫了起来："嫂子嫂子！快看，好漂亮的桔梗花啊！"

满津子走到阿高边上，朝着阿高手指的方向望去，那里果然并排开着两朵漂亮的桔梗花。满津子走上去，蹲在桔梗花前。

今天的满津子梳了一个花月髻，一头青丝，格外迷人。

"打扰了，不知道能不能给两位拍个照？"

阿高听见声音，吓了一跳，循声看去，是一个捧着相机的年轻人，穿着一身大学制服。阿高害羞起来，连忙用手捂住了自己的脸颊，但是年轻人手更快，咔嚓一下，拍了下去。

"谢谢啦！"年轻人笑了起来，微微点头，满津子刚摘完桔梗花站起来，看见年轻人，微微点头示意。

"是在拍照吗？"满津子笑道。

"是啊，给这位姑娘拍了一张照片呢，太谢谢了。"

"你是这附近的学生吗？"

"不不，我住在隔壁村子，你们两位是这个村子里的吗？"

"是啊。"

"请问……两位的名字是？"

"不过是一些乡野村妇，没什么名字，这是我家妹子。"满津子指着阿高说道。

阿高十分腼腆地垂下了头。

"那也总有个名字吧……"年轻人看着阿高羞涩的样子有些忍俊不禁。

"哎呀，我手里拿着桔梗花，您就叫我桔梗吧，我家妹子手里捧着女郎花，您叫她女郎花就可以了。"

"真是好名字，我会记在照片上的。谢谢您了。"

青年笑着告辞，眼睛却不由得往阿高身上看去。

## 6

一天，副村长忽然来到三郎家里。这个副村长基本上从来没出现在三郎家里过，这次忽然登门，倒让三郎有些惊讶。副村长今年三十出头，一张国字脸，一到三郎家，他也不说话，只是拿起卷烟来自己点上了，抽了好几口，才慢慢悠悠地说："其实啊，我是来给你妹妹说亲事的。不过我得先问清楚了，阿高还没有许配人家吧？"

"没有呢。"三郎老老实实地回答。

"那正好啊，我这边有个不错的人选，不知道你们怎么看。"

"阿高已经到了嫁人的年纪，我这个做哥哥的也一直在留心这件事呢，不知道您要说的是哪户人家呢？"

"说出来你也应该认识，不是我们村的，是隔壁村的，就是山形家。"

"啊？难道是那个很有钱的富豪之家？"

"对啊，他们家有个三公子，名叫山形名。虽然现在还在上大学，不过马上就能毕业啦，所以才过来求亲。"

"哎呀……我们家阿高没有读过书，也不懂事……哪里配得上人家啊？"

"这有什么要紧的。是这个三公子他看中了阿高，你媳妇和阿高都见过三公子的。"

"不会吧，我们家哪有福气认识山形家的公子啊。"

"我听说月前你媳妇带着阿高一起采花的时候遇到了三公子，三公子那时候就对阿高一见钟情了，还给阿高拍了照片，他一直带着那张照片呢。估计是阿高她们不知道他是山形家的公子。"

三郎细细回想，满津子那天是跟自己提过遇到一个大学生的事情，原来那个大学生就是山形家的三公子啊。

"原来如此……"三郎恍然大悟起来。

三郎也没有办法擅自决定阿高的事，于是便答应副村长问问阿高的心意，请副村长暂时先回去。

副村长走后，三郎把求亲的事告诉了满津子。

原本以为满津子会赞成阿高的婚事，没想到她却反对起来："这样不好吧，毕竟门不当户不对的……”

三郎可不这么觉得，他觉得这是绝好的婚事，便马上告诉了阿高。

阿高听完，淡淡地说道：“我们这种乡下人，怎么配得上有钱人家的少爷？嫂子有说什么吗，她要是赞成这门婚事，我也就没什么意见……”

没过两天，副村长就过来了。

“你有和阿高说起这个事吗？”

“说是说了，阿高倒也没有回绝，只是心里有些担心，毕竟人家的家境地位实在是太好了……”

“哎呀，这都文明年代了，还说这些地位、家境的干什么？你看现在那些高官不也娶歌姬为妻吗？也没人规定大学生的妻子也得知书达礼啊！只要两个人彼此喜欢，性格合适不就好了嘛。再说了，三公子虽然出生在富豪之家，但他也不是长子，家产也继承不了，今后还是要自己打拼的呢。你看人家读过书又钟情于你妹妹，这是天大的好事啊！”

“这……”三郎也动摇了，觉得这桩婚事实在不错。

副村长走后，三郎再次向满津子说了自己的看法。但是满津子无论如何都不赞成。

“我们阿高长得美貌，人家三公子确实也看上了她。可是门第差别实在太大了，阿高要是嫁了过去，以后肯定是要吃苦的……我看还是给阿高物色一家门当户对的人家才好。”

过了三天，副村长又上门来了。但是满津子不赞成，三郎也不敢随便答应。

“这确实是大好的姻缘啊，可是真的是配不上人家啊……”

“哎呀，都给你说了几遍了，不要管门第家世了，就问阿高愿意不愿意，其他的都不是问题。你最好今天就给我个回答，我也好回去告诉人家。”

“这……今天实在没办法啊……再过两天吧……”

三郎好话说尽，副村长见三郎不松口，只好答应再过两三天再来。

三郎每天都劝着满津子，满津子虽然不那么强烈反对了，但是也没有点头说赞成。

在这之后，副村长又登门说了三次，还是没办法给出确定的答复。副村长实在没有办法，只好找了一个说客来。

这个说客名叫山村，是附近的一个政治家，原先还当过议员，算是挺了不起的人物。

那一日天气正好，阿高和满津子在家里浆洗衣服。她们俩放了好几块大木板在院子中，上了浆的布就放到木板上去。

副村长领着山村到了三郎家，院子里的满津子和阿高正说着话。

副村长介绍说："左边的就是阿高姑娘，右边的是三郎他媳妇。"

山村顺着副村长的手指看去，两个头戴白毛巾的女人正背对着他们说着话。满津子听见院子里有声音，转过头来看了看。

那个山村一看见满津子就大喊起来："妖孽！你竟然藏在这里！"

满津子一看见山村就疯了一般跑进了客厅，一阵大风呼地吹了起来，院子里的木板全都被风吹翻在地，阿高吓得蹲在了木板边上，副村长两人也被这大风吹得站不住脚，互相搀扶着才勉强站稳。

"快快！快给我拿火来！那个是妖怪啊！是妖怪啊！"山村大声地喊道。

副村长和山村立刻往后厨跑去，风更加大了，这大风看上去是想把这两个人吹翻。两人迎着风冲进了后厨，这会儿三郎正独自坐在炉火边抽着烟，被忽然冲进来的两个人吓了一大跳。

山村也不多说话，飞快地从衣袖里拿出来一张奇怪的纸条，一把丢进了炉火之中。屋子里的大风更加猛烈了，而且乌黑一片，让人看不清。紧接着是轰隆一声惊雷，片刻之后又是一声雷声。

大风忽然停止了，屋子里一片安宁。

"哎呀！这么厉害的媳妇你从哪里找来的啊？"山村喝道。

"满津子怎么了，出了什么事？"

"什么满津子啊，那是妖怪啊！"

"什么？"

"快说，你是什么时候怎么认识她的？"

"这……去年春末的时候，我在田里干活，然后就遇到她了……"

"那天是不是起了黑色的大风？"

“没错……”

“那就不会错了，肯定是她，没想到她跑到你这里来躲着了。去年正月里，我上朋友家做客，结果就遇到她了。把她带回家没多久，我就忽然生了大病，幸亏有个大师路过我家，告诉我她是妖怪，还给了我两张纸符来对付她。那天我烧了一道符，她立刻就跑了。刚才我把剩下的那张符给烧了，那个妖怪这下应该死了吧。”

山村、副村长还有三郎四处找了找，走到后门口的时候，发现了一只黑色的狐狸，身上还穿着满津子的衣服。

血从它的嘴巴里汩汩地往外流，已经死了。

满津子死后，三郎带着阿高一起，把家产全都变卖了，离开家乡四处流浪，再也没有回来过。

# 尸体上的手

我还是小孩子的时候，喜欢听邻居老爷爷给我讲故事。老爷爷以前拜过一个师父，专门教他棍法，老爷爷也学有所成，棍子使得出神入化。仲夏之夜，老爷爷经常会脱掉他灰褐色的上衣，光着膀子，露几手给我看。我也跟着他学了几招，老爷爷还经常拿起棍子陪我练。他教我，使棍子要专门打对方的头和裤裆。

“一定要用力！用力！”老爷爷说。

看到我全神贯注地练着棍法，老爷爷会笑着夸我：“是是是，就应该这样练！不错！”

老爷爷需要远行的时候就会随身携带一根装有暗器的竹竿。老爷爷的院子里放了很多杂物，他总是爱坐在院子里做些杂事。一天，他正在那儿编着麻绳，我缠着他讲故事，于是他给我讲了一个像是他亲身经历的故事，当然，这或许只是书上乱编的。

一天，一个旅游爱好者正沿着山中的小路往上攀爬。山很高，他抬起头看了看，山峦起伏，一座连着一座。到了傍晚，太阳都下山了，只能看到溪谷旁的晚霞很是漂亮。时值深秋，山中有了些许凉意，树叶枯黄，在枝头摇摇欲坠。虽然没有风，但是依旧有叶子从树梢落下。地上有很多绽开的栗子，深棕色发亮的栗子很吸引人。如果不是太晚，着急赶路，又或者说山不高的话，这位游人还是相当有兴致拾些栗子的。他很焦急，想尽快穿过这个山林，到达山另一头的村庄。

赶了这么久的路，天也要黑了，他筋疲力尽了，但是又不想休息。于是他继续爬着……爬着爬着，已经听不到溪流的声音了，原来他已经到了深山中，溪流离他很远了。

终于快要到达山顶了。但是随着太阳下山，光线越来越暗，山中很是冷清凄凉，时不时还传来几声鸟的怪叫，打破着山林的沉静。天越来越黑了，头顶上的星星都开始出来遛弯了。游人心里有点害怕，甚至有点绝望，这个地方前不着村后不着店的，特别尴尬，要是掉头回去，要走一里才能碰到人。实在没办法，他只能继续前进。

走了五六里后，路就平坦很多了，应该是到达山顶了。突然间，他看到了灯光！游人简直像是看到了救星，看到了希望，有灯光就意味着有人家，他可算有落脚点了！

这户人家住的是一幢木板房，很小，主人在炉子边烤火。游人难以抑制住欢快的心情走到木板房的门口，说："打扰一下，您好，我计划去山另一边的村庄，但是天黑了，不方便赶路了，请问今晚能不能在您的屋子里住一宿？"

"你好！你来得太巧了，我正好要下山一趟，但是家里没人帮忙照看，你能帮忙看一下家吗？"主人回答。

"愿意！"游人脱掉了自己的鞋子，穿过套廊，来到了屋子主人的旁边。主人立马拿起地炉旁的茶壶，倒茶给游人。看到热茶，游人才想起原来自己口干了。

"真的是太感激了！"游人立马对主人说了谢谢，便一口喝下了热茶。

"其实，就在傍晚的时候，我老婆生病过世了，我正准备下山去告诉村民，正苦恼着没人看着家。刚刚好，你来了。现在你好好在我家休息吧。"主人对游人说。

听到这个，游人真的是悔得肠子都青了，心想，真的是太不凑巧了，我怎么恰好碰上了这样的事儿呢！现在到了这个境地，他根本不好拒绝啊，如果拒绝，他就只能睡在山林里了。

虽说为难，游人还是得答应屋子的主人："好的。"说完，他不自觉地看了主人的背后。

主人的背后摆了一个屏风，是反摆的，还折过，透过屏风还能看到床上躺了一个人。估计那就是主人的老婆吧。

主人去了架子旁边，端来了一盘食物说："这个时候你应该还没吃饭吧，可惜我吃过了，就不能招呼你吃热饭热菜了。你吃点这个吧。这个团子是供奉完我老婆剩下的，你将就着吃点吧，实在是不好意思。”主人把盘子摆在了游人的面前，这个团子是用粟米制成的。

要是放在平时，游人肯定立马拿起来吃了，但是……这个家里有一个死人，而且这盘团子还是供奉死人后剩下的……游人真的是一点胃口都没有。

“您真的是太客气了！我已经吃过了，不饿。”

“哦，现在不饿，那等饿了的时候再吃吧。”主人信了他说的，说罢，主人去壁橱搬出一床被子和一个枕头，平平整整地摆在了游人旁边。

“你先休息一下吧，我还要往山下去一趟。”

游人跟主人道谢。于是，主人点燃了一个火把，换上草鞋就下山去了。游人看了看地炉上挂着的水壶，周围一片寂静，他坐在那儿立起耳朵听着外面的声音，特别是主人的脚步声。听着听着，主人的脚步声越来越小，直到最后听不到了。

游人不自觉地看向了尸体。

屋内没有电灯，照明只能靠地炉的火光。在忽明忽暗的火光照明下，尸体的情况还能看清楚。尸体的头朝着后头，从游人的视线来看，只能看到绑着头发的后脑勺。枕头旁有一盘团子，跟游人旁边的团子是一样的。想到这个，游人害怕得不敢看了，逼着自己看水壶，不看死尸。

突然，起风了。风吹得屋外传来怪声，很是吓人。游人觉得全身发冷，但是他又很快恢复了，心里对自己说：“我好歹也是七尺男儿，大丈夫有什么好怕的！”于是，他将手置于腹上，努力使自己放松平静。但是他还是只敢盯着水壶，不敢继续看尸体。

但是，他又很好奇，总想看尸体。他总是告诉自己：不要看，不要看，不要看！可是他总是控制不住自己。游人又对自己说：“不要怕！人都死了，有什么好怕的！”

他给自己壮了壮胆，可是，没办法，他脑海里还是会想着尸体。

因为没看到脸，游人开始想象尸体的脸。尸体应该是苍白的、毫无血色的吧，头发乱糟糟的……唉，不该想，不敢想。他闭上了眼，再次想让自己平静下来。

过了一会儿，他觉得自己调整好了，于是又睁开眼睛，不经意间，他又看了看尸体。

正在他看向尸体的时候，他看到，尸体的一只手动了！那只手惨白瘦弱，不但动了，还从尸体的脸旁边伸出来！还拿起了一个团子！还缩回去了！

这可真的是太吓人了！游人吓得脚软了，整个人要吓傻了，他踉踉跄跄地惊慌地爬到了外面的套廊。但是外面天黑了，伸手不见五指，他也不敢逃走，只能坐在套廊，又瞧了瞧尸体。

正在这时，游人感觉，有一只手在抓他右脚！他低头一看，那是一只长了毛的手，特别凉！这下就更吓人了，游人昏倒了。

“醒醒啊！喂！醒醒！你怎么躺这里了？”游人感觉有人在摇他，才敢睁开眼睛。叫醒他的人正是房子的主人和两个村民样子的男子。

“你这是怎么了？”主人问。

主人下山去通知回来后，一进门就发现游人晕倒在套廊，不像是睡着了。

“啊……”游人惊魂未定，全身发抖。

“别怕别怕，告诉我发生什么了，我们都在，你不要怕！”主人见游人很怕，便安慰道。

游人坐了起来。

“你们随我进屋吧，”主人进屋了，招呼跟来的两个男子一起进去，“快上来。”

游人花了好久才恢复过来，然后他移到了地炉的旁边。

“快告诉我，我离开后发生了什么？”主人关心地问道。

“有一只苍白瘦弱的手……从脸后面伸出来……伸出来……拿了一个团子……”游人回忆着这可怕的事，然后用手指了指尸体。

主人好像明白了什么。

“天啊……实在太对不起您了。拿团子的应该是我的孩子。他不知道自己的妈妈已经走了，一定要跟着妈妈睡，我就让他睡那儿了。你不要怕！”说罢，他起身过去，掀开了被子。

原来真的有个孩子，他才四五岁，正睡在尸体的身上，手里还拿着团子呢。

“他没有吃团子……”主人很伤心。

但是，游人还是有点害怕。

“后来又遇到了什么吗？”主人又问他。

“后来我不敢坐在屋里了，于是到套廊去坐下，谁知看到一只冰凉的、长了毛的手抓着我的脚……”游人说。

主人尴尬地笑了笑，然后走向套廊，掀开了套廊上的席子说：“看，就是它们抓了你的脚。”

游人好奇地过去看——原来，席子下有十几只猴子，这会儿正好被主人弄醒了，在那儿“喳喳喳”地叫着，很是热闹。

# 好色的猿猴

故事发生在正平时候，当时南朝的首都就在吉野山的山门处。当时南帝有一名臣子，名叫吉田宗房。吉田是南帝的中纳言，他有一个十分美丽的养女，名叫明子，是吉田妻子的侄女。

这一天正值初秋，天气凉爽，吉田家的明子前往初濑神社去拜神，一路上坐着轿子，在女仆和护卫的护送下前行。

走回吉野山的时候，太阳已经西斜，一行人不由得加快了脚步。忽然间，天上飘来了一朵小乌云，不知怎的，这乌云越变越大，渐渐笼罩了整片天空。抬轿子的轿夫眼看大雨将至，不由得快步前行，风渐起，红叶片片吹落。

只是一刹那的工夫，吉野山中一下子昏暗起来，冰冷的狂风肆意地吹着，大雨即将倾盆。此时的轿子已经到了吉野山的山腰，天黑得什么都看不见，随行的女仆不由自主地发着抖，从未见过这样可怕的天气。

一道淡红的雷从天而降，一团白花花的烟雾一点点靠近明子的轿子。轿夫们惊恐地看着烟雾，赶紧停下了脚步。

“啊——”轿子里的明子惨叫起来，此时天空中又冒出了一道淡红的雷火。随行的护卫立刻拔出了佩刀准备保护明子。就在这时，轿子的帘布被妖风刮得一下子碎成好几块，明子像是被什么拽着一般飞出了轿子，瞬间消失在白色的烟雾之中。

随行的女仆早就四肢发软瘫倒在地，抬轿的轿夫吓得丢下轿子拔腿就跑。三名随行的护卫立刻冲向了白色的烟雾，但是这烟雾十分诡异，似乎充满了极大的力量，一下子就把其中一名护卫的佩刀折断了，而另一个护卫的佩刀也一下子就被拧得像麻花一般。这两名护卫一下子就被烟雾打得昏迷在地。这诡异的白色烟雾又爆出一阵淡红的雷火，然后快速地缩了回去，模模糊糊能看见一个影子——一个妖魔！之间白色的烟雾中，明子小姐的青色的衣裳在白色的烟雾中渐渐消失。

护卫光成见自己的两个同伴都被击晕而明子小姐又被烟雾掳走，立刻举起佩刀向白色的烟雾砍去。此时白色的烟雾又一次发出了一道淡红的雷火，光成一眼就看见了妖魔的大嘴。妖魔快速地变成了烟雾的模样想要逃跑，光成立刻追了上去。忽然，一块石头飞了过来，一下子打中了他的脑袋，光成眼前一黑晕倒在地。

没过多久，逃跑的轿夫搬到了救兵，是在吉野山守卫的护卫们。护卫们的到来救助了昏迷的护卫及女仆。

光成这会儿才悠悠地清醒过来，他努力想要坐起来。赶来的护卫见光成满脸血污，便想把他扶起来搀回去。

“不要紧，我自己可以走。”光成咬紧牙关站起身，四处张望着寻找妖魔的痕迹。此刻赶来的护卫纷纷在林中寻找着明子小姐。

“明子小姐去哪里了？”赶来的将领问道。

光成抬起头回答道：“我们刚走到这一带，突然狂风闪电大作，妖怪化作白色的烟雾把轿子的帘子都撕碎了，一下子就把明子小姐给卷走了。”

“你的脸上怎么全是血？”

“我本想冲上去击杀那妖魔，却被他施法扔来的石块砸中了。”光成说完立刻站了起来，“我这就去搜寻明子小姐的下落！请代我告诉大人！”

说完，光成便将自己掉落的佩刀捡了起来，沉默不语地下了山。

光成来自室生，离开吉野山的他回到了自己的老家，准备好干粮便再一次去了吉野山，这一次他深入山中寻找妖魔的踪迹。

光成在吉野山的深处游荡着，不断地翻山越岭，虽然遇到许许多多危险，却始终没有退缩。他立志要将明子小姐找回来。吉田夫人把明子小姐当成自己的亲生女儿，这一次明子小姐被妖魔掳走，吉田夫人悲痛欲绝。光成一想到可怜的吉田夫人泪流不止的样子，不由得愤怒起来。一定要把这个可恶的妖魔杀死，将明子小姐带回去！

日子一天天过去，距离明子小姐失踪已经过去了整整二十天，光成也已经到了大台原山附近，快要接近伊势了。光成在大台原山脚下的草丛中睡了一晚，现在已是深秋，光成准备的干粮也快要吃尽了。早晨醒来，光成吃了一些干粮，喝了一些清泉，便向着太阳的方向继续出发。此处的山中有一些樵夫、采药师反复行走的小路，依稀能看出路的模样。

这天午后，光成走到了一座巨大的瀑布面前，这瀑布十分壮观，两侧都是红彤彤的枫叶。小路在瀑布前结束了，看不出其他路径。

光成慢慢靠近瀑布，然后走到了瀑布的下面。瀑布下的水池中有一个巨大的水池，上面分布着一些石块。光成踩在石块上继续前进。慢慢地，他发现了另一条小路，于是就继续走，直到越过一座小山。

这座小山的后面是一个山谷，光成沿着山谷一直走，在高大的树丛中有一块巨大的岩石，而那块巨大的岩石之上竟然是一座古庙。“没想到此处竟然有庙宇，不如进去先问一问，这山中的妖魔巢穴在什么地方。”光成这么想着，径直朝着古庙走去。

走了一会儿，山谷中的树丛变得稀稀疏疏，连脚下的荆棘丛都稀疏了许多。绕过了这块巨大的岩石，光成便看见了古庙的大门，十分破烂，似乎没有人居住。光成正在犹豫着要不要上前去问，忽然听到古庙中传来美妙的琴声。

光成心里疑惑起来，难不成这庙里的和尚还找了美女弹琴作乐？不过这座古庙确实是人迹罕至，要隐居在此处，倒也十分享受。

光成走进古庙中，左边有一间小小的屋子，似乎是厨房。光成慢慢往小屋走，一股子油味儿就飘了过来。院子里满是各种废弃的杂物，坍圮的佛像，破败的纸门，还有损坏了的桌椅，破烂的木箱子。

刚走到小屋的门口，光成就听见了女子说话的声音。光成怕惊吓到她们，便轻手轻脚地走了过去。

这小屋原来是个厨房，此时正有三名美女正在做菜，其中一个正在处理着鲜红的肉，还有一个弯着腰在生火，另一个正在烹煮肉块。那个切着肉的美女瞥见了一旁的光成。看见光成的第一眼，美女显得十分惊讶，但是很快她便恍然大悟的模样。她放下手中切肉的刀，向光成招着手。光成心中觉得古怪，但还是走了过去。

此时，古庙内的琴声依旧连绵不绝，从声音听来，这弹着琴的人应该在古庙的大殿里。此时，另外两个做饭的美女也看见了光成。

“你从什么地方来的？”切肉的美女小声地问道。

“我从山下来的，想来拜神的……”

"哎呀，你是走错路了吧，这庙里有一个可怕的妖魔啊，就算力气再大的勇士都会被他杀死的……我们全都是被他抓过来的。他每天都让我们取悦他，要是他哪天生了气，那可就小命不保了……你趁现在快点离开吧！"

光成顿时激动起来，自己总算是找到妖魔的巢穴了！

"不知道姑娘知不知道，二十来天以前，有个姑娘被抓来？"

"知道啊！是一个绝色美女，好像是京城来的。"

"嗯，她的眼睛好比天上的星星，美丽极了！"

"她还告诉我们她是中纳言吉田大人的女儿呢。"

光成确定明子小姐就是在这古庙里，连忙说道："对对，我就是来找吉田大人的掌上明珠的！小姐她现在在哪里？让我见一见她吧！"

"这……那位小姐昨天开始就一直身体不适，在内屋躺着休息，我们不敢带你去见她啊。要是被妖魔发现了，他一定会杀了你的。我看你还是回家去吧……那位小姐，你肯定救不了啊。"

"我不怕死！那一天我原本保护小姐去拜神，可是那妖魔却把小姐给抓走了！我只想把我家小姐救回去！请问，这妖魔长什么样子？"

"嗯，他看起来就像是一个手无缚鸡之力的年轻和尚，但他有法术，会飞上天。但凡是他看中的，不管是美人还是美食都能弄到手。他虽然平日里对我们十分好，但是一旦有人惹他生气或者是有人生了病什么的，他就会让她们渐渐消失……而且他力大无比，就算是有几百个勇士一起上，都制服不了他。我也知道你一心想要把你家小姐救回去，但是你是没有办法击败他的。我劝你不要再留在这里了……要知道我们也想要回家去啊，家里的亲人还在等着我们呢……"

"这妖魔有什么弱点吗？"

"藤枝姐姐……"正在烹煮肉块的美女走到了切肉的美女身边，靠在她耳边轻声说了点什么。

光成看着自己腰间的佩刀，叹着气。此时大殿中的琴声依旧悠扬。

两个美女说完了悄悄话，切肉的那位立刻让光成凑近一些，"你要是真的不怕死，我们就帮你除掉这个妖魔。我们把那个妖魔灌醉，再用我们的腰带把他的手脚全都捆住，以前这样的时候，他就会用力把腰带挣脱表演给我们看。要是你不怕死敢杀掉他，我们就在腰带里放上麻绳，这样他就没有办法一下子挣脱了。你再下手杀了他就行了。”

光成听到这个主意立刻兴奋起来，连忙说道：“请诸位助我一臂之力！”

“好，那你就先躲在这厨房里吧，就躲在这地板下面吧。虽然很憋闷，你是千万不要出来，一定要等我们来喊你，你再从地板下面钻出来。不要担心，每天天黑了，我就会过来给你送饭。这地方是厨房，总是飘着肉的香气，那个妖魔是不会发现你藏在这里的。但是你要是出了这个厨房，那么这个妖魔说不定就会闻到你的气味了。真要发生了这样的事，那我们也没有办法救你了。”

“明白了，我一定会安静地躲在这地板下的，让我躲多久都可以。”

“嗯，快去躲起来吧。”

光成把腰间的佩刀取了下来抓在手里，然后猫着腰藏身在厨房的地板下面。

太阳西斜的时候，古庙的庭院里飘过来了一大朵白色的云彩。一转眼，这朵白云就变成了一个细皮嫩肉的和尚模样。和尚踱着方步走到院子中，轻轻咳嗽了一声，马上就有十多个绝色佳丽从屋中匆忙地走了出来。

和尚看见美女们出来，立刻眉开眼笑起来，审视着一个个装扮一新的美人。很快他就在佳丽们的簇拥下慢慢走到了古庙的大殿里面。此时的大殿里面已经点上了油灯，佳丽们端上了煮好的肉。

和尚咧着嘴开心地坐在装满肉块的大碗之前，左边右边全是佳丽，面前也是佳丽陪他坐着。一位佳丽为和尚倒了满满一杯美酒，和尚一饮而尽，脸色立刻红了起来，褐色的眼睛在佳丽之间流连。

佳丽们在和尚的身旁搔首弄姿，笑着讨好他，和尚一边吃着肉，一边享受着佳丽的殷勤。有的佳丽在他的怀中娇笑，还有佳丽在一旁翩翩起舞，还有人弹奏着琴，有人和着琴声唱起了小曲儿。

和尚的笑声在大殿里回荡着，倒酒的佳丽一杯又一杯地给他倒满，不给他一点点休息的时间。过了片刻，和尚从佳丽中选了一个，搂着走了出去。其他的佳丽早就习惯了，因为每晚和尚都会带一个佳丽出去。大家见和尚离开了大殿，欢笑声、唱歌声顿时戛然而止。

过了一会儿，和尚又带着那位佳丽回到了大殿中，佳丽们再次娇笑歌舞起来。

和尚则继续喝着酒，大口地吃着肉。两位佳丽在大殿中舞蹈起来，翩若惊鸿，婉若游龙。和尚喝着酒，色眯眯地盯着跳舞的佳丽。跳完一曲，和尚又选了一个佳丽待在自己的身边，把她靠在自己的膝盖上揉捏了一番，便带着她走了出去。

大殿中又一次沉默无语。和尚笑着回到大殿中，佳丽们又一次欢笑起来。有人弹琴，还有人取出玉箫吹奏起来，和尚这一次选中了吹箫的佳丽，把她带了出去。再次回到大殿中的时候，和尚满脸笑意地发号施令，把自己的手伸在空中，佳丽们立刻解开自己的腰带，将和尚的手和脚都捆起来。和尚乐不可支，任由她们把自己捆绑起来。

光成老老实实地在厨房的地板下待着，每天晚上，都有人给他送来饭菜，虽然光成在地板下不知道时日，但是从送饭的次数看，应该已经过了三天。光成不知道何时才会有人喊他出去，只好握紧刀柄随时待命。第三天的深夜，有人匆忙地跑进了厨房，打开地板将光成叫了出来。光成知道时机已到，立刻带着佩刀从厨房中爬了出来。

“快快，他已经被我们绑住了！”

来喊光成的正是那位将他藏在厨房里的美女，光成跟着美女趁着夜色走到大殿中。还没走进大殿，光成就听见妖魔在破口大骂，光成不敢耽搁，立刻拔出了自己的刀冲进了大殿中。

和尚倒在大殿的地板上，他的手脚都被各色的腰带牢牢捆绑起来，他还在不断地挣扎着，脸涨得通红，嘴里不断地咒骂。原本欢声笑语的佳丽们此时害怕得浑身发抖，相互依偎着躲在大殿的角落里，用衣袖把自己的脸遮挡了起来。

光成立刻举起佩刀，朝着和尚的心脏砍了下去。佩刀竟然被弹了开来，像是砍在了坚硬的钢铁上。光成没有惊慌，细细沉思，对准了和尚的喉咙刺去，鲜血顿时飞溅开来……

和尚死了，渐渐变回了原形，这个刀枪不入的好色和尚原来是一只成了精的老猿猴。而明子小姐就是因为被妖魔的妖气给伤到了，所以才卧病不起。光成把明子小姐带回了中纳言的府上，也将其他被掳来的美女一起带下了山，将她们送回原本的家中与亲人团聚。

再后来，光成与明子小姐成了夫妻，还出任了大将军。

# 第五位客人

这个故事是喜多村禄郎先生亲口告诉我的。

当时是六月，我正好有个机会与喜多村先生一起共进晚餐，然后就听他给我说了这个故事。我很喜欢这个故事，于是想分享给大家，但是因为这个故事是在大阪发生的，所以喜多村先生在模拟人物口吻说话的时候都是用大阪话，然而我并不会说大阪话，所以从我口中说出来这个故事可能就会稍稍逊色了，希望读者朋友们多多包涵。

那是明治三十四五年时候的事情。那时候，喜多村先生是“旭座”剧团中的一员。当时，剧团的主要剧目是以“吉原殉情事件”为蓝本的，情节有点类似于泉镜花所著的《汤女之魂》。男主角乘坐火车到外地去，在火车经过隧道的时候，四周黑黝黝的，他冷不防地在车窗上看到自己的身边居然有一个女人的影子，等到火车穿出隧道时，他身边依旧什么都没有。然而，他走下火车之后，一个来招揽生意的车夫对独身一人的他说：“先生、小姐，要不要坐车？”

喜多村先生在那个剧团的时候，很受一位贵宾的照顾。有一日剧团演出的时候，这位贵宾也来了，还带着一个艺伎一起。演出结束后，贵宾便邀请喜多村先生一起到富田屋去用餐。除了他们原先的三人，还有一位富田屋的老艺伎陪他们用餐。这位老艺伎听闻他们刚看完戏，便询问了一下所演剧目的剧情，于是喜多村先生便开始给他们讲述。

大家正听着津津有味之时，一旁负责煮菜的女仆突然“啊”的大叫一声，好像碰到了什么不得了的事情。

大家面面相觑，只有老艺伎不动声色，似乎心中有数。她站起身来，走到女仆旁边，两人耳语了一番之后，她又回到原先的位置，轻轻叹了口气说：“这种事情其实并不少见啊……”

喜多村先生一听就知道她话里有话，赶紧追问道：“莫不是你也遇到过？”

老艺伎轻轻点了点头，接着开始讲述她遇到的奇事。

四五年前，有个当地的富家少爷常常会到富田屋来吃饭。少爷当时经常会带着一个艺伎，来富田屋的时候也会带着。少爷每次来，老艺伎都会亲自作陪，而经常给少爷他们煮菜的女仆恰好也是今天这个女仆。一来二去，少爷对老艺伎和女仆也很熟悉了，于是他便邀请两人和他还有年轻艺伎一块到心斋桥的幡半去吃喝玩乐。

他们走进那家店的包厢后，该店的女仆便送来了坐垫——奇怪的是，她居然捧来了五张坐垫。少爷一行人便想，这家店果然生意太好，连女仆都忙中出错啦！

等到他们落座之后，那个女仆端来的托盘上，居然也是五杯茶！

大家你看看我，我看看你，都不知道是怎么回事，于是有人便准备要询问那名女仆，然而少爷却摆手示意他们不要管了：“算啦算啦，反正又不是缺了，就这样吧。”

于是大家也就只能作罢。

过了会儿，饭菜也准备好了，女仆便开始给大家上饭菜——居然还是五人份。这就奇怪了，要说坐垫和茶杯搞错了还好，毕竟餐馆有时候会为了避免有人还没落座，就会多准备一份。但是这饭菜，肯定是只给在座的人准备的——这明明就是四个人啊。这也就是说，除了他们四个人之外，餐馆的女仆还看到了第五个“人”。

“莫不是少爷身上带着幽灵？要不然他为什么不管不问呢？肯定是他老早就知道会发生这样的事了。”

吃过饭后，一行人又在幡半住了一晚。这天晚上，几个人都没睡好，毕竟那个幽灵就在他们身边。于是大家伙一商量，决定第二天就动身前往滨寺去祈福驱邪。第二天，他们就离开了幡半，搭上火车。下了火车以后又转了车，最后到了滨寺。他们先到一个叫一力的旅馆落脚，放好行李之后，便打算先用餐。众人被安排在了一力的一个包厢里，接着，负责这个包厢的女仆拿来了坐垫——又是五张！

“还是这样啊……”

大家不由得感觉到背后发凉。接着，女仆端来了茶——也是五杯。

等到饭菜准备好后，女仆又给他们上了五人份的饭食。

“这幽灵果然就在我们之中……”

“究竟是谁呢？”

大家开始交头接耳，生怕旅馆的女仆知道。

晚上，他们准备离开这间旅馆，旅馆便派了两个女仆给他们带路到车站去。

一名女仆走在最前面带路，另一名女仆走在最后负责提灯笼，少爷一行人则走在中间。老艺伎眼睛一转，便偷偷放慢脚步，故意走到和提灯笼的女仆平行的位置上。

走着走着，路过一片松树林的时候，老艺伎小声对她身旁的女仆说道：“姑娘，你觉得我们这一行人的人数是不是有点多呢？”

那女仆看了她一眼，说道：“五个人还好，不算多的。”

老艺伎吓得毛骨悚然，但还是强装镇定，接着说道：“少爷和艺伎，还有他的贴身女仆，再加上我就还好……只是……”

那个女仆是个心直口快的人，马上就接着老艺伎的话说道：“你是说再加上那个梳着银杏髻的女客人多余吗？”

老艺伎大惊失色，脱口而出道：“你说的那人在哪儿呢？”

女仆奇怪地看着她，接着用手指着自己正前面的方向，小声说：“不就是在前面吗？”

老艺伎此时已经忍不住开始直打哆嗦了，她不敢再和女仆继续聊下去，只是一边默默地念经，一边紧紧地贴着女仆走着。

好不容易到了车子，旅馆的两个女仆就跟他们告别了。这时，老艺伎刚好瞧到了另一批经常到她店里的常客，于是她马上买好了四张车票，分给少爷、年轻艺伎、女仆之后，就借口去找了另一批客人聊天，她已经不敢在少爷旁边多待了。

等到火车到站之后，老艺伎才又回到少爷一行人中来。

回到大阪后，大家都一副心事重重的样子。少爷便提议再换一家餐馆看看，众人只好顺他意，进了一家丸万餐馆。这家餐馆相当受欢迎，进进出出的客人络绎不绝——少爷可能是想看看人气旺的地方会不会还是一样。

结果，等他们一走进包厢，女仆抱来的坐垫又是五张。

接着，茶杯、饭菜，亦是如此。

众人此时已经心中有数，对丸万的可口饭菜也已经无心品尝，很快他们就结束了饭局，回到了富田屋去。

一回到富田屋，老艺伎看到和他们一块搭火车的客人还在。于是她想了想，决定再去问一问。

她走到那群客人面前，问道："你们猜，我们这是有几个人一起呀？"

其中一个客人不假思索地回答道："一直是五个人啊，怎么了？"

# 血色帆船

1925年2月2日，我去了远江的御前崎。在那里的海角上有一座灯塔，塔顶上的灯可以四周扫描，亮度上限达到六十三万坎德拉，灯光可以覆盖的海域范围超过了十九海里半。

那里的工作人员带我参观了塔内的设施，那里有着各种各样的无线电设备。我从塔里的窗望出去，可以看到远处的敷根岛和大岛在海上的云雾中若隐若现。在这块海角的东部，有一块露出海面的礁石，名字叫御前岩，御前岩的西边藏着一座叫“度度根”的巨大暗礁。

工作人员告诉我，度度根附近向来就是海难的重灾区，已经有不计其数的船只触礁发生了事故。接着，他给我讲了一个自己亲身经历的故事。

那是在1901年的夏天发生的事情，那天傍晚的时候，夕阳也渐渐地沉进海里，海面被披上了血红色的余光。在这时，工作人员注意到西边的方向出现了一艘西式帆船，船上的帆竟然是血红色的。

工作人员从未见过这种颜色的风帆，感到十分惊奇。接着，他大叫不好，因为那艘船竟然快速地朝着度度根的方向驶去了——那可是一个事故多发区！

这时候已经来不及向那艘船发出警报了，眼看着它就要撞上度度根的时候，突然，血色帆船消失得无影无踪。

工作人员揉了揉自己的双眼，哪里还有什么血色帆船？

“真是奇了怪了！”

工作人员赶紧去查了一下最近的海难。果然，就在不久前，一家邮船公司的帆船就在度度根附近触礁，沉船了。

# 火钳

这天晚上，睡梦中的孩子突然惊醒过来。他看了看四周，父亲和几个亲戚就睡在他身边。他的母亲刚去世了。

他想到了母亲，眼眶又湿了。

就在这时，他听到楼梯嘎吱作响的声音，似乎有人上楼来了。不一会儿，他房间的门开了，走进来的人居然就是他的母亲。

他张大嘴巴，呆呆地看着他母亲，心里想着：母亲回来了吗?

母亲直直地朝着他走来，但是他的床前边有火盆和火钳，母亲过不来。不过母亲并没有停止脚步，仍旧试图走向他。这时候，她的衣服被火钳钩住了，她下意识往旁边一退，火钳顺带着从一边翻到了另一边。

这时，原本睡得安安稳稳的父亲和亲戚都发出了低吟声。

# 亡者游戏

有一段时间，在爱打台球的人们中间流行一种“扮鬼”的游戏——谁打得最差劲，就扮成鬼被他人捉弄。

这一天，蒲田一家的台球厅里，十多位年轻人聚在一起玩这种游戏。大家聚精会神地对待比赛，十多局下来，有三个人一局都没能拿下。看来，“鬼”就要在这三人之中诞生了。

“安全”的人在一旁起哄，这三人按照规则展开决战局，其中有一个人总能在关键时刻保持镇定。然而这一天，不知为何，他表现得很差，频频失手，用自己平日里拿手的打法也未能奏效。最后，他沦为当天的“鬼”，爆了一个大冷门。

其他人见状，不禁有些幸灾乐祸，在这个人脑门上贴三角白纸，甚至给他穿上了寿衣。一群人一边捉弄当天的“鬼”一边喝酒直到半夜，只有被当成“鬼”的人心情不爽。

后半夜，这次聚会总算散了场，他郁郁不乐地回到家，却被家里的景象惊呆了——向来身体健康的祖母在夜里突然去世，家里人早已忙作一团。

更令他难以置信的是，祖母正是在他被选定为“鬼”的那个瞬间突然咽气的。

# 离魂丝

曾有一个相貌俊美的年轻和尚，由于七情六欲难断，和一个女子发生了私情。当他醒悟之时，自觉罪孽深重，决意隐匿于山野林间用心潜修。得知他的决定后，那女子悲痛欲绝，痴心挽留，然而这和尚去意已决。女子无奈，只得赠送给和尚一条腰带，以此相伴在和尚身边，作为念想。

待女子将腰带系于和尚腰间后，这和尚便动身离开，去往山间的一座寺庙。夜晚降临，离寺庙还有一段路途，和尚决定在客栈中休息一晚。睡觉前，他将衣物都搭在了屏风上。

半夜时，他突然惊醒，察觉屋内似有异样。环顾四周，静悄悄的房间里只有油灯偶尔发出“噼啪”响声，一切看起来很正常。就在这时，他发现衣服堆里的腰带竟然像长了脚一样自己从屏风上掉了下来，并且蜿蜒滑行，离和尚越来越近，直到爬上床，钻进他的被窝。和尚被眼前景象惊呆了，彻夜难眠。

翌日，他从别处借了把剪刀将腰带剪断。这时，他才发现腰带中竟藏匿着那女子的缕缕青丝……

# 小脑袋妖怪

江户幕府时期，一直有着妖怪的传说。

某日傍晚，在山手地区，一个武士上完厕所洗手的时候，发现一个奇怪的小脑袋藏在水盆下的花丛中。

身为武士，自然比常人胆大。他镇定地自言自语道：“这是什么怪东西？”

这话一说，那怪异的脑袋就不见踪迹了。

武士回到屋内，还没坐定，就听到邻居家传来嘈杂的声音。紧接着，他就听到邻居家的仆人惊慌失措地在门口大声喊叫。

“怎么了？”武士出门问道。

“出大事了！我家老爷说自己看到了妖怪，发起狂来，砍伤了夫人还有少爷！”

原来，这老爷就是被那小脑袋妖怪给吓疯的。

# 小姐的生灵

有个投机的生意人，他有个女儿，自小就爱穿衣打扮。

一天，这个女孩对父亲说，她看上了一块很好的布料，想买下来做件新衣服。于是，商人就买下了那块料子，交给一个手艺高超的裁缝，让他连夜做出一件最漂亮的衣服。

因为商人付了很多钱，裁缝只好把手上的其他活儿都搁置下来，一心一意地做这件衣服。他紧张地忙碌着，从白天一直忙到夜里，终于做成了一件精美的衣服。

他放下尺子和针线，疲倦地揉了揉眼睛，打了个哈欠，开心地把衣服包好，准备第二天一早就让人送到商人家里。

正当他做好了这一切，收拾好东西准备休息的时候，忽然听到了一阵急促的敲门声。

都已经这么晚了，谁还会来找我呢？裁缝很疑惑，同时又有点害怕。他小心翼翼地走过去，打开门，发现竟然是那个商人的女儿。

“原来是您啊，您怎么到这里来了？”裁缝问道。

“没什么，没什么。”女孩看起来很高兴，笑着回答，“我就是想着那件新衣服，夜里睡不着，所以过来看看衣服做好了没有。”

“真是赶巧了，那件衣服我刚刚做好，准备明天一早给您送过去。”裁缝说着，恭敬地把女孩迎进屋，拿来做好的新衣给她看。

女孩一看衣服，马上赞不绝口，不管三七二十一就往自己身上套。裁缝觉得有点奇怪，却也不敢说什么，只是在一边看着。

但是，他没想到，女孩还没穿好衣服，转身便跑出了门外。

裁缝这下慌了，他连鞋都顾不上穿，光着脚就追了出去，跟在后面喊着：“小姐！小姐！’

忽然，女孩凭空消失了，只余下一身新衣在裁缝面前缓缓飘落。

裁缝大吃一惊，还以为自己遇到了什么不干净的东西，当天晚上吓得一夜都没睡。

第二天，天还没有亮，裁缝就拿着衣服亲自去了商人家里。可是，到了地方才知道，那位商人做生意失利，背了一身的债，昨天晚上就已经带着家人逃走了。

裁缝这才明白，原来昨天晚上见到的是女孩的生灵——虽然她跟着父亲走了，却实在放不下那件新衣服，于是，这种执念就幻化成了生灵，前来寻找这件衣服……

# 水魔

## 1

被官稻荷神社隔壁有一家小酒馆，在这间小酒馆里，经常能够听到附近街头人们的嚷叫声。

从这个小酒馆里走出来一位女子，她要去浅草神社后面的观音堂。

就在她绕过一棵银杏树的时候，树后面突然窜出来一个男子，他们擦肩而过，女子瞟了一眼男子，裹紧了大衣，继续向前走去。

男子径直走往小酒馆旁边的一家荞麦面馆，行至围墙的拐角处。那儿挂着一个牌子，上面写着“公园第五区”。

“你是……山西？”一个声音从男子的背后传过来，他回头，发现身后有一名头戴鸭舌帽的男子。

他看清了那人的脸，正是他的朋友岩本。

“是你啊，你这是干吗？”

“我没事啊，随便逛逛。你呢？”

“我？我本来约了一个人，现在有点状况不能来了，只好改天再说了。”

“别骗我了，你其实还是想不开是吗？”岩本笑了笑，走了过来。

“管我干什么？你还不赶快去找你的保姆去。”

“别这样嘛，是不是那个老太婆？每次都在长椅上坐着的那个？”岩本说着，眉毛一挑一挑的。

“别瞎说了，我才不会理那种女人呢。”

“不是的话那会是谁？对了，是不是那个卖假花的女人？”岩本将手放在山西的肩膀上，轻轻地拍着。

“哎呀，你瞎猜什么，那种野花我怎么可能去找？走了，别在这儿聊了，去酒吧吧。”山西抖了抖肩，岩本将手放了下来。

二人朝经常去的那家小酒馆走了过去。

他们这些个不务正业的地痞流氓总是来这酒馆坐坐玩玩，岩本每天靠贴电影海报生活，而山西的爸爸则开了一家理发店，他能够在那里帮帮忙。

酒吧里的人很少，他们选择了一个合适的位置坐下来，点了啤酒。

“你到底怎么了？看上谁了？”酒杯和啤酒被服务员端上来了以后，岩本忍不住问山西。

山西端起面前的啤酒，喝了一口，环顾了周围，说道：“那女子原是柳桥的，现在可不一样了，那脸蛋，长得叫个漂亮，那身材，真是让人垂涎欲滴啊……”山西尽量将自己的声音压得低低的。

“不行吧，你可别轻举妄动，小心警察盯上你。”

“要报警就报警吧，我没办法。”

“你忘记局子里有多冷吗？虽然现在开春了，可也冷得厉害。”

“我可不怕，我有厚厚的衣服。”

两人说着喝着，不一会儿就喝完了眼前的啤酒。于是，他们又叫了一杯。

“等着吧，有你羡慕我的时候。”山西的嘴角向上扬起。

“你这么有自信呢？那到时候你可要记得好好跟我聊聊！”

二人一边喝着啤酒一边说着一些香艳的话题。酒吧里的人渐渐多了起来，不一会儿就到了十点半。

“我得走了，不能再跟你待下去了。”岩本将帽子好好戴在头上。

“你这是要去哪儿啊？”

“我得去办我自己的正经事了。”

他站起来向门外走去。等了一会儿，山西也叫了服务员埋单，走出了酒吧。

在路上，他想到了一件事——

那信，她应该收到了吧？

## 2

山西从酒吧里出来的时候，正赶上电影院和话剧院散场，街上一下子多了好多的人。皎洁的月亮在他的头上散发着光亮，他顺着街道向前走着。

他突然想起了那女子，她经常来理发店，所以经常见到她。他知道她本是被一名会议员包养的小三，怎料她与一个伶人竟然有着不清不楚的关系。于是，他顿时觉得自己的机会来了。

他想要逼她就范，于是给她写了一封信：

如果不想你的事情暴露的话，就从明日开始十天内，每晚八点到九点的时间里到浅草公所旁的酒吧里来找我，到时候我的大衣上会系一根红丝带，很容易辨认。

如果你不同意的话，全城的人都会知道你的事情。

山西越想越开心，脸上不自觉地露出了笑容。

他走上土桥的时候，迎面走来了一个少女。她看起来只有十六七岁的样子，那白嫩的皮肤，那美丽的身影，一下子吸引住了山西的目光。

他们两个擦身而过，山西回头看了看少女，又看了看周围，只有几个喝醉的男人，也没有什么其他的人，便跟上了她。

他起了歹意，一路跟着少女往神社后的小巷子里走。他一边跟着少女一边环顾着四周，确定没有其他的人盯着。

路过一片小树林的时候，他看到远处的长椅上坐着几个女人，山西只看了一眼，便认出来那几个女人一定不是什么良家妇女——她们在一旁搔首弄姿，大声谈笑，动作大胆。

但是，前面这个少女，山西有把握一定能够搞到手。

树林里的萤火虫飞出来了，在山西的眼前飞来飞去。他和少女保持着一定的距离，他不能把那女孩吓着，而且也担心会被巡查的警察发现。

那少女的衣裙就在山西面前晃来晃去，搞得他心神不定。

又跟了一段时间后，山西顾不上有没有警察了，他走上前去，喊了一声："嗨！嗨！"

少女回过头来，可爱的脸庞展现在山西的面前。

“你这是要到哪里去啊？”山西十分和气地柔声问她。

少女转过了头，笑了一下，脸蛋上出现了红晕。山西被她迷住了，顿了一下，才回过神来。

“我陪你一起走走吧？”

少女转回身去，向前走去。

“告诉我，你的家在哪里呢？”山西走上前去，此刻他们的距离已经离得很近了。

他们向前走去，来到了一座雕像喷泉的池子边，山西这时候想要伸手去拉少女的手，但是，前面有几名歌妓经过，他只好将手缩了回去。

山西看了一眼那喷泉池子里的雕像，转过头来想要拉住少女的手，发现自己身边什么人都没有了。

他左看看，右看看，依然没有找到少女的身影。他不甘心，又返回到树林里找，还是没有找到。

## 3

山西在约好的酒馆里等着那个小三的到来，他挑了一个好位置，抬头正好能够看到酒馆的大门口。

墙上的表一分一秒地流逝。就快九点了，但山西还是没有看到那女子的身影。他将衣服上的红色丝带摆好，眼睛依旧瞟着酒馆的门口。忽然，坐在不远处一张桌子的年轻人站起身来，走出了酒馆，山西断定他一定是去招妓了。

差十分钟就要到九点了，酒馆门口还是没有那女子的身影。

山西有些着急了，她是真的不怕吗？看样子，我还得再写一封信给那女子啊。山西这么盘算着。

突然，他想起了昨夜的那个少女，那婀娜的身姿，那白皙的脸庞，真的是好漂亮啊。

此时，墙上的钟表打了一个钟，提醒着山西已经九点钟了。他想，看样子，那女子今天是不会来了。

他向酒馆门外走去，他想着，今天要是再遇见那个少女就好了。不知不觉间，他朝着昨天晚上走的那个方向走去，希望能够遇见那个少女。

走上土桥的时候，他果然又看到了那个少女。她还是那样娇羞，那样美丽。一看到她，他的心就要跳出来了。

那少女也看到了他，面带笑容，朝前走来。

山西想，今天我可不能够再跟丢了，我要一直紧紧地跟着她。

“月色这么好，要和我一起走走吗？”山西上前去，在少女的身旁停住，问少女。

少女低着头，瞟了一眼他，没有说话，向前走去。

“嗨，你昨天可真神奇，你是怎么溜走的？你叫什么名字啊？”山西跟上去问道。

“美奈和。”对方终于开口了。

“美奈和……美奈和……你叫美奈和。”山西一遍一遍重复着少女的名字，少女依旧朝前走着。

“你的家在哪里啊？”

少女没有回应。

“我们一起走吧。”

山西见少女朝着远处的山上走去，以为她是要到那山上的长椅上去坐一坐，便开心地尾随过去。

他们穿过池塘，上了一座桥，走上桥后，山西准备伸手去拉少女的手，发现身边的少女再一次不见踪影。

山西寻找着少女，依旧一无所获。

## 4

过了一日，山西一开始，还是在酒馆里等着那名小三，结果还是没有等到。于是他又想到了前一日消失的神秘少女，就走了出来，去往遇见她的那个土桥上。

但是，他也没有等到那个少女。他到山上的长椅上坐了一会儿，还是没有见到她。

这时候，夜已经深了，许多家的商店都拉下来了门帘，准备睡觉了。但是山西不想就这么回家去，他想起了邮局附近一家肉铺里帮忙的女子，也还蛮好看的。

他走下山，向那肉铺走去。

走到商街中央的时候，面前出现了一个熟悉的身影——恰是那屡屡消失的神秘少女。

“是你啊，昨天你又溜走了。”山西走上前去与少女搭话。

少女没有说话。

“你这是要去哪儿啊？”

她的脸转向电车大道的方向。

“我陪你吧。”

山西经历了两次失败，这一次，他可不想再让她给溜走了。

少女点头同意了，山西赶紧跟在她的身后，眼睛一直紧盯在她身上，生怕她再次消失。

穿过街道，走过了吾妻桥，少女继续朝前走。山西心想，这女子一定是要把他带到一个廉价的小酒店里，再好好地与他缠绵。

“还没到吗？要不然我带你去一个地方吧？”

“跟着我。”少女说。

山西没有放弃，继续跟着少女向前走去。他们路过一个站岗的警察，山西心里有些害怕了，于是他装作一副很关心少女的样子，蒙混了过去。

少女没有停下来的意思，依旧往前走去。

他们路过沈桥，远处就是河岸了，旁边有一个公共厕所，少女到了那公共厕所的时候，立即朝前跑去。

山西害怕少女跑掉，也向前跑去追她。

过了那河岸的石堤，少女没有停留，径自跳进了水中。山西跑过来，愣在了原地，他不知道该怎么办才好。他来回在石堤上走来走去，在水中寻找着少女的身影，可是没有任何结果。

慌乱之下，山西都把腰带解开了，但又仔细一想，这样让别人看到了真的是无法解释了，他就将腰带系好，看了看周围，见附近没有人，走了。

## 5

他心里一直在想着，少女因为他跳河自尽了，心中十分害怕，他不敢出门，不敢去经常去的酒馆。每天收到最新的报纸，他就浏览一遍有没有关于失踪少女或者在河边捞到女尸的消息。

一连好几天，报纸上都没有有关的消息。山西舒了一口气，觉得自己应该没有什么危险了。这时候，他已经在家待了好几天，是时候出去转转了，不然会让人产生怀疑的。

他出门了，突然记起千束町那儿有家假花店，于是，他朝那边走去，穿过一道道小巷子，来到了一家小餐馆。

他走进去，招呼老板来一瓶烧酒。

"好嘞，先生您先坐。"老板答应着，从柜子上拿下来一瓶酒，拧开盖子，递给身后的服务员。

"再来点什么吗？先生？"

"有乌贼吗？"

"这个今天没有了，不过油豆腐还是有些的。"

"那就来这个吧，再来一壶酒。"

"好的，先生稍等，美奈和，再烫一壶酒给这位先生。"

美奈和？这个名字为什么这么熟悉？这不是那失踪的神秘少女的名字吗？山西突然想起。

此时，那服务员转过身来，将烧酒放在山西的面前。山西仔细看着她的脸，那张脸分明就是那失踪少女的样子，是她，就是她！

山西的眼睛吓得都要瞪出来了，他丢下了手里的筷子，赶紧结了账，跑出了小餐馆。

他跑出来，想着到底是怎么回事，难道那少女对他怀恨在心，要来报复他？他不知道。

走着走着，他发现眼前有一个小酒馆，他走进去了，坐在了一个位置上。

"先生，你想要来点什么呢？"一个服务员走过来了，对他说。

山西抬头看了一眼那服务员，那张脸依旧是那少女的脸！

他惊恐万分，一句话有没有说便连忙跑了出去，一路上他用自己最快的速度跑着。

跑到一半的路程，他遇见了岩本。

“喂，山西，你怎么了？”

“没事。”

“你不会被什么给迷住了吧？”

“没有没有，刚刚受到了一点小惊吓。”

“那，我们到常去的酒吧坐坐吧。”

山西心里想，去那酒吧应该没问题吧，那儿可是他经常去的地方。

二人到了以后，山西刚进酒吧，就开始环顾四周，确认过每一个服务生的脸都是正常的以后，终于放心地坐了下来。

“你这几天去哪儿了？我怎么都没有见到你？”

“没事，理发店忙。”

“不是吧，你是不是被警察逮住了？因为那小三？”

“不是不是，你想什么呢，真的是因为理发店忙。”

此时，酒吧的服务生告诉山西有人找他，他转头向门口看去，发现真的有一个女仆站在那里，他心里想，是不是那小妾派来的人啊，于是他走了过去。

那女仆看到山西走过来，问他：“麻烦问一下，您的名字，是山西时次吗？”

“是的。”

“这里有一封我们家主子给您的信，还劳烦您回复一下。”

山西打开那封信，果然是那小三写来的，信上说，要让山西悄悄地跟着女仆走，去找她，她有事要跟他商议。

于是，山西回过头来给了岩本几张纸币，让他结账。

“那个小三吗？她出什么事了吗？”

“应该是。”说完后，山西转身就走了，留下了岩本一个人。

岩本想，这事情我可不能够错过。结了账后，便跟在女仆和山西的后面就出去了。

他看到二人穿过了好几条街道，来到了一个门口挂着“山口花”的屋子前，那屋子一看就知道是女人住的地方。女仆领着山西从旁边一个黑漆漆的小门钻进去了，那样子看起来是个后门。

## 6

山西已经有五六天没有回到家了，他的母亲着急坏了，只好去找他的好朋友岩本。

“什么？山西已经五六天没有回家了？”

岩本将他知道的事情都告诉了山西的母亲，随后他们去了那个挂着“山口花”牌子的屋子。

敲了门后，有一个老太婆出来了。

“请问，我的儿子在这里吗？”

“您的儿子是谁？”

“啊，他的名字是山西次时，这位朋友说，他亲眼看见你家女仆将我的儿子带了进去。”

“抱歉，你们应该是弄错了，这里没有什么山西时次先生。”

“不可能，我亲眼看见那个女仆将他从后门带进去了。”岩本不敢相信。

“哦？那你说的那个女仆是什么样子的？”

“很年轻，皮肤白白的。”

“那你一定是搞错了，我家的女仆都是年龄很大的老婆子了。而且，我们家院子后门是一片湖泊，不通陆路的，只能走水路。”

岩本不相信，去屋子的后面看了看，果真是一片湖泊。

他们在水边看了看，一种阴森的感觉迎面扑来。屋子的周围也都是邻居的院墙，没有任何能够进去的小门。

过了一段时间后，这城里的人都知道了“水魔”的故事，山西时次也再没回过家。

# 怪人的眼睛

明治维新不久后的一个秋天，土佐藩一个叫小坂丹治的武士走在一条小路上。

这是一条从岩石和杂树中被人走出的小路，秋天的风有些冷意，吹过来的时候，还伴着杂树沙沙的响声。

丹治平日里常在香美郡佐吉村的金刚岩那一带猎些野鸟。现在，他像往常一样穿过小路，走到那块巨大的岩石上，打算看看有什么猎物。

“哎呀，是仙鹤！”

他站在岩石上，抬眼望去，发现那棵挺拔高耸的黑松树上分明站着一只巨大的仙鹤。

这么大的仙鹤，要是被自己打到……

丹治暗暗地盘算着，看向仙鹤的眼里不禁放出了亮光。要知道，他今天一天的狩猎成果也不过只有两只可怜的小鸟，虽然不能算得上运气差，但也没什么大的收获。

丹治知道，幕府有明确的禁令，不许百姓捕杀仙鹤。然而，此刻丹治的手仿佛受到了蛊惑一样，完全停不下来。

他慢慢握紧枪柄，目不转睛地盯着那只仙鹤。

突然，仙鹤像察觉到了什么似的，扑闪着翅膀，飞向了天空。但是，它在空中悠悠转了一圈之后，居然又落在了原来停靠的树枝上。

简直是绝好的机会，这时候开枪，要比刚才还有胜算！丹治这样想着，有些跃跃欲试了。

但是，他又转念一想，自己若是贸然开了枪，会不会惊动其他人？

山高林子深的，自己的枪声未必就传到别人的耳中，就算有人听到了，天知道我开枪打的是什么？当断则断！我要打死这只仙鹤！丹治下定了决心，开始了自己的狩猎行动。

他拿起枪，在杂树的掩护下，蹑手蹑脚地退到松树脚下，慢慢调整枪口，对上仙鹤，点上了火绳。

只听“砰”的一声巨响，那子弹无疑会击中它的身体，这是注定会到手的猎物，丹治甚至可以预想到仙鹤落地的场景。可是当他抬起头，看到的却是截然不同的景象——仙鹤只是晃了晃修长纤细的脖子，没受到丝毫的损伤。

“子弹分明击中它了呀！”丹治喃喃自语道。

仙鹤侧着头，就像子弹从未射向它一样。

这样的情景让丹治突然回想起早上遇见的那件怪事。就在他上山的时候，发现他曾经走过那片长满了红色果实的荆棘丛。他看到一只远看像只猴子，近看又类似婴儿的东西从中走出，瞧了瞧他，然后又消失在荆棘丛中。

“今天还真是怪事连连，一大早碰上那种事……”丹治越想越害怕，这地方诡异得很，实在不便久留。丹治扛上火枪，转身想离开这里，而他身后的仙鹤还是在原来的地方，不曾移动半分。

“今天净是些稀奇古怪的事情，真是倒霉！”

丹治嘟嘟囔囔地往前走，不久就走到了溪谷中。

地势慢慢变低，一股红色的雾霭慢慢地从丹治的面前飘过，等他注意看时，溪流的对岸以及自己的周身出现了好多架子，这些架子底下都铺着红地毯，上面放的是形态各异的女儿节人偶，有些是仿照天皇和皇后的样子做的，有些是仿照乐人做的，放眼望去，凡能看到的地方，全是类似的架子。这令丹治觉得眩晕。

这是怎么回事？我要赶紧走出去才行呀！丹治这样想着，干脆卸下火枪，边走边踹，奋力地砸着那些古怪的架子，仿佛有天大的仇恨一样。有好几次，他为了使出最大的力气，差点摔倒在地。

“妖怪，真是妖怪！”

丹治近乎疯掉了，他被这些东西完全激怒了，不断地挥舞着手中的枪杆，大吼大叫着："可恨的妖怪，可恨！"

不知怎的，丹治居然就逃出了那个架子迷阵。

现在，呈现在丹治眼前的是一栋简陋的小屋，屋顶铺着茅草。丹治慢慢地停下脚步，甚至可以听到屋内的人语声。

不如进去讨杯水喝……丹治想着，径直朝小屋的方向走去。

这时已经是午后了，小屋门前种着柿子树，温暖的阳光正洒在上面，透着一种别样的安宁。丹治走进院子，看见一位老爷爷正坐在一张草席上编麻绳。

丹治对他说："老先生，不知道能否跟您讨杯水喝？"

老人听见声音，停下手里的活，抬起头来，打量着丹治："瞧您这面色，可是遇到什么事了？"

丹治此刻尚是惊魂未定，自己也知面色定是极差，但是现在他真的迫切需要喝上一口水，否则他真的无法平定心情来诉说他的这番遭遇。

"是遇到一些怪事了，老先生，请您允许我喝上一杯水，再向您慢慢道来。"

老人同意了，转过头对家里人吩咐道："快给这位老爷倒杯水来！"

丹治在庭院里的一块石头上坐下。没一会儿，屋里走来一位矮个子女人，用托盘送上来一碗茶。这女人应该是老人的儿媳。

"茶来了，赶紧给那位老爷送过去。"

老人扬起头，以命令的口吻对那女子说。女子点头，端着托盘来到丹治身旁。丹治道了一声谢，就赶紧接过茶杯，一口喝干了。

"真是感谢。"丹治把茶杯重新送回托盘，再次道谢。

老人看丹治已经喝了茶水，赶忙发问："您究竟是碰到怎样的怪事呢？"

"我跟您讲，就在今天早上，我上山打猎，途中看到一个奇怪的东西，既像是猴子又像是婴孩，它盯着我瞧了一阵，就钻回了荆棘丛中。我当时就觉得纳闷，这是什么古怪东西呢？然而事情还没完，上山以后，我在一棵黑松树上发现一只仙鹤，我自然是知道幕府有禁令不准打的，但我看反正那儿也没有旁人，便动了猎杀仙鹤的念头。更奇怪的事情发生了，我的子弹明明打中了那只仙鹤，可当我抬头去看时，那只仙鹤不仅没有受伤落下，也没有被枪声惊走，仿佛什么都没有发生过一样，它就站在那里，愣是纹丝不动。我知道，我今天指不定撞了什么邪，所以我赶紧下山来。可是在半路上，我陷入了摆满人偶的迷阵中，我真的害怕极了，手脚慌乱，握住枪柄一阵乱砸乱踹，这才逃到这里。说来也是巧了，架子消失后我就看到了这座茅草屋，你说这是不是怪事？”

丹治长长地叹了一口气，不得不说他真是倒霉，摊上这样的怪事不断，丹治感到万分疲惫。

老人听了他的诉说，安慰道：“原来竟是发生了这样的事，您真是太不容易了，应该赶快回家歇息。”

丹治也正有此意，发生了这些怪事，他早没了打猎的兴致。

“我今天也是什么事情都不想去做了，现在就准备回去。”

“是呀！回去的好，还是不要在外面待了。”

“是，我现在就回。”

就在这时，女子又端来一杯茶招待丹治：“您还要不要喝茶？”

“哦，真是多谢，我就再来一杯吧。”

丹治将茶水尽数灌进肚子里，心情再一次得到平复。

“那我就告辞了。”丹治向老人道别，走出了院子。

院子的门口通着一条小路，路旁都是田地，种着庄稼，田地的另一头住着寥寥几户人家。丹治沿着小路往前走，到了拐角的地方，迎面走来一个人，这人有些奇怪，个头不高，还有些胖，体型和身材看起来活像一只癞蛤蟆。男子与丹治擦肩的时候，还投过来凶狠异常的目光，这让丹治陷入极度的恐慌当中，不敢与那个丑陋的男子对视。

也不知是谁走漏了风声，没过多久，“丹治遇鬼”这件事就传得沸沸扬扬。这一日，土佐藩小有名气的一位乡绅小南五郎右卫门恰巧在路上看见了丹治，抓住丹治，硬是要询问事情真假，丹治实在被他磨得没有办法，将事情的来去始末从头到尾讲了一遍。

讲到最后，丹治还不忘加上一句：“其实那仙鹤那架子迷阵我倒真不觉得有多吓人了，只是现在都忘不了那双恶狠的眼睛，那个矮胖的男人，那个目光。我想我不仅现在忘不了，以后也会在我的记忆里挥之不去……”

# 末班车上的老婆婆

每个世纪、每个空间，都流传着各色各样的奇闻怪谈。

在那个以人力轿子为交通工具的年代，仿佛任何时候都能从中走出形形色色怪异的人来。随着时代的发展，火车、电车、飞机上也开始涌现各种奇人异事。

大正十三年，温暖明媚的春天，最后一班电车正途经芝地区的宇田川町，驶往三田方向。

车行到一半的时候，忽然上来了一个驼背苍老的阿婆，也许是因为急着赶路的缘故，老婆婆显得气喘吁吁、脚步蹒跚。

等车行驶至大门和金衫桥之间的某地时，检票的车长却意外地发现，那位老婆婆失踪了。

再谈及此事，是从大伙儿口中的一次偶然谈话。

原来，老婆婆是往生之人，生前在神明町经营着一家木屐店，去年在收完债回家的路上死于一场电车事故，当时她的钱包里还有整整三十块钱。

芝与麻布附近的街坊邻居都说，这老婆婆是惦记着她那些钱，所以死了以后鬼魂还要坐电车来找回她的钱。电力局为抚亡灵，便筹划在宇田川桥边建造一座慰灵碑。

# 废轿

在群马县还被叫作“上州”的时候，那里曾经发生过一件诡异的怪事。

一天黄昏，一名农夫忙完农活后回家，忽然在路边一棵松树下发现了一顶金光闪闪的豪华坐轿。那轿子上镶嵌着许许多多的金银珠宝，显得格外雍容华贵。

然而，让农夫感到奇怪的是，这轿子周围不见有轿夫，就连个随从也没有。

怀着疑惑的心情，农夫走上前去掀开轿帘，只见一位衣饰华丽的“千金小姐”端坐其中。

“哎呀，抱歉，冒犯了。”

他说着，正要放下轿帘，那小姐却转过身看了看他，农夫被吓坏了——

这位千金小姐，竟然是没有五官的。

农夫放下帘子赶紧逃走了。不久之后，他就得了怪病，去世了。

就在那一天，不止一个人看到了那顶轿子。在那位农夫之后，另一个农庄中的农夫也步了他的后尘，不久也病死了。

# 火灾秘闻

一九三四年的三月末，一场大火席卷了函馆，人们四处逃难。

火灾是在当日下午发生的，而火势直到第二天上午才扑灭。这期间，一共有两万四千幢房子在火灾中损毁，人们更是伤亡惨重。

向着避难所逃难的人们以为自己可以幸免于难，可是海边有更剧烈的火光，被烧死、被淹死的，纷纷攘攘，不计其数，一时间，仿佛四下里都是惨死的冤魂。大森滨是被火肆虐的重灾区，悲伤骇人的故事源源不断，哀怨的哭声和阴森的鬼火贯穿了这里的每一个夜晚。

曾经有一位披头散发、衣衫不整的女子被巡逻警官发现，她一手牵着一个小孩，背上还有一个看着像是刚出生的幼婴。这个虚弱的女人不停喊着："好烫、好烫……哦……哦……很快就到了，很快就不烫了，再忍忍！"背上的婴儿哭声不断响起，声音一阵大过一阵。

就这样，女人不停跑着，最终在警官惊讶的注视下，纵身跳进海里，消失得无影无踪。

当然，跟函馆火灾有关的故事还不止这一个。

那是某个月黑风高的夜晚，一位司机正驾车在公路上开着。突然，半路里杀出一个女子，衣衫不整，跌跌撞撞。她站在公路中间，伸开胳膊，拼命地要拦车。司机看到前面有人，赶紧刹住了车。

女子凑上前来，神情非常慌张，嘴里不停地喊着"救命"。司机心想，救人一命，胜造七级浮屠，便关心地询问道："姑娘，你怎么了，发生了什么事？"

为了保险起见，司机没等她回答，就伸手想将她拉上车。

可是，就在这时，诡异的一幕发生了——女子身形化为一缕白烟，朝大海的方向飘走了。

# 森林中的房子

枥木县一直是旅游胜地，有着深受人喜爱的温泉资源以及旖旎的自然风光。宪一从旅社出来，走到庭院，抬头便被这枥木县温泉乡的景色所吸引。正是黄昏日落之时，残阳如血，原本青翠的山林被镶上一层暖色，映山红点缀其间，星星点点。

宪一向远处森林的方向走去，清冽的河川水带着轻快的响声从他脚下的石桥流过，不知名的小鸟儿躲在层层树影里啾啾鸣叫。几株针叶松、栎树、水杉由于太过高大，聚在一起反而成了稀稀疏疏的样子，紫藤的枝条就缠绕在它们之间。正是花开时节，一串串的紫藤花从高高的枝头垂落下来，就如上仙的珠玉璎珞一般璀璨华美。

这样的景色，让宪一不由得停下脚步，感叹道："美哉。"

面对着优美的风光，宪一下意识地想起了自己所住的宿舍——一处租在拓殖大学附近小石川的破旧公寓，公寓环境脏乱、空间逼仄。

"面对这样的美丽景色，谁还想回去呢？比起这儿，我住的那个地方简直就是地狱。"

还有那公寓所铺的席子，也是多年未曾打理过，表面满是污垢和遭受虫蛀的小洞。

"怎么能邋遢成那样？"宪一已对那个公寓无话可说了。

有蝴蝶翩翩飞来，优雅地在映山红间穿梭着。宪一看着绚丽的蝴蝶，轻叹："此地真是天堂啊。"

他忘了脏乱的小石川公寓，沉醉在周遭的景色之中。这是一片开满了杜鹃花的小森林，宪一越往里走，看到的杜鹃花就越密集，而且花色繁多，浅色的、深色的，五彩缤纷，宪一像是穿行在一片由颜料盘泼成的花海里。

当宪一终于走出那片杜鹃花花海的时候，他看到了一片绿草地，那应该已经是这片小森林的尽头了。一个十坪大的小池塘坐落在绿草地中间，池塘水清可见底。

“好美啊。”宪一说着，就屈膝坐到了池塘边上，看着池塘边摇曳的杜鹃花，内心闲适而宁静。

然而远处突然响起一阵人语声，打破了宪一的这份宁静。还有谁会来这里？宪一内心冒上了一个大大的问号，当他转过身去时，又多了一个奇怪的发现——原来小森林里盖了一座房子。那幢房子的二楼窗户边，此时正站着两个女人，探头看着宪一。她们的皮肤像是经年不见阳光，白皙如雪。

宪一很诧异，因为他明明记得自己穿过小森林的时候并未见过任何建筑。

“奇怪了，刚才怎么没看到？”宪一不解地摸着后脑勺。

“那房子是干什么用的？”

宪一一下子好奇了起来，女人们的交谈声又传到了他的耳朵里。

“把窗户关上。”她们说，随即窗户就被掩上了。

这一举动，使得宪一内心的好奇又进一步被激了起来，他立马起身走向了那幢房子的院子。

那是一座围了圆竹子矮墙的院子，矮墙上开着不知名的花。宪一觉得那花有些像茶花，不过他又并不能确定。

“是茶花吗？又有点不像啊。”

宪一开始顺着开满了花的圆竹矮墙走，沿墙走了一会儿后，就有一道蓝色的石头门子出现在他面前。宪一在门前停下了脚步，朝门里看去，只见一片风雅的院落景致。假山石、小池、微型松柏……就在宪一在门口看得出神的时候，庭院内小池后的房门被人拉开了。宪一定睛一看，一个约莫三十的年纪、顶着摩登西式发型的美丽少妇落进了他的视线，应该就是方才二楼窗口站着的其中一个女人。

少妇见到宪一，露出粲然一笑。

宪一一下子慌乱起来，心跳急速加快，立即把打量少妇的目光收了回来。慌乱间，少妇说了什么，宪一也没听清。

吱呀一声，又有一扇木门被移开，一个身着蓝色便服的女孩从门后探出她的脑袋来。

女孩先是看向少妇，再是看向宪一。被女孩打量的宪一担忧地想：她不会是疑心我是个恶徒吧？要不我还是赶紧离开吧。

然而，出乎宪一的预料，女孩反倒是穿上了草鞋，如轻巧的蝴蝶一样跑到庭院，“嘿！”她叫了一声，叫住了已经要离开的宪一。

当宪一循声回过头来时，女孩已经来到了他身后。

“请进来坐坐吧。”

宪一有些诧异，心想女孩可能认错了人，于是他开始解释：“姑娘你认错人了吧，我只是暂住在林子后头旅社里的观光客。”

“并没有，我请的就是你呀。”女孩笑着同宪一说。

“那请问，您、您是……”

“进来嘛，进来就知道了。”

就这样，宪一被女孩牵着手，拉进了屋子。

屋子宽敞得差不多能铺下十张榻榻米，还陈设了琳琅满目的小装饰。豪华富丽的室内陈设，让宪一吃了一惊。桌子是紫檀木的，上面铺着艳丽的印度纱。桌子旁没有跪坐用的垫子，取而代之的是三张椅子。正对着桌子的，是镶了圆润玉石的闪耀金屏风。

“请坐。”

女孩示意看呆了的宪一在椅子上坐下。待宪一就座后，女孩又面带着笑容同宪一讲：“夫人立刻便来，请您稍等一会儿。”

话毕，女孩就走出了房间。宪一看着满屋的豪华，不禁疑惑：“这里究竟是住着怎样的人？”

不用说，能住这样房子的人，定是极富贵之人，可为什么对方要请他这样穷酸、没有收入的学生进来坐呢？

“太奇怪了……”

宪一对女孩所说的“夫人”，更是充满了疑惑。

“让你等久了。”

忽然响起的人声，把宪一吓了一跳。宪一抬头，一名身着绣有繁花的黑色锦纱华服的美丽妇人，正向他款款走来。虽然看上去已三十来岁，但她的身形依旧窈窕，风姿绰约，贵气逼人。宪一震撼地立即从椅子上站了起来。

“没关系，你还是坐着吧。”

那位夫人面带微笑地来到宪一身边。

“哦。”

宪一有些不知所措。

“放松些吧，为什么要那么拘谨嘛。”

“嗯……”

宪一看了眼夫人，相比自己的模样，对方是那样的惹人注目，如璀璨的明星一样耀眼。

“请坐。”

在催促下，宪一同夫人双双入座，夫人就坐在他旁边的椅子上。刚才领着宪一进来的女孩立马端着上好的酒菜进来了。她摆好菜肴，又取出小酒杯，放在宪一同夫人的面前。

“让我来倒酒吧。”

女孩走到宪一身边，为宪一斟酒。宪一有些难为情，对着酒杯低垂着头。一旁的夫人便劝道：“喝一杯吧，来吧。”

夫人这样说，宪一也就只能将酒杯递给女孩，让对方为他斟酒。倒入宪一酒杯的酒有些浓稠，颜色是微微泛着蓝的。

“这酒，是我们家乡那边才有的。”

夫人这样说着，也举起了她自己的酒杯，女孩为她斟上酒。

“请。”

“嗯……”

“堂堂男子汉，就别这样拘束了。”

夫人的话，让宪一过了心头的坎，嘴就凑到了酒杯旁。醇厚清冽的酒香钻进宪一的鼻子。

“为什么不多喝几杯呢？”

像是怕宪一过度紧绷，夫人连着向他劝酒。

在这样的情况下，宪一的神经松弛了下来，一口便将酒吞入腹中，女孩在一旁立即又为他续酒。

“您就是我一直在等的人啊。”

夫人的话让宪一摸不着头脑。

“啊？”

“一直以来的愿望，在今天终于让我实现了。请您在这儿住下吧。”

此话让宪一内心激动得像有海浪在翻滚一样，这简直是喜从天降的好事。

宪一很快便醉了。有妙龄女子的吟唱声从远处袅袅传来，歌声似有魔力，勾人心魂。宪一要沉醉在这歌声里了，同时，他听到了夫人对女孩吩咐道：

“你也出去吧。”

女孩遵从夫人的话，走了出去，只留下宪一同夫人在房间里。

“我要同你单独谈谈……”

宪一闻言，抬头看向夫人，喝了酒的夫人，两颊似桃花一般艳丽，尤为楚楚动人。

“可以再喝一点的。”

夫人不断地劝宪一喝酒。宪一不再矜持，任由夫人劝酒。夫人和宪一座位的距离，也越来越近。

“再喝点吧……”

夫人索性用她自己的酒杯斟酒，然后将酒杯送到宪一唇边。宪一啜了一口送来的酒，笑看着夫人。夫人的双眼灿若繁星，正深情地回望宪一。

酒杯又重回到夫人的唇边，宪一没喝完的酒，被她一饮而尽。

宪一的肩上，搭上了夫人的一只左手，而他也醉得不再清醒……

就这样连着好几日，宪一都如处在天堂一般，无忧无虑。当他记起自己还有东西放在旅社的时候，已经是第三天的早上。

“我要回去一趟，去拿东西。”

然而夫人却满脸惆怅地回道：“你去了以后，便不会再回来了。”

“不，不会的。”

“我舍不得你走……”

夫人顷刻间，眼眶里噙满了眼泪。

“很快我就会回来的！”

最终，在夫人与女孩的泪目送别中，宪一离开了。

“咦，你不是……”

旅社的老板见到回来的宪一，激动得不知所措，毕竟宪一一连失踪了好几天。不仅是旅馆老板，大家都在为宪一感到担忧。

“究竟是跑去哪儿了？”

旅社的人想知道宪一这几日的去向，宪一则想了解夫人的来历，于是便问旅店老板：“你知道是谁住在森林里的那栋房子里吗？”

“什么房子？森林里的房子？”老板一脸疑惑，不知宪一在讲什么。

“森林里有栋很华丽的房子，不是吗？”

“什么啊，森林里什么建筑都没有的。”

“不可能，还有个优雅美丽的夫人住在里面呢。”

“优雅美丽的夫人？嘿，你没犯什么毛病吧？小伙子，不要说后边的小森林了，这儿都没有这样的房子。”

旅社老板才有病犯糊涂了吧，宪一这样想。

“不如你同我一起去看看吧，这样你就知道我说的不假了，我可是亲眼见过的。”

于是，旅社老板就被宪一带往了森林。

“一会儿就能到。”

宪一领着旅社老板穿过森林，来到那片他记忆中的草地附近。

然而那幢华丽的屋子却已经没有了，宪一呆立在原地，不知道这是为什么。

“是这儿没错的呀……”

他仔细找寻，终于发现有一间破破烂烂的茅草屋，立在池塘边。

# 怨灵

落日远远地挂在天边一点一点下坠，就要消失在山的背后了。田间的路上一辆小马车正在奔跑，催马声不绝于耳，落日的余晖把马车的影子拖得老长。

驾着马车的人名叫善作，是个种桑养蚕的年轻人，这一带大多数人家都以此为生。

春蚕丝才加工好没多久，善作盘算着早些出门，把蚕丝拉到镇上去卖了，还可以在镇上的叔父家里过一夜，第二天再回家也不会太晚。可惜他忘了自己家离镇上足足有十六里地，尽管他起了个大早驾车出发，到这会儿已经赶了有十五里地了，但离目的地还是很远。眼看太阳就要消失，黑夜即将来临，天一黑没办法看清楚秤上的数值，蚕丝就卖不了了。善作焦急起来，不停地吆喝着马儿赶快跑，毕竟只剩最后一里地了。

跑着跑着，马车离开了桑林和麦地的风景，一个小村子一点点出现。大路边上开着一家点心铺子，边上一棵上百年的大树边上还有个茶馆客栈，满树都是紫色的美丽花朵，几个小贩在树下休息，几个妇女在树下织布聊天。

穿过了小村子，一大片废墟映入眼帘，似乎原本是一个豪宅，如今只剩下几块柱石深埋在草丛之中，再远一些的地方还有几户人家。善作一边吆喝着马儿一边四下看着风景，路过废墟时，看见一个穿着寒酸的男人正从废墟中走过，贼眉鼠眼，不像个老实人。

善作朝他看去，恰巧他也望向善作，男人一脸酒醉的模样，畏畏缩缩地看着善作。善作轻哼了一声，转头看其他地方。正在这时，废墟处传来一阵叫喊声，善作重新把目光转回废墟，只见那个男人身子往前倒去，似乎是在努力阻止自己倒下，就这么一晃眼，男人不见了。

善作吓了一跳，不由自主地抽了一鞭马儿。

这附近的杂草没有多高吧，这个男人上哪儿去了？

善作的脑子飞快地转了起来，思考着男人的去向。

这么一个宅子废墟，应该不会是有洞掉下去了吧？可是废墟边上有柳树！该不会是有口废井在那里？这下糟了，那个男人该不会是掉井里去了吧？善作一想，害怕起来，这可是要出人命啊！

马儿不理会善作，吃了一鞭子，飞快地奔跑着。

见死不救怎么行！善作心里想着，赶紧吆喝马儿停下来，可是刚才那一鞭子太狠，马儿吃痛奔跑着，根本不愿意停。

不不不，看他大白天穿着贴身绢袍，贼眉鼠眼的不像是什么老实人，万一是个恶棍我可怎么应付得来？

马儿继续跑着，越跑越快，完全不理会停下的信号。

刚才他倒下去应该没有别人看见，我要是不去救他，恐怕都没有人知道有人落井了！还是去看看吧！

善作下狠劲儿勒住了缰绳，马儿一脸怒气地停了下来。

哎呀，万一人已经淹死了，我这会儿跑去看也没个人证，被怀疑是我推下井的可怎么办？还是不要管了吧，再不快点天就黑了，丝也卖不了了！

一想到这里，善作又不愿过去看了。

可是人命更重要啊！

善作还是让马儿掉了头，打算回去看看那人。

回去看看他的话，丝卖不了要等明天，明天卖了丝回家都得晚上了！还是不要去了，反正我也不认识这个人，也不住在这附近，跟我没什么关系！

善作又拉了拉缰绳，想让马儿掉过头去。

这宅子都成废墟了，估计那井也枯了，就算没枯估计也很浅了，人家搞不好已经爬出井了，我还去看什么？

马儿就这样被善作指挥着转了个圈儿，善作抽了一鞭子，马儿撒腿跑了起来。

不管他有事没事，反正除了我也没人知道，我不说出去就可以了。

可是跑得越远，那个男人摔倒前的表情就越是清晰，善作又不安起来：要是井很浅的话他该爬上来了吧？哎呀……万一井很深怎么办啊！说不定是个石头砌的井？那他肯定可以攀住石头爬出去吧？可是……万一爬不上来呢？那个废墟都没什么人去，就算他喊救命也没有人会听得到吧？夜里这么冷，恐怕要冷死在井底啊……话说回来要是个泥井，那他可直接就溺死了啊！

这时候，马儿已经拉着马车跃进山谷之中了。

或者……看看附近有没有什么人，拜托去看一下情况也好啊。

善作终于想到了一个自认不错的主意。他抬头四处看了看，正好有一个老爷爷干完农活回家。

不如就拜托这个老人去看看吧！不对……要是那男人没出什么事，那还好，万一我让老人去看看情况，结果发现那男人已经死了，那老人八成觉得是我把人推进了井底吧？那我可怎么解释得清楚啊！不行！这事还是不要告诉第三个人知道！

就这样，善作一心抽着马儿赶路，很快就爬上了山顶。一间小茶馆慢慢出现在视野中，一位老奶奶正在茶馆的小院里耐心地煎着茶。

要是他死了，会不会变成恶灵缠着我啊？男人那双贼溜溜的眼睛一下子浮现在善作的眼前。

唉！该死！我早就应该去救他的，都怪我顾虑的东西太多，这下完了，就算现在回去来不及了啊！要不现在回头去看看？

正想着，马儿已经拉着车翻过了山，镇子一点点出现了，最后一抹夕阳还洒落在镇上。

回去也来不及了，还是算了吧，卖丝要紧，晚了就卖不了了，就假装什么都不知道吧。可是……他是不是还记得我？化作恶灵来找我？

善作回忆起以前听过的一个佛经故事。有一个老婆婆，某次走在河边，正好见到一个小孩被河水卷走了。老婆婆亲眼看着小孩落入水中却没有及时去救那个孩子，结果孩子死了。从那以后，老婆婆走路时就会看见那个小孩的身影；舂米时，石臼中也是那个小孩的身影；连吃饭的时候，碗里都有那个小孩的身影。

善作觉得背上一阵凉意，马儿已经拉着马车跑到了山背后。

他会不会也变成恶灵恨着我？善作这么想着，忍不住回头看了一眼，顿时吓得面如土色——那个废墟中的男人，正偷偷站在路的转角处望着善作！

善作赶紧揉了揉柔眼睛仔细看了看，却又什么都没有看见。善作心里惊恐至极，扬鞭催马快快跑向镇子。

善作总算按照原定的计划在天黑前赶到了批发商这里，把加工好的丝卖了，前往自己的叔父家拜访。他绕到院子里的树边，把跑了一天的马儿拴在树上，备好草料给马儿吃。

这时候太阳完全不见了，黑夜越来越浓。

我真是十恶不赦，竟然做出了见死不救的事！他肯定是要恨我了！善作这么想着，心里有些发毛，准备进屋好好睡上一觉，却又忍不住东张西望，生怕自己看见的那个恶灵又一次出现。

突然间，马儿似乎受了惊，露出惊恐的模样在大树边不停地刨土嘶叫。善作怕极了，下意识地抬起了头——那个废墟中的男子正目露凶光地看着他！

善作一声惨叫，倒在了地上。

亲戚们听见惨叫纷纷出来，七手八脚把他抬进了屋。当夜，善作就发起了高烧，一边说着“饶命”的胡话，一边把自己闷进被子里，似乎在害怕什么东西。亲戚见状，请了一位得道高僧来诵读佛经，好驱除邪秽，并把善作的老母亲接过来照料他。

大约过了半个月，善作的病终于好了。

善作谢过亲戚们的恩德，带着母亲回家去。半路上，几个警官抓住了一个恶棍，正押解他去镇上。善作仔细一看，正是那天那个“恶灵”！

原来，这个男人是这一代的恶棍，无恶不作。那天他看见善作，心想着善作肯定有些钱，于是假装落井，想骗善作过去。结果善作犹豫了许久都没有靠近，他只好一路跟踪善作直到善作叔父家，才有了后来的事。

# 爱打赌的惠比寿

打鱼的好日子终于来了。这几天，村民们忙得乐不可支，晚上也只是随便睡一会儿就去打鱼去了。天微微亮，村民们就各自拿着自己的网去海边撒网了。

村里有个老渔夫，名叫久米次，是村中比较有资历的渔夫。那天早晨，他踏出家门像往常一样走向自己的渔船。走到一半，他心里起意，决定顺道去海岸边的沙山旁拜拜惠比寿的祠堂。

这个季节，麦子才悄悄地伸出了头，天气还是很凉，或者说很冷。一阵寒风吹过来，月光也冷冷地躲了起来。

惠比寿的祠堂边种着三两棵松树。久米次老人哈着白气，来到了惠比寿祠堂，脱下了自己的头巾，开始虔诚地祭拜。只见他昂首挺胸地拍拍手，再弯腰拜了拜。

“神仙啊，请你保佑大家今天能像平常一样多多捕鱼……”

拜完后，他就准备拿出头巾戴上。不经意间，他发现原本放在神龛里的大黑天……消失了。

其实这座祠堂的神龛有点破烂，神龛一旁的门在秋天的时候被暴风雨刮走了。本来惠比寿和大黑天是一左一右地被供奉在神龛里的，大黑爷手上拿着小锤，端坐于米袋子上。

“哎呀，大黑天老爷去哪儿了？”

久米次琢磨着，不会是我没看清吧，这老花眼经常看错东西。于是他眨了下眼睛，盯着看，但还是没有瞧到大黑爷。

真的是奇了怪了，怎么就没有了呢?

久米次又把头伸进神龛去看。

惠比寿大神微笑着看着他，左手执大鲷鱼，右手捏着钓竿。

“大叔，你在看什么呢，忙来忙去的？”旁边有个人问道。

久米次老爷子回过头来，看到了他的渔夫手下长太郎。

“我的天啊，大黑爷好像丢了，不知道去哪儿了！”

“什么？大黑爷丢了？发生什么了？不会是小孩子捣的鬼吧？”

渔夫很淡定，没有着急。

“没人会这么做吧，这是要遭天谴的啊……这么瞎搞，我们渔夫怎么去打鱼啊？打不到的话，怎么活下去？”

久米次老爷子当场就有点发脾气，话说得好像就是长太郎干的一样。

“你说得好像是对的哦……”

长太郎被老爷子的气势吓到了，非常震惊。

“对啊对啊！到底是谁做这种造孽的事，难道没想过要遭天谴吗？谁干这种事儿啊！找不到大黑爷，我们都打不到鱼了！快快，快把大黑爷丢失的事儿告诉德屋！”久米次又打开了剩下的那侧佛龛的门，仔细地又瞧了瞧，“我昨天晚上来拜祭送神酒的时候，大黑爷还在这儿呢，是哪个不像话的东西偷走了大黑爷？”

说完，久米次又围着神龛转了转。

“快来帮忙找找啊！”久米次焦急地冲着长太郎喊。

这时，天已大亮，只听见远方传来了渔夫们的号子。

“大黑爷都不见了，还打个屁的鱼！肯定打不到！”

久米次急得团团转，又拉着长太郎在神龛附近瞎找了一通。他们连松树底下都没放过。树根突出地面，长得跟蜘蛛的脚差不多，七扭八扭的。沙山上满是灌木，灌木都光秃秃的。寻找的时候他们连落叶堆都找了，担心大黑爷的木像被落叶堆给埋住了。祠堂边这时又来了三五个打鱼的。

“咦，久米次老爷子，你们在找啥呢？”看到这俩人找得如此认真，其他的打鱼人也忍不住凑近。

大家伙找了一大圈，硬是没看到木像的影子。过了两个小时，久米次和其他四五名渔人聚在了惠比寿祠堂前，在篝火前商讨对策。

“我们不能这么盲目地找，要有方向，不如让神官问问神明吧。”

“对对对。”

“没错，非常有道理。”

“不过我没想明白，为什么会有小偷偷大黑爷呢？”

“就是就是！我看啊，要不就是年轻人瞎搞恶作剧，要不就是别的村子嫉妒我们打的鱼多，偷偷把大黑爷偷走了！”

“对哦，很有可能！搞不好是下游的那个村拿走的！”

这时的海面渐渐平静下来，阳光洒满了整个大地。从沙山上望去，渔夫们都忙活着自己手中的渔网，三五成群地撒着网。

惠比寿祠堂下，也有人在撒网。但是，网一收上来，渔夫们都惊了。正在讨论大黑爷木像的几个渔老大们听到了下面的声音，他们起身看向渔网。

“渔网好像轻飘飘的。”

这时一个年轻人跑过来汇报情况。

“打了鱼没，打了鱼没？”几个渔人纷纷过来问。

“一条都没看到。这是怎么回事啊，昨天还有好多呢，今天怎么都不见了？”

“要不我们再试试？”

“没打到鱼肯定是因为木像丢了！今天真的是倒大霉了，别打了吧。”一个叫寿之助的老大恨恨地说道。

“要不再试试，昨天真的好多鱼，不可能说没了就没了吧，我们去下游那边凹的那儿试试再撒一次网。”

“试试也可以，但是今天真的是倒了八辈子霉了，想要打到鱼真的很难……”

“我们再试一次吧……”

青年打鱼人只好落寞转身，又走向海岸。聚在惠比寿祠堂的每个渔夫都急得像热锅上的蚂蚁，他们觉得打鱼毫无收获绝对绝对跟大黑爷像丢失有关。

“去请神官替咱出谋划策，然后剩下的都分散开去找找！”平时特别沉着冷静的德屋老大说道。

老渔夫们一琢磨，决定每户调一个渔夫帮忙，然后大家分成两拨，一拨去请神官帮忙，一拨就在神官指导下去找寻大黑爷木像。

说罢，老渔夫们就往神官家赶。

他们要请的神官是村里的一位六十多的驼背的老人家。大家到达神官家的时候，老人正在边晒太阳边糊油纸伞。平日老人把做纸伞当成了自己的职业。这不，院子里还有刚刚抹上油的做好的纸伞呢！

“哎呀，这是怎么了，怎么大家都来我家了？”老人家听到大家的声音便转身过来起身迎接。他将手中的刷子放下，给大家摆好火盆。

老渔夫们纷纷跟他打招呼，然后便在套廊上坐下。

“神官，今天发生了件奇怪的事儿，您一定帮帮大家。”久米次习惯性地拿出自己的烟丝，熟练地塞进烟管说道。

“啥？发生啥事了？”神官也点起了烟，问道。

“你说怪不怪，昨晚我去祭拜的时候，还送了神酒给大黑爷和惠比寿，但是今天一大早我去看的时候，大黑爷竟然消失了，就是海边那座惠比寿祠堂。我也不清楚到底是年轻人在恶作剧还是附近村子嫉妒我们打鱼打得多，偷走了。这一偷走，我们都打不到一条鱼，明明昨天还能捕好多的。”

久米次抽了一口烟后，便把事情一五一十地告诉了神官。

“这真的是不得了啊……”

神官银白的眉毛皱了皱。

“大家想让神官您帮忙算一算大黑爷的神像究竟在哪方，然后带我们去海岸边祈福。”

“嗯，好的……”神官看了看来拜访的渔夫们，“大黑爷丢了，如此倒霉，怎么可能捕得到鱼呢？我去神明那儿请示下。”

说完，神官老人站了起来，转身进屋仔细地漱了下口。没过多久，他就来到了神龛前，盘腿坐下。他边拍手，嘴里边轻轻地念着祝词。

老渔夫们静静地看着神官请示着神明。

就这样过了三十分钟，神官老人回归原位。老渔夫们迫不及待了。

“怎么样？”久米次老爷子问。

“嗯，请示到了。大黑爷神像在我们东方，好像装在了一个长得像神龛的东西里。”

神官老人边说边比画。

“东方？惠比寿祠堂的东方吗？”

“哦哦……”久米次思考了下，对右手边的德屋老人说，“那肯定是嫉妒眼红我们的邻村人做的好事……”

另一队人大概五六个人。他们从海岸旁边的长满松树的林子开始找，一直朝着东方找，想要找到大黑爷。

路上有一些只有农忙时才有人住的破烂小屋，大家都仔细搜索了一遍。快要到隔壁村的路上，他们看到了一个狐狸神社，这队人也进去找了找，并没有看到大黑爷的一丝痕迹。

林子走到头了，看到了五六座屋子。再东边走走，就看到了隔壁村的惠比寿祠堂了。两门旗子正在祠堂门口迎风飘动着。这儿的渔夫们正在紧锣密鼓地撒网捕鱼。

“我们去看看大黑爷在不在这座惠比寿祠堂里，搞不好在这儿？”一个叫作寿之助的渔夫说。

“不可能吧？”年轻的长兵卫回答道。

“搞不好哦，神官大人不是说神像在一个神龛里吗……宁可多找找也不能错过啊！”一个叫楠右卫门的老人家说。

于是他们进去瞧了瞧。这个祠堂的基石是一块天然的大石头，这时的祠堂门是关着的。寿之助有一种冲上去开门的冲动，可是他又觉得这样不好，怎么说也不是我们村的，要是被这个村的人看到了就更加不好了。

他左瞧瞧又瞧瞧，看到没人注意这里才上前推门看。

“啊！我的天！”

寿之助大惊。祠堂里的惠比寿旁边正好摆着他熟悉的大黑天神像！

“我清楚地记得这祠堂以前没有大黑天神像的。这肯定是我们的大黑爷！”寿之助坚定地说着。附近的人都清楚，这个祠堂没有大黑爷。

听到寿之助说，这队人都欣喜得上前仔细地察看神像。

“没错没错！这是我们的大黑爷！”

寿之助说完想直接去拿神像，不过他还是没有伸手，因为他觉得太奇怪了。于是他回头对大家说：“这真的是奇了怪了，他们拿我们的大黑爷做什么，你们不觉得奇怪吗？"

"你这么一说，我也觉得太可疑了。"

"这不像是年轻人恶作剧啊。"

干吗偷我们的大黑爷呢？大家还是觉得这个村的人嫉妒他们捕鱼多，想借大黑爷撞点好运。反正绝对是这个村的人干的。真是心怀不轨！想到这里，大家真的是愤怒极了。

"大黑爷本来就是我们的，现在我们请大黑爷回去，谁敢说什么？"

真的是无巧不成书！寿之助刚拿神像，就被村子里的两三个刚捕完鱼的渔夫看到了。

寿之助认识其中背竹篓的那个。

那个人说道："你们在干什么？"

"我们祠堂的大黑爷不见了，一路找一路找，结果在你们祠堂找到了！"

"啊？怎么会有这种事！不可能！"背竹篓的男人一脸不开心，觉得寿之助一伙误解了。

"怎么会不可能！你看！"寿之助满是鄙视地回答道。跟寿之助同行的人满眼鄙夷地看着邻村人。

"真是荒谬！"背竹篓的男人明显怒了。

"不管怎样，大黑爷的神像我们要请回去。放一百二十个心，我们不会拿惠比寿的！"

寿之助拿出大黑爷，在这个村子人的面前摆了摆，关上了神龛，然后喊着同行人回去了："走走走，他们都在等我们回去呢！"

寿之助在前头迈着大步子，其他同伴也跟着回去了。

隔壁村的人凑到了一块，小声讨论着这事。

大黑爷的神像终于被找回来了。黄昏时，大家又让神官祷告了。为了庆祝大黑爷回归，大家都聚在了老渔夫家欢声庆祝。后来想想，大家都觉得怪异，因为那天他们没有一个人捕到了鱼。老渔夫们都将徒劳无功归咎于大黑爷神像的丢失。现在大黑爷回来了，明天肯定能捕到鱼。这么一想，大家都不由得希望明天赶紧到来。

天终于亮了，第二天到来了。一大清早，久米次就去了趟惠比寿祠堂。昨天碰到了那种事，一联想到捕鱼，久米次对惠比寿祠堂就更加敬畏了。

到了祠堂，因为前车之鉴，准备拜拜的时候，他又忍不住去瞧了瞧大黑爷神像。我的天！怎么大黑爷又不见了？久米次不敢相信，以为自己的眼睛被蒙了灰，没看清。

他揉了下眼睛，再仔细一瞧：大黑爷的神像真的又不见了！

听到久米次说起神像又不见了，老渔夫们立马聚集到了祠堂。他们一边骂骂咧咧，一边商讨着又去找寻神像。第二次丢了，大家肯定第一个想到的就是隔壁村人。

"难道又去了那里？这次他们会不会找个别的隐蔽的地方藏神像？"

"不是只有惠比寿祠堂才保佑我们捕鱼吗？"

"但……但是如果还放在原来的地方，我们肯定会很快找回来的。"

"你们想想看啊，假如真的是嫉妒我们的收成，他们为什么不把神像随意扔了，扔茅房都可以啊！"

"这次我们是可以再找神官帮忙，但是我觉得还是可以试试去上次那儿碰碰运气。"

大家听后觉得有点道理，于是让三四个渔夫再去隔壁村的惠比寿祠堂试试。

这天天气很舒服，有微微的风。他们走了一千米来到了隔壁村的惠比寿祠堂。这个时候已经有人在捕鱼了，海岸上只见三两个渔夫一起去捕鱼。

寿之助也跟着他们几个来找神像了。他们到达了祠堂，意想不到的是，他们打开了神龛，又看到了神像。

"哦，我的天！哦，我的神！"寿之助惊呼。

真的，大黑爷真的又在这儿了。

"这群无耻的小偷！两次都在这儿，难道还不是他们村的人偷的吗？"寿之助边骂，边拿回神像，"偷我们的神像就是想抢鱼！"

"你不要乱说！瞎说什么？我们偷了什么！"远远地就听到了隔壁村的两个人厉声呵斥。

"我可没指名道姓说是你干的！我跟你们说，大黑爷昨天丢了，昨天我们就是在你们的祠堂找到的。但是昨天刚把神像请回去，今早又不见了，结果现在我们又发现在你们的祠堂里。你说吧，神像又不可能自己长腿跑，不可能自己飞过来的吧？绝对是你们村干的好事！”

“瞎讲！我怎么知道神像怎么到了我们的祠堂，我们村绝对没可能有人会偷神像过来！”

“呵呵呵，那就是说大黑爷神像长腿了自己往你们祠堂跑？”

“哼！你倒是跟我讲讲，到底是我们村哪个人偷的！”

“你们谁嫉妒我们捕鱼多就是谁！人在做，天在看！你们偷神像难道就不会觉得丢人吗？”

“什么！我们嫉妒你们！你说是我们偷的，你看到我们拿了吗？谁拿的，什么时候拿的，哪个能证明？”

“看你们现在的态度就能证明啊！”

“你们真的是无理取闹！”

两个村的人吵得不可开交。半个小时后，吵架就演变成了群架，这场群架都引来了两个村的警察和政府职员。平息后，发现有十五六个受伤了。

自那以后，大黑爷的神像就再也没有被偷过，两个村谁都不说是谁引起的群架。最后，丢神像的事只能交给警察局处理。警察调查之后，也不知道是谁偷了神像，没办法，最后这件事就被束之高阁了。

自那事之后，村子里就流传了一个传说。大黑爷为啥会两次跑到隔壁村去？纯粹是因为两个惠比寿爱“赌博”。输了的惠比寿就把自己的大黑爷送给对方。听到这个传说后，隔壁村人就立马雕了个大黑爷神像陪着惠比寿。

这样后，大家又说，就是因为隔壁村没有大黑爷，惠比寿才会把自己有的东西用来打赌。隔壁村的人也是为了不被人污蔑偷神像，才自己建了座大黑爷神像。

大黑爷神像建好后，两三年关系僵着的这两个村子的关系又变好了。

# 富豪

故事发生在很久以前，主人公叫四国三郎贞时。

他是四国吉野川的大富豪，特别热衷于赚钱，他每天都指挥着自己的奴隶劳作，榨取他们的价值，搜集四处的宝藏。他家的每个仓库都装着满满的金银珠宝。虽然富甲一方，但是他特别吝啬，一毛不拔，而且特别冷血。但是他又有一点特别好，他一共生了八个孩子，而且特别疼爱自己的孩子，为了孩子，他什么都愿意付出。

一天，一个穿得特别破烂寒酸的云游和尚来到此处，拄着他的锡杖，托着铁钵找他化缘，道："施主，请大发慈悲，施舍点银两吧。"

当时，这位富豪正陪自己的孩子在前院玩。看到这个和尚，富豪觉得很扫兴，大声呵斥道："走开走开走开！没钱没钱！"

云游的和尚什么也没说，默默地离开了。

不过，过了一会儿，他又拄着拐杖来了，又站在院子里化缘："施主，请大发慈悲，施舍点银两吧。"

这时富翁才刚刚抱起自己的五岁女儿。见状，他连忙放下自己的女儿，甩开抓着他袖子的儿子，走上前去，骂道："你刚刚不是被我赶走了吗？怎么又来了？我凭什么给你钱！滚开！"

云游僧人满腹同情，眼神柔和地看了看这位满脸油光的富豪，又默默地走开了。

"这个和尚真是烦人，刚刚才来过怎么又跑过来了，难道他认为多跑几次就能化缘到钱吗？想得美！哼！"

富豪气势汹汹边走边骂地进了屋，继续陪他的孩子们去了。

又过了一会儿，富豪又听到了那个锡杖的声音——天哪！那个云游僧人又来了！

富豪气不打一处来，气得跳脚。他推开缠在他身边的孩子，一个箭步冲上前去。

和尚眼神依旧柔和，托着他的法钵说："施主，请大发慈悲，施舍点银两吧。"

"臭和尚！你难道没看到吗？难道不知道吗？这是第三次！第三次！你第三次到这儿来了！能不能消停会儿？你想干什么！"

"阿弥陀佛，善哉善哉！老衲化缘，自然是为了普度众生。"

"你这一而再再而三地来讨银子，是哪门子普度众生啊！来，我先普度你吧！"

富豪气愤极了，冲上前去抢了和尚的铁钵，往石头上一砸。

哐！铁钵一下就被砸得稀巴烂。

刹那间，原本的朗朗晴天顿时就乌云密布，黑云压城。一朵乌云迅速下降，包住了飞出的碎片，然后又腾空飞走了。

富豪看得一愣一愣的，等他回神，僧人已经不知所踪。但是三个刚刚缠着他玩的孩子都倒地不省人事了，抱作一团。

当天晚上，富豪的大儿子也突然生病了。富豪心疼不已，差人用最上等的药，请最有资历的法师给孩子祈福。

但是到了第二天凌晨，孩子夭折了。

富豪悲痛不已，感觉人生都失去了颜色，生无可恋。

祸不单行，不久后，家里的老二也病倒了，而且没撑几日就去世了。

就这样，孩子们在一段时间内接二连三地死去……到最后，没有一个孩子存活。

富翁悲恸不已，每天活得跟行尸走肉没两样。很久以后，他的心情才稍稍平复，他开始回想着摔坏铁钵那天的事儿。

一天，他拉着经常来做法的老和尚问道："我家太郎走的那天，我摔破了一个邋里邋遢的云游和尚的法钵，然后天上就下来一朵乌云把碎片都吸走了……"

"那个云游和尚长相何如？"老和尚问。

"人瘦瘦小小的，但是眼神特别柔和。"

"天！那是弘法大师！你真的是造了孽啊！要遭天谴的啊！"

"所以我的所有孩子都死了吗？"

"对啊，这就是天谴！你赶紧去找到他，然后道歉，不然你也会下地狱的！"

听完和尚的话，富豪特别吃惊。当天他就出发，去四国八十八灵场找弘法大师。

最开始，他按照别人指的方向去找，按次序来。但是每次问到路人，路人都表示“您说的这位僧人昨天才来过呢”，或者说“那个僧人呀，他昨晚宿在此处”。但是，不管他怎么赶，怎么连夜上路，他都没有追上弘法僧人。

就这样，追着追着过了三年，富豪照着别人指的线路找了二十二圈，但是还是没能见到弘法大师的影子。准备追二十三圈的时候，他突然想到：我为什么不反着走呢？

于是他反着绕圈。终于，功夫不负有心人，他在一座深山里追上了弘法大师。

看到大师，富豪扔下手中爬山的拐杖，扑通跪地，说：“啊，弘法大师！”

大师长相和现在的打扮还是跟几年前在院中看到的一模一样。

“阿弥陀佛！施主，看来你已经知道了你当年造的孽了。”

“大师，弟子已经知错了，请让我赎罪吧，请大师帮忙，帮我超度！”

“为了赎罪，你可愿意现在就去阴曹地府？”

“只要能赎罪，什么都愿意。”

“好，现在你对库房里的金银珠宝已经失去了兴趣，对这个世界也不眷恋了。那好，老衲就帮你一把。告诉我，你下辈子想做什么？如果你有什么想法，我可以帮你实现。”

“大师，我下辈子想做大名。”

“好，等你抵完这辈子造的孽，你自然会转世成为大名。”

说罢，弘法大师从地上拾起一枚小石子，写下“南无阿弥陀佛”给富豪。富豪接过石子，双手合十。于是弘法大师用如意在富豪的腰上敲了敲，敲完后，富豪就断气了。

大师把富豪的尸首埋在了路边，把一根杉木拐杖倒插在富豪的坟头。安置完后，弘法大师就离开了。

光阴荏苒，斗转星移。富豪坟头的杉木拐杖发出了新芽，抽出了枝条。渐渐地，杉树在大自然的养育下长成了参天大树，高高地耸立着，高到仿佛能触到天上的云。

木秀于林，风必摧之。秋去冬来，杉树经受着风吹日晒，遭受着雨淋雪压，大自然的摧残好像是在为富豪赎罪。

这样过了八十年，富豪也死去了八十年，杉树也经历了八十年的磨砺。在富豪忌日的那一天，杉树突然间就着火了，火连续地烧着，直到杉树烧尽，最后变成了一撮灰。

化为灰烬的同时，河内国一个豪族之家诞生了一位男孩。这位男孩出生时就是双手合十的状态，不管怎么弄都掰不开他的手掌。家人很着急，请来法师各种念经祈祷做法事，这样孩子才松开他的手。松开手后，他的家人发现，小男孩手中竟然有一颗写着“南无阿弥陀佛”的小石头。

后来，这个神奇的小男孩长大后就成了大名。

# 日金地狱

日本各处都流传着关于地狱的传说。如果有人身前做尽坏事，专干欺骗人的勾当，杀人放火的话，死了就会下地狱，受到牛头马面的刑罚。

那是1582年12月21日，朝比奈弥太郎跟着他的几个亲卫从汤河原到了日金山。这次他是使者，被滨松地区的德川家族委派去小田原地区的北条家族回礼。11月的若神子战役后，两个家族讲和了。11月上旬，为了庆祝讲和，北条家族给德川家族送去十箱礼物。德川家族为了礼尚往来，肯定需要回礼，于是让朝比奈带着同等价值的礼物去送给小田原。

朝比奈一行人到达日金山顶之后，山顶的路就显得不再崎岖，反倒平坦了。夕阳西下，光线还没那么弱，一眼望去，海水在阳光照耀下鼓着泡泡。但也就那么一瞬间，太阳就躲起来了。山上凉飕飕的，冷风直吹，树干光秃秃的，很是萧条，就连天上的星光都很配合，暗暗淡淡的。

朝比奈是当地比较出名的武士，人也长得高大威猛，做人也特别耿直可靠。他的坐骑是一匹高大优良的马。朝比奈家族本来世世代代都是今川家的家臣，之所以转而投奔德川家族，是因为在之前长筱之战中英勇善战，带领战士，斩杀马场信房。德川家康很是看重这位武士，便起爱才之心，邀请了朝比奈。

走了一小段距离后，他们就发现了山上的村子。村子里有一座地藏堂叫“日金堂”。这座日金堂是用石头砌成的，祠堂里分别摆放着孟婆和阎王的雕像，雕像也都是用石头刻成的。本来光听听孟婆和阎王就很吓人了，眼前的这两座雕像更加恐怖，阎王张开血盆大嘴，孟婆蹲着身，像一只猛兽老虎盘踞在那一样。

这里是当地有名的“地狱”。朝比奈经过这儿的时候，刻意低着头，还拉低了草帽。

山上住的人家并不多。走了一会儿，一群人就看不到村庄了。他们走在一条特别黑的下坡路上，天气不怎么样，天上的乌云开始聚集了，好像要下雪了。大家不怎么作声，默默地走着。他们沿着坡道，先右拐，再左拐。

刚拐弯，朝比奈立刻警觉起来，因为他看到了一个火团。

他仔细看了一下，见到了一个奇怪的人，神色紧张，举着一个火把。这个人很高，脸色黑得有点发红，没有头发，另一只手还拿着一根长的棍子。

“你是何人？”朝比奈朝着那人大吼。他很紧张，随时准备拔刀，马也停了下来。

“我住在山上。”光头的声音很混浊。

“你为何站在此处？”朝比奈依旧特别紧张。

“我在等人。”那人回答，然后别过头去，跟队伍中的一个下属说道，“等下你们要是看到一个女孩子上山，请帮忙告诉她，有个人在这儿等着她呢。”

那个属下应允式地点点头。大队伍继续走着，走了几步，朝比奈忍不住回头看了下光头，他还是拿着长棍子站在那儿等着，看起来恐怖凶狠，跟阴曹地府的鬼一样。

“哎，甚六甚六。”

甚六回应了一下。甚六就是刚刚被光头拜托的人。

“甚六，你觉得刚刚那光头是什么人？”

“我也不知道，就是觉得那个人怪异。”

“究竟是什么人？”

“天知道呢……”

“还是觉得有点不对，又说不上来。”

两人不再说话，队伍恢复了安静，周围只听到了脚踩枯叶的声音和马蹄声。

摸黑走路的人总是容易习惯黑夜，然后对光线特别敏感，朝比奈就是这样。忽然，眼前出现了一个白色的消瘦的影子，是从石头后面突然钻出来的。那个影子很快就“飘”到了山上红土塌方后形成的悬崖旁。这景象特别吓人，马好像都被吓到了，害怕得叫了起来。

"甚六甚六……"朝比奈小声地叫道。他示意甚六，这个人应该就是光头等的人。

就在大家很害怕的时候，大家好像看到了一个黑影迅速窜到了白影旁边。

"那边那位，山上有人等哦！"甚六冲着白影喊道。

白影似乎好像回应了一句，但是没人听清楚。

"那个是你爹吧？"甚六又好奇地多嘴问了。

人影并没有回答。不久，朝比奈只见一个人影从他的马旁窜过去——看起来是个豆蔻年华的姑娘。

"甚六，"朝比奈又喊了一句，"真是好奇怪啊……你觉得呢？"

"对啊。"

"特别不寻常。"

"是啊。"

"你是怎么认为的？"

"嗯……"

甚六一脸害怕，不敢说话。看到甚六这个样子，朝比奈也发毛地没有再追问。

在大家停下来没有赶路的时候，突然传来了一阵女子的惨叫。

朝比奈一听，不好了！他仔细地听了传来声音的方向。那女子喊了三下后，那边就连续传来了三声"砰"的声音，震耳欲聋。

朝比奈下意识就觉得：天呐，肯定是刚刚那个女子的惨叫！拿棍子的光头肯定打她了！要是真的是她的家人，怎么可能砰砰砰地打啊！

他不敢说话，跟着马继续赶路。跟随他的下属们也不敢出声，一点声音都不敢发出来。

过了晚上十一点，大队伍终于到达了位于山脚的玉泽。当他们绕过路左边的小山坡的时候，发现有一些人在半山腰烧东西。

"那群人在干吗？"

朝比奈看着山腰上的人。恰好，有两个头包着毛巾的村民下山，经过朝比奈身边。朝比奈很好奇，拉住一个村民问："山上发生什么了，他们在干什么呢？"

"哦，刚刚有人过世了，我们在火化她。"村民边解毛巾边回答。

朝比奈觉得特别巧合，心想：不是吧。

他又问村民："不知是什么人过世了？"

"半田家的女儿。"

"今年多大了？"

"十七。"

我的天！该不会就是他们在山上看到的那个女子吧？那他们看到的就是鬼？

朝比奈看了看甚六，说："甚六，你说那个拿着长棍的光头是何人？"

"大人，我想，我跟你猜的……一样。"甚六很害怕，声音都在发抖。

"几位难道是看到了什么？"村人很好奇地问。

"实话告诉你，我们在山上看到了这个姑娘的鬼魂，还有送她去阴曹地府的恶鬼！"朝比奈好像在说什么见识一样，很是得意。

为什么朝比奈这么得意？因为村民的回答正好说明他说话的正确性。

"啊？"村民很吃惊，转身对他的同行人说，"怪就怪半田平时作恶多端，这下连累自己女儿也要下地狱！"

感慨完，村民立即念了两句"南无阿弥陀佛"便走了。

从这以后，朝比奈遇鬼的故事立刻在伊豆、骏河和相模传开了。

一天，一个游人来到了日金的地藏堂，因为口有些渴了，于是便找门卫讨了一杯水喝。这个游人也听说过这个传说，于是就饶有兴趣地找门卫确定这件事。

不料他一问，门卫就笑得乐不可支。

"你听朝比奈瞎说！他看到的根本就不是恶鬼，是我！他看到'鬼'的那天，正好碰到我女儿在山下办点事，我看她很晚了还没回来，于是带上木棍去路上等她。他碰到了我和我女儿。不过我女儿碰到她之后就在山上碰到了狼。我女儿很害怕，就叫了一声，于是我就赶过去把狼用木棍打死了。正巧，那天山脚半田家的姑娘殁了，半田在箱根关所当官。朝比奈又是刚刚好看到他们在火化那姑娘，于是他就以为那个姑娘是我女儿。关键是半田平常作恶多端、坏事做尽，村民们都认为半田连累他女儿下地狱。无巧不成书，那个姑娘年纪也跟我女儿相仿。说起来，真的是造孽，造大孽啊！南无阿弥陀佛，南无阿弥陀佛……"

# 鸡的启示

幕府将军有一个家臣，家住市谷佐内坂。这天，这家的仆人到主人位于平塚的领地收租，径直去了村长的家里过夜。

第二天吃过中饭，仆人饭后在院子里散步。这院子里有一棵高大的梨树，树上结满了梨子。仆人走到梨树下张望，低头却看见了树下趴着一只大螳螂。这只螳螂此时刚捉到一只蜻蜓，正挥舞着两只镰刀般的前肢，将蜻蜓塞进口中。

“好可怜啊……”仆人不由得摇了摇头，不忍心再看。

就在这个时候，一只母鸡快步走了过来，它的身后跟着一群黄色的小鸡。母鸡一眼就发现了梨树下的螳螂，扇着翅膀冲上去将螳螂啄了起来，然后丢在了小鸡们的面前，小鸡们立刻冲到螳螂面前分食。

“螳螂将蜻蜓杀死吃掉，母鸡又将螳螂杀死吃掉……”仆人叹息着，只觉得心中五味杂陈。

这天夜里，仆人忽然从睡梦中醒来，模模糊糊听见村长夫妻在隔壁房间说话的声音。

“哎呀，我们都没有什么能招待那位客人的东西啊，要不把那只母鸡宰了吧？”

“可是它刚孵出了一窝小鸡呢，现在宰了母鸡也太残忍了。”

“残忍也没办法啊，不好好招待客人怎么行？”

“嗯。”

“实在是没有其他好主意了啊。”

村长夫妇商量的声音渐渐消失，仆人也因此陷入了沉思。村长家的鸡笼就在仆人所睡的客房边上，仆人隐隐约约听见隔壁的鸡窝里传来的说话声。

“孩子们，你们仔细记好娘说的话。主人没有东西能招待客人，要把娘杀了做菜了。明天开始，娘就不能再这么照顾你们了，你们都要保护好自己。要记住，千万不要随便乱跑。池塘附近是老鹰最常出没的地方，一旦被老鹰抓到，那就小命不保了；还有篱笆墙附近也不要靠近，那里有凶恶的狗，会把你们咬死；院子外面也千万不要去，路过的乞丐一看见小鸡就会抓来吃掉……”

仆人忽然感到无限的恐惧。

“蜻蜓被螳螂吃，螳螂被母鸡吃，母鸡又要被我给吃掉了！那我又会被谁吃掉呢？天啊，真是太可怕了！为什么会这样呢？这个世界是怎么回事啊！小飞虫被蜻蜓捕食，它们都憎恨着蜻蜓；蜻蜓又被螳螂吃掉，所有的蜻蜓都痛恨着螳螂；螳螂被母鸡啄食，所有的螳螂都怨恨着母鸡；母鸡也会来恨我这个吃掉了它的人，以后我也会去仇恨吃了我的那个人……这样的仇恨，到什么时候才会终止啊！”

次日清晨，仆人告诉村长自己有急事立刻要走，村长决心宰了母鸡来招待仆人，起身往鸡笼走去。

“您如此热情招待我，实在多谢，但是我现在有事需要走，不如您将母鸡和小鸡都赠送给我吧。”

村长虽然不明白仆人为什么要母鸡和小鸡，但还是同意了。就这样，仆人带着装了小鸡和母鸡的鸡笼辞别了村长，但仆人也没有踏上回主家的路，而是漫无目的地地四处游荡。

四处游荡的仆人偶然听说某山上有一座古庙，庙中有位高僧，于是他满怀期待地带着他的鸡笼寻到了高山之上。

这里的确有一座古庙，还有一个面色通红的和尚，他远远地看见仆人带着一笼鸡来，大笑道：“美味啊！”

仆人非常失望，没想到传闻中的得道高僧其实不过是一个喝酒吃肉的伪和尚。

“来来来，不如我们把鸡杀了饱餐一顿吧！”

“这怎么行？和尚难道不应该吃素吗？怎么能杀鸡吃？”仆人生气起来。

“要吃要吃，鸡做成菜，化作营养滋养人体，就算是死也算有点意义。放弃自身而成就他人，万事万物都如此，才得以万物和谐。”

仆人听到这番话，顿时豁然开朗，于是他就此住在了山中，和高僧一同煮了那一笼鸡饱餐了一顿。

过了几十年，仆人原本的家中已经是孙辈主事。有一天，他们家为一位先祖举办祭祀典礼，特意请来了几位僧侣来做法事。就在法事快结束的时候，一位云游四方的僧人默默出现，说道："贫僧也算是有缘人。"原来，这位云游僧其实就是突然失踪的那名仆人，如今家中主事见到他也得喊一声"爷爷"呢。

# 水獭怪谈

小泉八云在文中曾写过一只经常出现在赤坂的水獭。据文中描述，这只水獭脸平平，无鼻无眼。

筑地旁边的运河里住着许多水獭，关于水獭的怪谈也是层出不穷。关东发生大地震之前，筑地原来有个三角洲，为了连接三角洲，当地建了一座逢引桥。这里住着许多水獭，吓得在水边酒馆里卖唱的歌姬惊恐不安。但是酒馆里的丫鬟都特别熟悉水獭们的生活习惯，每次酒席散去，逢引桥上总有微风吹来，当歌姬准备收工经过桥的时候，丫鬟们都会让她们先等等，说："你们先等着，我去看看！"这时，丫鬟会登上二楼，隔着窗户，去观察桥对面建在桥墩边的公共洗手间的灯光。那里放着一个小油灯。假若灯光正常，不闪，丫鬟就会让歌姬们放心回家，因为晚上不会有什么事。可是如果灯光闪烁异常，时而亮时而暗的话，丫鬟就会嘱咐歌姬们一定要小心。

这里的水獭经常出现在灯光闪烁异常的夜晚。如果歌姬们不听丫鬟的告诫，执意要从河边回去的话，那就一定会碰上怪事。怕碰上怪事，歌姬们都特别听丫鬟的劝诫。如果丫鬟告诫她们，她们一定会特地绕路，从筑地桥走到电车大道，再从采女桥回去。

一天晚上，一名歌姬接到酒馆的邀请去筑地陪客人。正要回去，可是车夫却一直没来接，歌姬没办法，只好一个人走到采女桥。不想，这时旁边的河都不见了，歌姬竟然跟见了鬼似的看到了漫无边际的大草原。

她很是害怕，不知道该怎么办。但是她又清楚，这肯定是水獭在搞鬼。她听别人说过，这种时候不能大声尖叫反应太强烈，不然情况会更加严重。没办法，她实在害怕，只好蹲下，待在原地不动，等这种幻象消失。

蹲了一会儿，歌姬感到一束灯光从别处照过来。看到灯光，她如获大赦，顿时踏实了许多。然后她听到有人在问：“姐姐，你怎么蹲地上去了？”原来，这道救她的灯光正是车夫的车灯——车夫终于来了，她总算逃过一劫！

# 光头婆婆

这个小故事说起来还真的有点造孽。

故事发生在文政二三年，方丈下山巡行视察的时候……有可能不对，应该是晚一点的时间。犹记得那年我还没结婚，还是做着点卖菜的小生意。东本愿寺庙的方丈要下山来关东地方巡行视察，巡视会经过江户以及附近的小镇。

听到这个消息，大伙儿都跟疯了似的，感觉教徒们的春天来了。那天的人肯定会很多，怎样才能近距离看到方丈呢？江户人太多，就不用考虑了；到箱根的话，跟随着方丈的轿子队伍走，搞不好还能看到方丈的真容呢！

大家可能都考虑到了这点，于是，在巡视路线的沿途，从藤泽至小田原，到处都可以看到满心期待的虔诚教徒。

方丈终于来了！那天我也放下手中忙活的生意往铃森赶，老早就候在道路旁。正是花季，天朗气清，微风也特别温暖，天气让人感觉特别舒服。从路边看向海边，只要是能站人的地方，都有等待的人，简直人山人海的。或许是天气暖和了，或许是热情太高涨，或许是人挤人，大家的脸上都冒着细细密密的汗。

那边的海呈现出一种和谐的美。潮退去，三角洲露出了头，三角洲上长满了海苔，三两只海鸥站在海苔上，好像也在好奇地等待着方丈。要是往常，大家肯定会去海边走走，拾拾贝壳，采采三角洲上的海苔，很是惬意。此时的好景只有海鸥会享受，真是太便宜它们了！成群结队的海鸥在海面上飞着，通体雪白，好像飘在天上的云朵，煞是好看。这朵“云”让远处的房洲群山时隐时现，衬着波光粼粼的海水，美不胜收。

没过多久，方丈的巡视队伍的声音就出现了。只听见一声声“南无阿弥陀佛”

的念经的声音。这下教徒们不得了了，简直疯了，各种挤，各种推，都想挤到前面近距离看到方丈。人真的太多了，路边的树叶太高了，很多人都不能清清楚楚地看到方丈。急切的人还没等到方丈的轿子到前面就唱起了“南无阿弥陀佛”。

很快，我就看到了为方丈清路的僧人……或者说是僧人戴的草帽。方丈的轿子就跟在后面。念佛经的声音越大，人们就越挤。这下挤就害得方丈的队伍不能好好地直线走了，轿子一下拐左边去了，一下拐右边去了。

方丈的队伍终于来到了正前方。各个方向传来的呼声震得我耳朵生疼。大家挤得更加拼命了，轿子真的休想往前再走一步。虽然我站得比较靠前，但是还是看不到轿子里的方丈，因为轿子真的捂得太严实了，只能确定轿子里有人。

突然，一个身材“魁梧”的老太婆从我身后冲到了前面，害我差点摔倒了。

“你干吗推我啊！”

“老人家，你不能为老不尊啊！”

被挤到的人都很气愤，嘴里骂骂咧咧的。最开始我也有点不快，但是一想到大家都是信徒，也没什么必要置气。很快我就看清了老太婆的样子，仔细地打量着她。她满头白发，头上梳了一个小发髻。看久了，我就从心里开始把她当朋友了，毕竟她也是一时冲动。

她笔直地朝着方丈的轿子去了，跑到轿子跟前，她一把用头顶开了轿帘，头伸进了轿子。

看到她做出如此不合适的行为，我真替她感到胆战心惊，都忘记了愤怒。她这么冒犯方丈，不怕遭天谴吗?

她的头伸进轿子后，很快就被人推了出来，老太婆也在这一推后摔倒在地。肯定是方丈觉得老太婆的行为太唐突了，所以把老太婆给推出来了，而且据老太婆倒地的方式来看，就是轿子里的人推的无疑。

后面的人根本看不清到底是怎么回事，只是能看清，住持伸手碰到了老太婆的头。

这下不得了了！

“方丈碰到了老太婆！我佛慈悲！南无阿弥陀佛，南无阿弥陀佛……”

“方丈碰到了她的头！我佛慈悲！南无阿弥陀佛，南无阿弥陀佛……”

“她沾到了佛祖的灵气！是灵气！”

“方丈显灵，方丈显灵！南无阿弥陀佛，南无阿弥陀佛……”

顿时，大伙就把焦点聚集在了老太婆身上，然后里三层外三层地围住了老太婆，大家都伸手去碰老太婆的头，沾一沾灵气。老太婆被吓到了，各种躲，各种藏，可是人这么多，怎么可能躲得掉呢？

突然，一个年轻男人从老太婆头上扯了两三根头发。这下可真的是疼，老太婆都疼到抱头了。她好想逃，但是真的逃不了。不一会儿，一个老人家也学了那个男人的，也拔了老太婆的一小撮头发。

其他人看到了，也不得了了，都学着他们扯她的头发。老太婆疼得嗷嗷大哭，但是教徒们已经失去了理智，哪有人去管老太婆的哭声？

就这样，老太婆的小发髻都散了，大家还继续扯着她的头发。

“老天啊，救命啊，谁来帮帮我啊！”

老太婆用手胡乱地打着，想要阻止大家再扯她的头发，但是没人听得到她的喊叫，大家一心只想着灵气，方丈带来的灵气在老太婆的头上，完全忘了这种行为到底合不合适。

被围在人群中间的老太婆一脸哀怨，差点昏了过去。她脸色蜡黄，面如死灰。

这群人真的太残忍了，老太婆一头的头发就这么被扯光了。对！扯光了！现在她变成了光头，满是鲜血，跟出家的尼姑没两样。

扯完头发的疯子们还想继续沾点灵气，便继续去跟着方丈的轿子队伍。我也是没办法，只能被人群挤着往前走，所以我也不清楚最后那个光头婆婆到底怎样了。或许冥冥之中自有定数，又或许这是上天的安排吧。

# 刺杀

明治十一年，香西正雄、小林牧太还有中妻之宗，三个人正聚在一处闲谈。五月初，春光正浓，夕阳斜斜地挂在他们的宿舍屋顶上。

香西正雄来自石川县，是当地福井家族的后代，今年已经二十一岁了；小林牧太是山口县人，是山口县获家族，已经三十一了，比香西刚好大十岁；中妻之宗今年二十四岁。三人都是四等巡查，今天刚好不用值守，正好忙里偷闲，一起聊天。

“我们如今这么潦倒，其实都是那些朝廷重臣的错！他们没有公正无私地办事，都是因为他们！否则，像西乡隆盛、前原一诚，还有江藤新平这样的英才就不会白白牺牲了！”香西义愤填膺地说着。

“说得对啊！要是西乡隆盛、前原一诚、江藤新平还在世，我们哪里会是区区四等巡查啊！我们这会儿肯定都是警部了呢，搞不好都已经是警视了！”小林也出声附和。

香西这才发觉自己说得太严肃了，脸上挂上了尴尬的笑容。

“难道不是吗？要是朝廷里都公平公正些，我们怎么会被埋没在这种破地方？凭我们的才华，不管是大臣还是参议，无论哪个职位都是易如反掌的事啊！”

“怎么说呢，就是命不好啊！我们也就是一群平民百姓，还能怎么办？只能这样当巡查，每天日晒雨淋，住在这种破地方过日子。再看看那些当官的，哪个不是肥头大耳，每天吃香的喝辣的，兜里的钱多得花不完。”

“这跟钱没什么关系，我觉得还是香西说得对，当巡查哪有什么前途？还记得思案桥的事吗？那个警察刚结婚，妻子还怀着孩子呢，他就被强盗给捅死了。我们搞不好什么时候也要被人背后捅刀呢。”一直沉默不语的中妻开口应道。

香西听了他的话，愈加激动了。

“这就是掌权者的问题！都是因为他们，才会发生这样的惨案啊！不管怎么样，我们总得想个法子扭转一下这个世道啊！”

中妻的脸上露出一丝嘲讽的笑容，香西的热血让他觉得对方像个小丑。

“还记得土佐的勇士吗？要不然，我们也和他一样去刺杀吧！把最可恶的岩仓还有大久保全都杀了！”

“对对对，就是那两个王八蛋！”

“别说这样的话！要是被什么路过的人听见了去打个小报告，我们可就要丢饭碗了。”谨慎的小林慌张起来了，赶紧阻止了他们。

小林说得没有错，香西的话实在是太大逆不道了，一旦被有心人听到，那绝不是丢饭碗就能解决的，搞不好会搭上小命。

正在义愤填膺地说着话的两个人听见了小林的警告，立刻安静了下来。气氛一下子变冷了，小林开口道：“时间还早，不然我们去汤岛神社玩玩吧，虽然没几个钱，不过去看看美女什么的也不要钱啊！”

香西没搭话，好像前面的话题还没让他说够。

五月的时候，香西被调到了第二分局，平时在永田町值守。二十号的那天，香西那天正好休息，差不多十点的时候，香西往原本的宿舍走去。香西从来就不是一个爱早起的人，平时轮休的时候，他总要在宿舍睡到日上三竿才起。但是今天，他突然十分惦记小林，起身去找小林去了。

“小林！”

香西推门而入的时候小林已经醒了，只不过还赖在床上，靠在枕上看着报纸。

“出什么事了，突然就跑来了？”

“也没啥事，就是想跟你聊聊天。”

“好，那我先起床吧！”小林掀开被子准备起来，却被香西按住了。

“别急！”香西一屁股坐在地上，“今天的报纸你看了吗？”

“看了，真是厉害啊！”

“那个‘惩奸状’你看了吗？”

“看到了啊！”

“你怎么想？”

“这个嘛……”

两个人开始讨论起这个报纸上的大新闻来了。这新闻其实发生在五月十四号，那一天，一个刺客给报社写了一份“惩奸状”，他在纪尾井坂暗杀大久保利通。

“真是个勇士！”

“是啊……”小林淡淡地应声。

“这份惩奸状写得这么慷慨激昂，不知道是不是岛田一郎写的？”

“可能是吧。听说西乡隆盛和他相识，文笔应该很不错吧。”

实际上，这份惩奸状是岛田的朋友睦义犹写的。

香西从自己的怀里拿出了报纸。

“这惩奸状写得真是棒！尤其是这里，我念给你听，”香西摊开了报纸，朗声读道，“此人居高位，负要职，本应先天下之忧而忧，后天下之乐而乐，谋万姓之福，匡万世之正，尽忠职守，鞠躬尽瘁，公正严明，以通上下之路。而今尸位要职，不善经营，为一己之私欲，闭目塞听，贪婪谄媚……”

小林听了几句，赶忙起了床：“虽然写得文绉绉的，不过大意和你那天说得差不多啊。”

“那天？哪一天？”

“不就是你、我还有中妻一起休息的那一天嘛，你说了一大堆坏话，后来还是我劝你别说了。后来还想出去玩玩什么的，可惜又没有钱。”

“哦，好像是……”

“你看这文章写的，不就是你那时候说的吗？”

“嗯？”

“哼！你要是书读得多，一样能写出这样的好文章来！到时候就享誉全国了！”

“现在当这个巡查真的是没意思，每天风吹雨打的……”

“现在政局不稳，每天晚上都不能好好睡觉，这个暗杀的案子就在你们区出的，你一定忙坏了吧？我可是快要累疯了。”

“对啊，不过怎么说呢，我总觉得这事跟我也算是有点关系，所以精神还挺好，倒不觉得有多辛苦。”

“嗯……暗杀大人物可比普通人之间的打打杀杀复杂多了，那可是国家大事啊！”

“对，再看这文章写的，就完全能知道刺客的心思了，”香西继续念下去，“……罪魁祸首乃是木户孝允、大久保利通、川路利良，而三条实美更是罪大恶极，所做之事罪大恶极……”

小林听了这一番话，愣了好一会儿才反应过来，把自己的被褥收了起来。

香西刺客已经念完了报纸上的文章，转头看着小林。

“小林，你怎么看？”

“这个嘛……”

“我是觉得，现在的大人物都不是什么好东西！”

“大家其实都心里有数啊。”

小林这么一说，香西顿时没了话。

小林这才想起自己还没洗脸：“我先去洗把脸吧！”

“好。”

小林走出房间去洗脸，香西也沉思起来。

八月十五那晚，香西、小林，中妻三个人一起去新稻本。那天早一些的时候，小林和中妻一起去了香西的房间。香西把自己的好酒都拿了出来招呼他们，喝了一圈后，大家觉得不够尽兴，便干脆结伴去京町，到妓院馆“菊茑”去，最后才跑到了新稻本。

其实，还在香西房间里的时候，三个人就已经喝了很多酒。到包间里的时候，三个人都已经醉醺醺的，但是一想到晚上十一时还要去轮班，又不敢躺下睡觉。香西坐在地上，不停地告诉自己：“别睡别睡，要上班呢！”可是他喝了不少酒，又累得很，很快就困得睁不开眼睛了。此时的天气闷热无比，香西早就满头大汗，慢慢地就睡了过去。

当香西惊醒过来的时候，他才发现此时已经快要天亮。

香西一把拿起手表看了一眼，已经是深夜一点了，吓得他赶紧揉了揉眼睛，手表上清楚地显示，离一点还差五分钟。

“就算是现在跑回去也来不及了！完蛋了！要被裁掉了！”

香西转身望了望自己的四周，一个人都没有。

“咦，人呢？”

香西松了一口气。幸亏没有人，自己刚才那副慌张的样子没有被人看见。但是不管怎么说他还是旷了工，丢饭碗是在所难免了。

这时候，外头传来了脚步声。

“香西！”

推门而入的正是小林，香西听见小林的声音顿时像看见了救命稻草。

“我迟到了，这可怎么办？”

小林也正在犯愁：“不知道啊！”

两个人坐在屋里发愁。

“那中妻去哪儿了？”

“他？大概早就回去上班了吧。”

“真是过分！居然都不叫醒我们！”

“是啊！但是现在光靠生气也解决不了问题。”

“可是他这么做确实是很过分啊！”

“是啊，所以中妻这个人都没什么朋友。不过我也不打算说他了，我已经决定了……”

香西忽然沉默，然后举起水壶狠狠地灌了几口，对小林说道：“以后怎么办？”

小林此时点着了烟袋，抽了几口，说道：“我已经有想法了。”

“有什么想法？”香西追问道。

“我，想要改革一下日本！”

“这是要成为岛田一郎吗？”

“是啊，你怎么想？”

“我跟你想得一样！我们这种普通人，每天稍微休息一下就会丢饭碗，那些大人物每天游手好闲却一点也不用担心自己的前途！这样的朝廷有什么用？第一个要革除的就是大近警视川路！”

“你真的打算暗杀大人物？”

“没错！”

两个人都激动起来。

“好！我们说干就干！”

“好！”

门外忽然传来了咳嗽的声音。香西刚才点的那个姑娘从敞开的房门外走了进来。

转眼到了十月份，香西刚吃过中饭，正歪着头读着报纸。饭桌上是一盆新鲜的小菊花，花朵盛开着十分讨喜。服务员把餐具收拾好刚走，又转头过来说道：“有人来找您了，河内先生。”

此时的香西化名叫作河内多门，自从那一天他和小林喝醉了旷工之后，就干脆在妓院里喝起花酒来，直到同事来找他们，才慢吞吞地回去了。几天之后，他们就被革职了。香西搬到了一个老熟人的家里，然后在银座附近的一家“西本旅店”里租了一个小房间。

“是谁来了？飞鸟？”

“是的，这次来的除了飞鸟先生之外还有一个人，以前也来过几次。”

“知道了，让他们来吧。”

香西其实一直在等着他们，服务员下楼将两位客人领了上来。

“你们终于过来了啊！”

原来，飞鸟其实就是小林。另一个则是小林在九月份认识的人，名叫太田园三，因为志趣相投，便介绍给了香西认识。

“我们不能再这么耗日子了，赶紧行动吧！”香西忽然严肃地说道。

小林先四处张望了一下，确认安全。

“没错，所以我们才来和你商议计划，对吧太田……哦不，园田。”

园田就是太田园三的化名，他来自爱知县，长着一张干巴巴的脸。

“确实，我们此行就是想和你一起商议一下我们的行动。我和飞鸟已经商量过了，先将伊藤和川路击杀，你觉得呢？”

香西沉思了一番，其实他的心里有别的想法。

“我倒是觉得，岩仓老贼才是最大的祸害，我们还是先把他除掉吧。”

“那……那不如我们分开行动？我和飞鸟去暗杀伊藤和川路，你去暗杀岩仓！”

小林快速地思考了一番：“这样不妥，我们人少，分开行动的话力量更加薄弱，还是应该统一行动。还记得熊吉上次带了十多个人去暗杀岩仓的事吗？那么多的人去，到最后不还是失败了吗？当初岛田一郎一行也有六七个人一起前去暗杀呢，但还是没有成功。我觉得我们应该再召集一些志同道合的人，然后再选择目标下手。”

商议了许久，三个人终于达成了一致：暗杀岩仓。

园田点了点头，问道：“既然目标定下了，那么武器呢？”

香西思考了一番，回答道：“我觉得用手枪不错，就算我们人少，有枪总归是安全的。”

“这个嘛……”园三皱起了眉头，“我觉得带着枪出发太惹人注意了，毕竟手枪还是得有点技术或者运气，没有打中的话可就没机会了啊。用刀的话你们觉得怎么样？”

三个人聚在一起商量许久，直到傍晚，飞鸟和园田才离开。香西开始拿出纸笔写起东西来。园田告诉他们，在名古屋一带还有很多义士，只要把他们召集起来，人手就足够了，但是还得写上一封信才好。所以这个任务就交给香西了。

香西拿出了一张破旧的报纸，就是一份“惩奸状”。他打算参照这文章来写。

十二月十八日，天气已经愈加寒冷。香西趴在桌子上奋笔疾书，服务员走了进来，顺口问道：“河内先生，您是在写什么情书吗？”

香西虽然脾气差，但是外表却十分老实，因此总有不熟悉的人会跟他开开玩笑。

“我写情书给谁啊！还不是给家里的老头老太写信嘛！”

香西的父母都在老家，他们早就听说自己的儿子丢了饭碗，现在在外面不干正经事，便写信来让他早点回老家去另谋他业，香西只好写了一封回信过去。

“不是情书？哦，对了，您有客人呢！”服务员忽然想起来似的，开口说道。

“是那两个客人吗？”

“对对。”

其实香西并不想见他们，但是他们已经到了门口，自己可就没有办法再躲了。

他原本打算再多写几行字的，如今却被弄得心烦意乱，怎么也写不出来。

园田先进了屋，香西抬头见他已经进来，便怏怏地将纸笔放到一边。最后一个进来的小林十分兴奋，两眼放光。

“河内！我们的机会来了！”

机会当然不是别的，自然就是暗杀的机会了。

香西此时却满脑子都是家书，一点兴趣都没有，随口应了一声。

前段时间，园田带着香西写好的信去了名古屋。可是，他一直待到月底，也没有招募到一个勇士跟着回来参加这个计划。香西有点怀疑园田的办事能力，于是，暗杀岩仓的激情也一下子被扑灭了。

“你应付什么？听我说！明天，岩仓要去小石川，这可是大好的机会啊！你说对不对？园田？”

“是是是！”园田使劲地点头，“如此大好的机会，一定不能错过！我们明天就行动吧！武器你们准备了吗？”

他们已经准备好了武器，香西的短刀，还有在商店买的“二人夺”。

“既然武器都准备好了，那我们还差一份惩奸状！这个嘛，就用你上次写的那一封信吧，你再重新抄写一遍就可以了。”

香西此时一点都不想去写，也不想去暗杀岩仓，可是他却没办法开口说。

“好吧！”

“那就这样吧，明天下午一点，你把你的武器还有抄好的信拿过来集合！”

说完之后，小林便和园田离开了。

这天夜里，香西在房间里写了两封信，他想要阻止大家去暗杀岩仓，打算把这信都交到他们的手里。

天很快就亮了，香西开始抄写惩奸状。虽然已经不打算再去暗杀，但是不管怎么说，已经答应了他们就要做到。可是如今他已经没了干劲，到了约定的集合时间时，他才写了一半。香西只能叹了口气，带着写一半的惩奸状和短刀去集合。

园田暂住在横纲附近，香西到了的时候，小林早就在那里等了。

“你的‘二人夺’呢？”

“等会儿出发的时候再带上。”

香西让园日帮忙把剩下的信抄完，然后让小林写了一个封面。完成之后，三个人出发往朝柳原前进。但很快三个人的美梦就破碎了——一大拨侦探警察已经埋伏在路上。最后，香西和小林从士族被贬成平民，被判五年牢狱。

而那个太田园三，如今却依旧逍遥自在。根据报纸的报道，这个园三，其实就是一个间谍。

# 丸山教主物语

为了看到向往已久的“山顶日出”，八月八日凌晨，我和两位朋友来到富士山附近，住进了山脚下的一座石屋。屋子的条件并不是很好，榻榻米很凉，很旧，米饭也比较难吃。不过，在这种条件下能有这种待遇，已经算是很不错了。

登富士山有两条路，一条是北线，一条是东线，我们这次走的是东线。

第二天起床的时候，天色很早，山腰上还笼罩着一层雾气，但很多虔诚的登山者们已经一边登山一边诵唱着“六根清净”了。

在众多的登山者中，有一排白衣人特别引人注意。他们的队伍很长，大概有七八十个人，里面有男有女，有老有少，但他们诵唱的并不是“六根清净”，而是“天……明……海……天”这样的话。他们一边唱着，一边走上山来。由于之前听见的一直都是“六根清净”，这次出现了不一样的声音，我顿时对他们产生了好奇，不由自主地停下了脚步，让出了路，好让这队人先走。

同伴中一位叫桂月的老前辈告诉我，这队白衣人是丸山教的信徒。我更加好奇了，便问桂月老人，“天、明、海、天”分别都是哪几个字，是什么意思。

“这几个字来源于《南无妙法莲华经》，似乎和南无阿弥陀佛的意思差不多。具体的我也不太清楚，应该很是有些来历吧！他们每年都要来这里登山，时间很规律，一般都是在伏天之后的十天内。”桂月如是回答 。

很快，丸山教的信徒们走过去了。我们跟在他们后面，也向山上走去。

也许是因为有一个好的“领唱”，他们的诵唱和步伐都有一种特别的节奏，听起来特别有感染力，不知不觉中，我们也融入了这种节奏。

山特别陡，山路非常崎岖，爬起来非常困难。没走多久，前一个人的脚后跟几乎就要与我的额头一样高了。我的心脏本来就不是很好，丸山教信徒的行进速度又非常快，因此，我很快就累得上气不接下气，只好停下来，想找个地方休息。

刚好，一群穿着浅蓝色衣服，身上裹着席子，头上戴着草帽，手里拿着拐杖的人也在路边休息。其中一个高大的男人看了我们一眼，惊喜地说："这不是桂月老先生吗？"

桂月一见是他，也高兴地和他打了招呼。原来，这人是丸山教教主的孙子，也是丸山教现任的副院长。由于他的嗓门特别洪亮，所以他们平时诵经的时候都是由他带头。

我们坐下来随便聊了一会儿，就继续上路了。

快要爬到山顶时，天色突然大亮起来，天边出现了两个红色的斑点。一开始它们的光芒都很微弱，很快那两个斑点就融合到了一起，发散出耀眼的光芒。

太阳一下子露出头来。就在这时，耳边一直萦绕的"六根清净"和"天明海天"的声音消失了。我疑惑地回头望去，只见大家都放下了手中的金刚杖，双手合十，闭上了眼睛，默默地祈祷。

不一会儿，诵唱声再次响起，我们沐浴着初升的太阳，感慨着自然的伟大，仿佛得到了重生一般。

太阳出来后，天气温暖了很多。我们继续向上爬去，耳边依旧回荡着"六根清净"和"天明海天"的声音。从我的角度看，山顶似乎近在眼前，可是最后我们几乎用了整整一个小时才爬到那里。这也许是因为我的腿脚不便，所以爬得有些缓慢吧。

来到山顶后，我们选择了一座石屋进去喝了点东西。其间，我们竟然又遇到了那位副院长，这可真是缘分。桂月和副院长开心地聊着，还特意赞美了副院长那中气十足的声音，我则去浅间神社的办公室为手里的金刚杖盖了章。

过了一会儿，丸山教的信徒们都离开了。我们暂时不想下山，便去石屋后面的山丘上转了转。据说，从那里往下看去，可以看到火山口，还有其他大大小小的山丘。

这里也有很多人。远远望去，他们像蚂蚁一样，在山丘周围走来走去，爬上爬下。很快，桂月也加入了他们的行列，去欣赏那些形态各异的山丘了。我和剩下的一个同伴坐在原地，一边欣赏风景，一边聊天。

丸山教的信徒们在干什么呢？他们双手合十，朝着火山口鞠躬，不断地祈祷着什么。因为距离很远，我完全听不到祈祷的内容，只能听到祥和的祈祷声。这是我第一次接触丸山教。

后来，因为对他们很感兴趣，我又从别人那里断断续续地了解了一些关于他们的事儿。

据说，丸山教的第一任教主叫六藏，出生在多摩川河岸边一个叫登户的地方，是家里的次子。他家世代务农为生，并不是很富裕。六藏家附近有一片杉树林，里面有一座石头庙，它隶属于富士教，由浅间神社建造。因为浅间神社的总部在富士山上，所以，那座石头庙所在的地方也被人们称为“富士塚”。

六藏小时候生过一场大病，他父亲四处寻医问药，终归无果，只好抱着试试看的想法去那座石头庙里，打算为他祈福。没想到，他刚走到石头庙里，六藏就有了些生气。没过多久，六藏便彻底恢复了健康。从那以后，六藏就对富士教深信不疑。

从十四岁开始到二十四岁，六藏一直在雪坂的伯父家当差。他很喜欢学习，在当差的这些年里，只要一有闲暇时间，他就会去附近的私塾里听讲。

六藏晚年的时候，身上总是带着一本《实语教》和一些歌谣集，这些就是他当初在私塾里学习的成果。

永嘉六年春天，二十四岁的六藏娶了伊藤佐野——伊藤政祐的大女儿，正式成为伊藤家的入赘女婿。伊藤家也住在登户，他们除了务农，还卖些酒和醋之类的东西。他们的院子里通常摆着一张桌子，上面有几个小酒桶。

据说，伊藤一家是在白川殿战死的伊藤六的后代，现在还继承着“六郎兵卫”的封号，因此，村子里的人们对这家人都很恭敬。伊藤政祐对村子的人也非常和蔼可亲，不过，他对自己的家人却极为强硬。

伊藤家的院子里有一棵橡树，一天，伊藤政祐在树下铺了一块草席，坐在那里编草鞋。下午两点的时候，伊藤佐野来找他。

“父亲，您编了这么长时间了，进屋吃点东西吧。”

“不吃。”

“茶都泡好了，点心也都准备好了，您还是吃一些吧。”

“我就不吃！”

伊藤佐野非常无奈，只好回到屋里，把食物放到托盘上，端到了树下。

这时候，伊藤政祐才犹豫了一下，说："那我就吃一块吧。"

入赘伊藤家的第二年春天，六藏又生了一场大病，幸亏有富士教的前辈为他祈福，他才得以恢复健康。从此，他对富士教更加深信不疑了。

那年夏天，他和富士教的教徒们一起登上了富士山，并吟唱了《富士南经》。自那以后，六藏对富士教越来越感兴趣，对《富士南经》也越来越熟悉，他几乎每天都会品读《富士南经》，并将其中的所有内容都深深地记在了脑子里。

有一次，佐野生病了，找了很多的医生都没治好。六藏见妻子一天天衰弱下去，十分着急，便在一天晚饭后偷偷地来到后院，从水井里打了三桶冷水。皎洁的月光下，六藏将三桶水摆在地上，一边虔诚地祈祷着，一边将水浇在自己的头上，一直浇到深夜。

就这样，六藏坚持祈祷，一直祈祷了十天。

十天后，佐野的病竟然神奇地痊愈了。六藏很开心，但是他却因为浇了太长时间的冷水，冻坏了身体，双手和双脚的指甲都被冻掉了。没过多久，六藏就成了行者。

他时常能够听到神明发出的各种声音，还因此解救了许多民众。有一次，有人看到六藏在踮着脚尖爬富士山，听说那是因为神明又给六藏下达了"天启"。然而，村子里的人看到的六藏却不是这个样子的，他们看到的六藏依旧是那个逆来顺受的"柳条六藏"。

一次，一位四十多岁的男人来六藏和佐野的店里喝酒。他穿着夹层的衣服，腰上系着三尺长的腰带。在他喝酒的时候，六藏就站在酒桶旁边，拿着叠得整整齐齐的抹布，一下一下地擦着桌子。

佐野正在屋里织布，织布机的声音很大。

"这机器真是太吵了！"那位客人一直听着织布机的声音，有些不耐烦。他皱着眉头端起桌上的酒碗，想要再喝一口，却发现已经没有了酒。于是，他招呼六藏过来，不耐烦地说："再来一碗！"

六藏放下抹布，接过碗，却没有再动一下。他知道，这人就是个无赖，每天都来这里要酒喝，从来没有给过足够的钱。况且，今天他已经喝了一升的酒了。

“客官，您今天喝得已经够多的了，还是别再喝了吧。”

“多什么？一点都不多！你凭什么说我喝多了？我还没喝够呢！快点，赶紧再给我盛一碗！”

“您真的不能再喝了，哪个正经人会天天这样喝酒？”

“正经人？我什么时候说要当什么正经人了？别以为你做了行者我就不敢把你怎么样，赶快给我倒酒，你这个窝囊废！”

六藏听了这话以后心里很是不高兴：“您闹够了吗？”

“我闹？我还要问你闹够了没有呢！你可要看清楚，是你先不给我倒酒，我才这样对你的。你要是老老实实地给我倒酒，我自然也会老老实实地喝酒。”

六藏不想和他纠缠下去，只是无奈地说道：“您要知道，神明无时无刻不在看着我们，他是非常伟大的，您也应该虔诚些，不要造下什么罪孽。”

听了这话，那人更加生气了。他一下子站起来，掀起自己的裤裆，大喊着：“我说最近你怎么这么傲慢，原来自以为有神明为你撑腰啊！你可真厉害！来啊！你不是有神明保护吗？来啊，你来打我啊！你来让你的神明收拾我啊！”

说完，他扬起胳膊，直接把手里的碗摔在了地上。

佐野听到碗摔在地上的声音后连忙跑了出来，同时，好多人也都围了过来。

“你有本事就让神明出来跟我打一架，没本事的话，以后就给我老实一点！”那人在众目睽睽之下，一边大喊大叫着一边把兜裆布系到了六藏的脖子上，大摇大摆地走了出去。

“怎么回事？”佐野来到六藏的身边，小心翼翼地询问着。

“我见他喝得太多了，不想让他再喝了。”

“他给钱了吗？”

“没有。”

“你怎么这样啊？你的神明呢？你倒是让他帮帮忙啊！”

“不用生气了，神明自有安排的。”六藏说着，扯下了脖子上的兜裆布。

“那他这也欺人太甚了吧？”

“不要生气了，你会生气都是因为你的道行不够深，别气了别气了。”

实际上六藏本来也很喜欢喝酒，只是因为媒人当年给他说媒的时候，顺口说了句“他从不喝酒”，从此，六藏怕驳了媒人的面子，就再也没喝过一口酒。

除了卖酒、卖醋、做些农活，六藏还会去树林里劈些柴，烧些炭，然后捆在马上去江户卖掉，回来的时候，再顺便带些肥料。

六藏非常心疼自己的马，每次出门时，他都特别照顾它。在回家的路上如果遇见了熟人，两个人站在那里说话时，六藏会将马上的货物卸下来让马休息，等聊完了，继续赶路的时候，再把货物放回去。

回家后，他总是会给马洗一个热水澡，并且给马吟诵《富山南经》。每当听到六藏的吟诵声时邻居们就都知道，六藏回来了，并且正在给他的马洗澡。

很多年后，伊藤政祐病故，六藏继承了岳父的封号。因此，人们都开始叫他“六郎兵卫”。即便如此，六藏也一直非常正直，特别守规矩。每次回去探亲的时候，即使佐野不给他钱，他也从来不会私自拿钱。

后来，他对富士教越来越痴迷，渐渐荒废了家业，每天只是打坐修行。时间长了，好多人都觉得这样不太好，纷纷来劝他。佐野也很无奈。实际上，六藏的性格本来就懦弱，因为多年修行，才造就了毅然的气魄。所以，他从来不听劝告，依然潜心打坐。

一日，又有好些亲戚来到他的家里，想要劝劝他。但是由于六藏早早就去神前打坐了，亲戚来了以后扑了一个空，他的妻子只好先泡了一些茶，让亲戚们边喝茶边在外面等着他。

然而，亲戚们等了好久，六藏还是不出来。一个近亲进去看了看，发现他正一动不动地在神前打坐，嘴里还一直念念有词。这位近亲拽了拽他的衣角，对他说：“你快出来吧，别让大家难堪。”

但是，六藏没有任何反应，这位近亲摇摇头，无奈地走了出来。

大家又等了一会儿，六藏还是没有出来的意思，有些人开始生气了。

“都等了这么久的时间了他怎么还不出来？他这么没有礼貌，我已经不能再忍了，还是直接动手吧！”说完，他们冲进去将六藏双手合十的手分开，扳到背后，用绳子捆了起来，然后将他推倒，顺势绑住了他的腿和脚。

六藏没有挣扎，他的嘴里依旧在吟唱着。

亲戚们用绳子把他紧紧地绑好以后，纷纷走出来坐在外面，同情地看着他。

过了一会儿，他发出了呻吟，又过了一会儿，他身上的绳子竟然自己解开了。

这消息在村子里不胫而走，越来越多的人来找他，希望他可以帮助自己摆脱痛苦。他的家里每天聚集了许多人，很快便引起了警方的注意。

没过多久，警察就将六藏带走了。

但是，到了警局，他却一口咬定自己没有聚众闹事，只是在普度众生。警察也没找到证据，只好将他扣押了三天，又无奈地放了出来。

这年七月，六藏带领几个信徒前往富士山，走到一半的时候，天空中突然出现了伞云。云刚刚聚起来，狂风暴雨就接踵而至，拳头大的石块纷纷砸了下来。

六藏把信徒们送到石屋里，自己不顾大雨朝着山顶爬去。直到六藏在山顶上祭拜完毕后，天空才渐渐放晴。

这件事之后，越来越多的信徒聚集到六藏家里，请求他的帮助。这又引起了当地警方的不满，他们要求六藏在家门口用青竹编制一道墙，以阻止信徒们的随意出入，还在大街上大肆驱赶信徒。

但是，这丝毫阻挡不住信徒们的热情。每天，信徒们还是源源不断地往六藏家里扔“香油钱”，想让六藏帮助自己。

六藏夹在警察和信徒之间，感到非常为难。于是，他瞒着家人偷偷去了东京的西郊，在净真寺里安顿下来，打算将这里作为自己的修行之地。由于这座庙里供奉着九品大佛像，所以这里又叫“九品庙”。庙里的僧人很快发现了他。一传十，十传百，信徒们又来找他，还将寺庙围得水泄不通。这又惊动了当地的警官。

六藏没有办法，只好回到了自己的家。没想到，那些信徒又紧追不舍地跟他一起回了家，还把他的青竹围墙都挤坏了。

六藏没有办法，只好找了个机会，赤着脚，带着三块鱼干，独自一人去了奥州的金华山。

他在金华山待了很长一段时间，这里非常清净，是个修行的好地方。

不过，没过多久，他就又回了家。

说到底，他还是更喜欢九品庙。为了不引起人们的注意，六藏充分吸取了之前的教训，先乔装打扮一番，在四周探查了一圈，等周围的人都没再留意他的时候，才再次回到九品庙，继续断食修行。

有一天，六藏正在打坐修行，他的妻子来找他。她叫了他几声，他没有回应，于是，她只好在一旁静静地等着他。

一个小时后，他睁开了眼睛，发现了身后的妻子。

“你怎么来了？”

“你不回家，家里的人都劝我和你离婚。看在我的份上，你就回家吧，好吗？”

可是，无论佐野怎么说，六藏都不肯回去，最后佐野只好自己回去了。

后来，他的两个弟弟又来请他回去。无奈之下，六藏请示了神明，得到了神明的同意之后，才与他们一同回了家。

他不知道，在他回家以后，一件大事正在等着他。

六藏和村长兵右卫门是死对头。村长的妻子得了一种怪病，经常会莫名其妙地发疯，每次发病的时候，她都会来请六藏驱魔。村长对此很不高兴，每次都会从六藏这里把自己的妻子捉回去。一次，他的妻子又来找六藏。而且，为了不让丈夫找到自己，她还藏进了六藏家里的茅房。村长找不到妻子，很无奈，只好生气地走了。

后来，又有很多人来找六藏。村长为了报复六藏，就报了警。警察把六藏带走了，这一次，他们还将他送到了横滨。横滨的警官早就听说了这件事，但他觉得这不是六藏的错，于是便劝告了六藏一番，让他老老实实操持家业，然后把他放了回来。

从横滨返回的时候，为了避人耳目，六藏不得不再次乔装打扮起来。不过，尽管如此，还是有几个信徒发现了他，跟在了他的身后。

初夏，六藏想要成为第一个登上富士山的人，便和五六个信徒一起去往富士山。他们只在山腰的石屋内吃了很少的东西就向山顶爬去。还好这次登山比较顺利，不过，到达山顶后，他们发现后面还有三个登山者。六藏感到非常庆幸，还好他们比较快，要不然就成不了第一个了。

七月份的时候，六藏再一次带着三十多个信徒前往富士山。不过这次却并没有之前那么顺利，因为在这次登山结束以后，其中一个信徒起了歹念，想要取代六郎兵卫“活神仙”的位置。他还报了警，说六藏聚众起事、为非作歹，想要警方逮捕六藏。

还好有好心的僧人暗地里通知了六藏，让他赶紧逃跑。

六藏对此事非常无奈，他感到一阵心寒，却并不想逃跑。直到此时，他依日想着普度众生。他许下了一个宏愿——他希望在他死后，他的身体能化作富士山上的磐石；他的信徒能够回心转意、真心悔过。

九月九日，他劝走了信徒，独自前往富士山。当时正是深夜，下着滂沱大雨。寺庙门口本来蹲守着两三个警官，但是，六藏走出去的时候他们谁都没有看到。

六藏在大雨中来到富士山下，走进一家石屋，吃了他认为自己在世上的最后一顿饭，还出资为这饭店制作了一块匾。

正当他要登山的时候，几个信徒来了。他们不放心他独自一人爬富士山，因此不顾六藏的规劝，执意跟着他。刚爬到半山腰，空中突然飘起了大雪花，信徒们只好停了下来，一直等雪停了才继续前进。等他们到达山顶的时候，六藏早已在石屋内恭候多时了。

六藏被信徒们的诚心感动，不过，他觉得他们在这里会让他分神，所以还是劝他们下山。在六藏苦口婆心的规劝下，其中几个信徒先下山了，只剩下三个信徒还执意留下。这三人中间有一对母女，女儿才十七岁。就这样过了几天，因为断食，女儿变得非常痛苦，她的母亲非常心疼，六郎兵卫也觉得不忍心，最后还是让他们三个人都下山去了。

现在，山上只有他一个人。他留在这里，继续潜心修行。他打算在这里待二十一天，并希望，在修行的这段时间里神明会取走他的性命，替他实现普度众生的愿望。

还剩下最后一天的时候，他祈求上天在最后一天带走自己的生命。但是，他在冥冥中听到了一个声音，那声音告诉他，他命不该绝，让他坚持自己的理想。那声音还说，第二天，一定会有贵人将他接下山去。

其实，“活神仙在富士山入定”的事早已在吉田口传遍了。浅间神社的神官听说了这件事，执意要让手下人去富士山接六藏。那些人冒着风雪到达了山顶，见到了六藏。而六藏在听到神明的指示后，也早就在山顶恭候。他们一起下了山，去了吉田口，人们听说“活神仙”来了，都连忙走出来迎接。

这次活动再次惊动了警方，警方又逮捕了六藏，却依旧找不到什么理由来拘留他。没几天，只好再次将他释放。

“活神仙”被警方逮捕这件事传到了登户，一个经营客栈的九右卫门听说了这件事，赶紧到了吉田口。到达目的地的时候，才知道六藏已经被释放了。

“您赶紧回家吧，您的妻子在等着您呢。”

在寺庙里，六藏在神前打坐片刻，决定回家去，并且告诉九右卫门，神明让他原路返回。但是，九右卫门说，走甲州街道会更快回到家里。于是六藏又回到神像前打坐了一会儿，才跟着九右卫门上路了。半路上，六藏的脚忽然疼痛难忍，最后倒在了地上。九右卫门仔细检查后，才发现六藏的脚上长了一个水泡。

“这就是神明给我的惩罚。我应该原路返回，我不应该走这条近道。”

“这该如何是好？”

“我只能返回去走原来的路了，你就先走一步吧。”

“好吧，只能这样了。”

六藏独自一个人原路返回，走到一半的时候，他发现身后有一个白胡子农夫拉着一匹马。

“上马吧，我可以捎你一段路。”

“真的吗？太感谢您了。”

六藏上了马，农夫拉着马，带他走了一段路程。

走了很长一段时间后，农夫停了下来，六藏从马上下来，正要掏钱给农夫，农夫和马突然间不见了。他环顾四周，发现附近有一所寺庙。

九右卫门回到家，等了好几天都不见六藏回来。他和几个信徒都不放心，于是决定动身去找六藏。他们拉了一匹马，想用那马将六藏驮回来。但是，在经过秋山岭的时候，那马忽然不动了，不管怎么拉拽都没有用。信徒们非常疑惑，查看了四周之后，才发现附近有一座寺院。

有人提议进去看看，说不定会发现六藏。他们走进去一看，果然，六藏正在里面扫院子。自此之后，越来越多的人信仰富山教。

明治十五年，六藏正式将富山教改名为“丸山教”。改名后不到十年，六藏就驾鹤西去。临死前，他拉着副教主的手放在自己的肚子上，嘴里不断发出“天明海天”的声音。

在此期间，天空中不断打着雷，一直到六藏闭上眼睛，雷声才停了下来。

# 奇人传

## 尼子

我回到土佐是去年初夏，临时大选结束后。某天，我去高知市办事，在市中心看到一个五十岁上下的女人，她高颧骨，长脸，打扮得不太体面，发髻在头顶分成左右两束，各做成半圆形，正在人群中愤慨激昂地演讲着。

后来，我跟报社的一个朋友提起此人，得知她是个演讲狂，人称“尼子”，很爱攻击众议院X先生的夫人。据称，那个X先生是宪政会推举的候选人，选举前，尼子总是给他做宣传。当选后，尼子亲自上门，却被他的夫人告知不在家，请她下次再去。

这可把尼子气坏了。从那时起，她便开始反其道而行之，转而攻击他的夫人。

“这不是嫉妒是什么？鬼才相信X先生不在！我都跟警察提前说好了，要是我再碰上这种女人，一定会弄死她！”

有一次，我在警察局门口又遇上了尼子。刚巧，《土阳报社》的记者也从里面出来，我打听了一下，原来最近警察在逮捕野狗，这尼子又跑来抗议来了。

过去了一段时间后，某天，我和一位叫横滨的老人在报社办公室交谈，突然听到窗外传来慷慨激昂的讲演声，不出所料，又是尼子。

“宪政会有本事组织内阁？加藤先生组织了内阁？哈哈哈！加藤内阁是明智光秀的三日天下，这是人尽皆知的事！”

临近正午的时候，我决定去澡堂洗个澡，谁知，又撞上了尼子。她的衣服脏兮兮的，袖子卷起，这回，她把矛头又指向了 X 夫人。

“即便是嫁了个有钱人，也还是个高级妓女罢了！别看她整天打扮得跟名媛似的，听说她现在还在卖呢！”她边说着话，边用手捏住另一只手，摆出戴手表的样子。

“她戴一只名贵的表，还是二手的，一看到有钱人，就像苍蝇见了血一样，慌慌张张地贴上去了！”

尼子模仿得绘声绘色的，把一旁的澡堂老板都给逗笑了。

“她该不是被人指使的吧？”我问。

“天知道。”老板笑着答。

那一年盛夏，尼子还登上了《土阳新闻》的版面，大意如下——

五十五岁的酒井重喜是一个演讲狂魔，经常于人流密集处散播流言蜚语，哗众取宠，警察多次劝说无果，不得不将其拘留。谁知她竟口出狂言，要求将她拘留整九天，害得警方焦头烂额。

注：尼子于大正四十四年去世。此前，作马不幸去世，爱缠着红头巾奔跑的阿渊也失踪了，高知市整日被负面新闻笼罩。

值得一提的是，警官明智被告知了尼子的死讯。事实上，他们俩非亲非故，只是他在警局工作期间，经常与尼子打交道而已。令人惊讶的是，尼子只听他的话。兴许尼子生前对明智警官有着不一样的感情吧。

## 阿菊

有一次，我和《土阳新闻》的记者乘坐一个只有九个座位的小巴车前往须崎。此行，我们是受熟人邀约，去十里外的港口小镇吃鲣鱼。

车子正要翻越荒川山时，车里只剩了四个人，除了我们，还有一个老太婆和她五六岁的孙子，祖孙俩要回弘冈。

车子开下山后，隐约可见一座神社，名叫“荒仓神社”。

关于这个神社，坊间有个传言。有一次一个藩主在神社门口烤野味吃，神社里忽然传出“臭死了”的声音。

藩主气势汹汹地回道："臭就转过身去，别闻！"

神社里没了声音。

大家第二天一早醒来之后一看，神社里的神像真的背过身去了。

就在我细细品味这个传说的时候，同车的记者朋友突然问道："弘冈原来那个阿菊现在怎么样了啊？"

"没怎样啊。"老人回答。

我很是疑惑："她是弘冈哪儿的呀？"

"下村。"说罢，老人竟哼起了顺口溜，"弘冈五千石，说大不大，说小不小，可偏偏找不到愿意讨阿菊当老婆的冤大头。"

阿菊是藩政时代末期的疯女人，土佐藩的第十五代藩主还给她写过和歌——

盛开在寒舍的垂樱，恰似弘冈阿菊的乱发。

至于那纸亲笔诗笺，我在大町桂月老先生家见过。

## 铮铮

高知市有一个叫铮铮的奇人。他之所以有这个称号，是因为他边走路边演戏，嘴里还可以发出传统乐器——三味线那种"铮铮"的口哨声。

他身材矮小，却仿佛有巨大的能量，总是借用我们村的仓库当剧场，每次演出的时候，总能聚集很多观众。

他最擅长表演《太功记》。每到那时，他都会模仿三味线的声音，惟妙惟肖地摆出光秀亮相时的动作。

传言，他生于潮江村或长滨村，家里只有一个老母亲，靠他卖艺赚钱赡养。当然，这些都未经证实。

我与铮铮偶遇在一个春雨绵绵的日子。当时，我要去拜访一位家住潮江的朋友，铮铮就这么迎面走来，口中不知道说着些什么，油纸伞在手中轮换着，动作极其夸张。

突然，他从桥上纵身一跃，落在河面上。我吓了一跳，他却跟没事儿人似的站了起来。

过了一段时间，铮铮开始行窃，不久后被抓，然后越狱，再以更高明的手段行窃，再次被抓。

有一次，我与朋友聊起了他，便问铮铮近况如何。

“他？现在应该正在松山监狱吧！”

## 滨宇贺

接下来这个人堪称柳下惠转世，因为生于长滨村，因此得外号“滨宇贺”。

明治三十四年时，我还是一名小学老师。有一次，一个穿着条纹茶色上衣的男人来到办公室门口，亲切地说道：“大家工作辛苦啦。”

这个男人就是滨宇贺，听说他专门负责张罗贵族们的红白喜事。因此，也有人叫他“葬礼博士”。

他与高知市的政治家、实业家们交往甚密，经常照顾他们的日常生活却不要求回报，因此深受大家喜爱。不过，他也从来不对贵族们唯命是从，跟他们说话时总不忘来一句“大家辛苦啦”，仿佛对方是他的老朋友一般。

某天，浦户港的渡轮航线开通，滨宇贺被检票员拦下，让他出钱买票。

滨宇贺喃喃自语道：“让我买票的公司，基本上是没前途了。”

但是，他还是出乎意料地买了票。

我最后一次见到他，是在前年盛夏。听报社朋友说，他现在依然健朗。遇到新人，总要说一句“你来得还挺快嘛”。

滨宇贺于大正十三年去世，而且一生从未收取过一次在红白喜事上应该收的礼金。

## 菜园场的老虎

高知市新航线开通后，除了轮渡，还有往来拉蔬菜送去高知市市场的小船，我们经常坐这种船，船一般停靠在“菜园场”。

菜园场曾经有一对行乞的母子。比起母亲，儿子的样子更加令人印象深刻——他体格健壮，嘴巴总是张得大大的，而且还是个跛脚，看起来像一个智障，他被人叫作“菜园场的老虎”。

至于说他像智障，是因为他经常跟人吵架，大喊大闹。每次，虎妈都会劝上好久。

后来，虎妈仿佛一瞬间看透世事，决定带儿子寻死。某个冬天的夜晚，她终于将想法付诸行动。然而，当两人走到河水最深的地方的时候，老虎却下意识地怕了，他转过身，一边拼命游向浅水，一边喊着虎妈。

不过，虎妈去意已决，为时已晚。最后，老虎爬了上来，虎妈还是淹死了。

虎妈死后，老虎又独自上街乞讨了一段时间。后来，有个混混打起了他的坏主意。他将老虎带去须崎，说是要去花柳巷，让老虎千万别开口说话。没想到，后来他居然真的给老虎找了个妓女。

可是，第二天早上，老虎居然习惯性地朝妓女伸出手，说：“阿姨，给点钱吧。”

这样，老虎曾经是乞丐的身份暴露无遗。最后，妓女也没脸再在那里待下去，只得搬走去外地。

## 成山

成山就是老虎的搭档。不过，他明明是受过教育的人，却不知为何落到这步田地。报社的朋友跟我提起他时，说他是装疯卖傻。不过，又有谁知道隐情呢？

话说这个成山本来是不愿意与老虎为伍的，当初他曾经一边喊着“丢人”一边要甩开他，但老虎不依不饶地黏着他，久而久之，成山也就随他去了。

后来，他也开始在老虎身上动脑筋，通过卖惨骗取他人同情，以此乞讨更多的钱。这样，他俩便形影不离了。人们看到他们，还经常逗趣地称他们为“成山与老虎”。

## 阿渊

皇太子六月初大婚，高知市也举办了一系列的庆祝活动，学生们相拥上街，拍手打鼓，好不热闹。

傍晚，我和朋友在新京桥吃了晚饭，因为喝了点酒，有点醉了。

在电车交叉口，我们遇到两个脏兮兮的年轻男子，其中一个是学生打扮，穿着细筒裤。

我本来没留意到他，和他擦肩而过。没想到，没走几步路后，那学生又回头看我，还咬了一口手里的东西。只见他把灰黑色的煤粉涂在嘴边，上颚贴着假牙。

这时，我的朋友脱口而出：“啊！他扮的是阿渊！”

阿渊住在箭楼，是个四十多岁的中年男人，平时爱戴学生帽。有时候他还会帮商家举广告旗，有时候也会帮人照顾小孩。不过，他看到男人的时候，总爱说一句：“叔叔，给支香烟吧！”

## 作马

有一个叫铃木的游泳老师，专门教学生环海式游泳法。上课时，他总会模仿“作马”的动作。我一个朋友也曾提起此事，我也曾经模仿过相同的动作，由此可见作马的影响力有多大。至于前后是否有过改变，那就不得而知了。

作马经常出没于花柳巷，有时给妓女们跑腿。他总是勤勤恳恳地完成妓女们给的差事，顺便收取一点报酬。

但作马有一个特点——容易把人的话当真。

有一次，一个妓女对他说：“你是老实人，等我老了，啥也干不了，你就收留我吧！”

于是，作马当了真，逢人便说。

还有一次，人们发现作马裸着身体在人前洒水。巡查呵斥他不穿衣服，他却狡辩道：“我穿着呢！”

巡查很是生气，给了他一拳头，作马躲闪不及，指着被打中的地方说：“这不就是衣服吗？”

边说，他还边做出一脸不以为然的样子。

## 铜像仓、阿虎

高知市电车交叉口有一间候车室，由于冬暖夏凉，很多人都会经常去那里，所以，这里不时有一些奇闻异事传出来。

尼子、阿渊、成山、老虎都是那儿的常客，还有一个叫铜像仓的人。

他的名字来自于他像铜像一般的肤色。据说他本来是个理发师，后来不知道什么原因洗手不干了，于是总是光顾候车室。

除他以外，有一个叫“阿虎”的女奇人也常来，并且一来就待一整天，不时地抽几口烟。据说她会算卦，一旦有人让她算卦，她便说：“可以倒是可以，你先拍手三下，我听听。”

客人照做以后，阿虎便会根据掌声开始算卦。

## 白腰带鹿尾、阿鹿

白腰带鹿尾是蜜橘商人的儿子，他特别喜欢收集石头木块，也算是“白公好石”了。

藤本家的长子也有相同的爱好——收集。只不过，他只收集海报，而且还是路口张贴的那种。他收集了很多很多的海报，有时还会跟贴海报的人要求：“用完了请给我留一张吧！”

高知市外的下知村还有一个叫阿鹿的奇人，这是一个让人心生畏惧的女白痴。她的脾气非常不好，丈夫是个神官，两人育有一子，曾经有人见过母子二人上街。至于现在，早已没人知道她在哪儿、在干什么，只知道她还活着。

## 馆松、要九

金比罗神社每月十号和十五号都会举办庙会，每到此时，我总是带上五十钱翘课去看，回家的路上再顺便买些饼、馒头之类的食物充饥。

在去往庙会的沿途有一间小屋，总是散发让人畏惧的阴森气息，因为那间屋子的主人是个爱吃蛇的男人，名叫馆松，头小身大，无法从外表看出他的年纪。见过他的人都会感到疑惑：他的父亲明明很正常，为什么会生出这么一个奇怪的儿子？

我还听说他有个独特的爱好——喜欢在脖子上挂一个装满毒蛇的盒子。

馆松抓蛇也很有一套。他抓蛇时很有耐心，蛇若钻进洞，他不疾不徐，安静地等蛇爬出来。到后来，每逢节日，馆松就靠着抓蛇赚钱，给钱就抓。假若给的钱多的话，他就玩出些花样来，比如把蛇缠在头上、绕在脖子上，或者让蛇趴在手上。有时，蛇从他的一只手爬上他的脖子，去到另一只手，他说这个叫“黄莺越谷”。

后来，我听说他那个装满蛇的盒子被人不小心打翻了，毒蛇全跑了。

很长一段时间过去了，我都没怎么听说馆松的消息，想必他的年纪也很大了。

他住的村子和我们村子之间，有一个叫十世村的村子，村里有一个叫要九的怪人，也把我们吓坏了。

那时候，为了继续升学，我们要去十世村读书。不过，只要一想到要九的脸，大家就都倒吸一口凉气——他总是咧着那张只剩一两颗牙齿的嘴，走路一瘸一拐，要是听到有人议论他，他就会毫不留情地大骂。

我有个姓“大家”的同学却丝毫不怕他，让人羡慕。听说这是因为有一次要九发酒疯，大家的爸爸用工具刺伤了他。从那之后，我竟有些怜悯起要九来了。

## 志和勘

众所周知，高知市的特产是珊瑚、鲣鱼以及志和勘。前两样不多赘述，那么，最后一样是什么呢?

其实，志和勘表面上是一家商店，背地里却经营着一些见不得人的勾当。这家店的老板本来是志和勘三郎，他在世的时候，商店还很正常，去世后，他的妻子才干起了那些勾当。

志和勘的“顾客”没有限制，不分阶级。无论是本地人还是外地人，无论是官员还是职员，无论是船员还是司机，无论是工人还是老师，只要招呼一声老板娘，就能“买”到自己想要的东西。很多时候，就算被警察逮个正着，老板娘照样无所畏惧。因为，即使被拘留，警察最多也就是劝她“金盆洗手”，之后再把她放了。她每次都跟警察说：“我不干这个，就得喝西北风了呀！”说完，她就大摇大摆地回去，继续干她那些事儿。

两三年前，我与好友聚餐，地点就在高知市。聊着聊着，我们被老诗人宇田带去了志和勘家，说是要带我们这些后辈“开开眼界”。

中岛町的尽头就是志和勘的家。门框上挂着一个灯箱，看样子很古朴。

宇田朝里招呼了几声，一位身材高挑、年逾古稀的老婆婆就走了出来，老婆婆的腿上缠着绷带。

宇田问候了老婆婆几句，她说，这是有一次暴风雨的时候，她急着上楼，不小心崴到的。

宇田表示很惋惜，同时他问老婆婆，今晚可否陪大家喝一杯。

老婆婆爽快地答应了。

没过一会儿，两个稍微年轻一点儿的老婆婆就为我们端上了酒菜。

这位叫志和勘的老人家，也算是高知市的奇人之一了。

除此以外，高知市还有一位财主，后来沦落到了卖报纸的地步。关于他的故事，下次再给大家详细讲讲吧。

# 虎妖奇谈

金顺出生在庆州郊外的一座寺庙之中，寺的名字叫“佛国寺”。

金顺的父亲金振清是一介书生。那一年金顺还年幼，金振清打算赴京参加科举，谁知道刚准备走，妻子忽然病逝了。金顺年幼无人照料，金振清别无他法，只好把他带在身边，一同前往京城。

金振清本来就是一个弱质书生，拖着年幼的孩子一路赶到京城，一番辛苦颠簸之下，积劳成疾，得了不治之症，撒手人寰。后来，有一个名叫徐源泉的京城富商见小金顺孤苦无依，便收养了他，将金顺抚养长大，还让他在徐源泉的府上当差。

在庆州一带，有一个告老还乡的大人物——李殿英。李殿英原本是皇帝的左膀右臂，权倾朝野，而且为人十分猖狂。在京城，他增收赋税，一旦有人不服，他就立刻运用各种手段迫害他。徐源泉不肯向李殿英低头，结果就被李殿英陷害，关进了牢中，被折磨致死。不过，作恶多端的李殿英最终被人联名弹劾，皇帝知道了他的种种罪行后十分震怒，立刻让他卸下官职回到自己的故乡去。

李殿英的故乡也是庆州。

这年，金顺二十岁。他听说李殿英已经去了庆州，便离开了徐家跟到了庆州。庆州也是金顺的故乡，双亲的坟墓就在庆州的佛国寺里。但是他忍住没去祭拜。

金顺到庆州来的目的只有一个，给亲手抚养自己长大的徐源泉报仇。

金顺在庆州潜伏着，暗中观察着李殿英的一举一动，想要找个机会刺杀李殿英。但是负责庆州一带防卫事务的观察使就是李殿英的亲信，他时时处处把李殿英保护得妥妥当当，待了两个多月，金顺完全没有找到下手的机会。

这天夜里，血气方刚的金顺决心动手，打算像盗贼一般从屋顶溜进去刺杀李殿英。趁着月色昏暗，金顺经过味邹王陵的时候，忽然听见了一个声音。

“金顺啊，金顺啊！”

金顺听见有人在喊着自己的名字，便开始四下里张望起来。味邹王陵十分荒凉，各种野草在王陵附近疯长，几乎看不出原有的模样。金顺从京城悄悄来到庆州，一路隐姓埋名，怎么会有人知道自己的真名？

“金顺啊！李殿英知道你到庆州的事，准备派人捉拿你了！快离开庆州！现在报仇为时过早！”

金顺定睛一看，眼前出现了一个矮小精瘦的男人，他的脸庞如此熟悉，这人分明就是自己的恩人——徐源泉！

“恩公！”金顺脱口而出。

只是一眨眼的工夫，眼前的徐源泉就消失了，士兵的步伐由远及近地响起。

“李殿英知道你到庆州的事，准备派人捉拿你了！”金顺想起刚才徐源泉告诉自己的话，连忙躲到了味邹王陵的深处。

不一会儿，果然有数十个士兵从他方才的地方跑过，似乎还在各处搜查。金顺心中感慨：恩公怕我鲁莽出事，特地显灵提醒我要当心。

士兵们走远了，金顺确定安全之后快速地往反方向跑，离开了庆州。

离开了庆州的金顺不知道何去何从，此时正值寒冬，金顺已经到了平壤一带。金顺好不容易挨到了平壤城里，可是天实在太冷，他衣衫单薄，又几天没吃东西，饿得晕倒在大同门旁边。

这时候，一个外国人刚好路过，救了他一命。这个高鼻深目的外国人来自荷兰，是一个传教士。

善良的传教士把金顺带回了自己家。他通晓医术，常常为周边的贫穷百姓治病。金顺在他照料下很快恢复了健康。

无处可去的金顺就这样留在了传道士的身边，跟他一起照顾贫穷百姓以及生病的人，久而久之，金顺也习得了一些医术。

就这样过了两年，传教士收到教会的指令前往中国传教，金顺便离开了平壤，一边卖草药，一边想办法回到庆州去。为了防止被李殿英察觉到，金顺专门挑一些山路和偏僻的小路走。

这一天，金顺刚走进一座深山之中，忽然迎面走来一个高大魁梧的大汉。这个大汉赤身裸体，没有穿半点衣裳，而且毛发极多。金顺忍不住多看了几眼，走近时才发现，这个大汉的右臂上有一个大伤口。金顺颇懂医术，一眼就看出这个伤口已经感染发炎了，还在流着脓血。自从跟着传教士行医之后，金顺也明白了“医者仁心”的道理，见状，便忍不住开口道：“兄台，你的胳膊受了伤啊。”

“是啊，被那些猎人给打伤了。你有什么办法治吗？”

大汉看起来十分可怕，目光凶恶。

金顺虽然有点害怕，不过，他潜意识里还是想帮助这个人。他想起自己的药箱里确实有能治这种伤的草药，于是开口道：“我稍微懂一点医术，现在刚好有些药可用得上。”

“那好，你帮我上药行吗？”

“行啊，不过你住在哪里呢？”

“就在山那边。你要是肯跟我过去，我就背上你去吧，省得你走路了。”

“嗯。”

“你肯去吗？”大汉背过身蹲下，准备把金顺背起来。

“你还受伤了，怎么能让你背我？我自己走吧。”

“不要紧，我不过是受伤的地方烂了，其他地方好得很。这边过去山路可不好走，到时候会把你累坏的。来吧，我背你。”

金顺见他把话说到这个份上，自然也不好再推辞，就老老实实地趴在了大汉的背上。

大汉深吸了一口气，背着金顺甩开步子开始疾走。金顺看着两边的景物不断后退，一会儿是山谷深处，一会儿又是树林岩石。这个大汉在崎岖的山路上如履平地。虽然是走，却比一般人跑还要快。金顺心里惊叹不已：这个大汉，绝对不是什么普通人啊！

在山路上走了一段时间后，金顺都快分不清方向了。很快，他们就赶到了一条湍急的溪流边上。这溪流虽然窄，可是水流十分急，不断地拍在石块上，发出震耳欲聋的响声。金顺趴在大汉的背上四处看了看，没有看见可以过溪的桥，心里还在琢磨怎么过河，忽然听见大汉“嘿呀”一声，竟然直接背着金顺跳到了对岸！

金顺险些被吓得魂飞魄散，刚才那一下，绝对不是在跑，而是在飞啊！

过了溪流没多久，大汉就慢了下来，在一个竹笋般的大石块附近停了下来，告诉金顺已经到了。

大汉小心地放下金顺，然后一点点把大石块挪开，金顺这才看见，石块后面是一个洞穴。

金顺满是好奇，跟着大汉往洞穴中走去。

洞穴里收拾得十分干净，一边的角落里有一个满头白发的老奶奶，正专心致志地诵经念佛。大汉轻轻走过去，附在她的耳畔说了一些什么，金顺没有听到。

大汉说完之后，老奶奶微微转过身来，对着金顺点了点头。

“好了，我先给你治伤吧。”金顺打开了随身的小药箱。

大汉走过来问：“直接上药就可以吗？”

“嗯，最好是用清水先把这伤口洗洗干净，一会儿我上好了药，再用些干净布条包扎起来就可以。”

“那好，我先去把这块洗洗。”大汉说完就朝着洞穴深处走去。老奶奶依旧念着经。金顺看着眼前的场景，心中有些好奇，这一家人看起来不像是寻常人啊，怎么会住在这样偏僻的深山里？

正想着，大汉回来了，身旁还有一个十八九岁的美丽少女，少女手中是一些干净的旧布条。

“谢谢您这么关照我的哥哥。”

原来眼前的这个少女是大汉的妹妹。

金顺微微点点头。大汉此时已经把伤口清洗干净，金顺细细检查了一番，确定上些药膏应该就可以痊愈，于是便小心地化开药丸涂抹在伤口上，然后用少女拿来的干净布条把伤口包扎上了。

“放心吧，这样过十来天就好了。”

“谢谢您了。”

金顺往洞外一看，太阳已经落山，外面已经是昏暗一片。大汉转身对妹妹说：“快去准备点晚饭吧，上次的鹿肉还有吧？”

妹妹点点头去准备晚饭了。

大汉转而问金顺："你在这山里做什么？"

"我想去庆州，在山里也就是随便找些草药。"

"这样啊，那你老家在哪儿？"

金顺不敢把自己的身世说出来，便简短地说道："我从京城那边过来的，爹娘早就已经过世了。我跟着师父学习医术，一直待在平壤，可惜我师父现在去中国了，我也没什么地方去，就出来四处走走。"

"既然这样，你在我家多住几天吧。"

金顺原本也不急着去庆州，反正大汉的伤还没有痊愈，自己多留两天也可以，于是便答应了。

晚上，妹妹做了许多饭菜，有鹿肉以及许多分辨不出是什么的兽肉。金顺和大汉一起吃，妹妹在边上盛饭倒茶。大汉虽然看起来十分彪悍，但是性格也直爽，两人边吃边聊，十分开心。

"既然你爹娘都不在了，你孤身一人也冷清，不如我就把妹妹嫁给你吧！"

金顺有些吃惊，没有答话。妹妹听到哥哥固然这么说，立刻害羞地垂下了头，白嫩的侧脸让金顺怦然心动。

"怎么了？你不喜欢我妹妹吗？"

"不是不是，只是有些唐突了吧……"

"哎呀！什么唐突不唐突的，你就说你愿意吗？"

"我、我一穷二白……"

"那不是挺好的嘛！只要你点头，我就把妹妹托付给你了。"

金顺想到自己身上还有血海深仇没有报，怎么也不能答应下来。

"让我考虑两天吧，毕竟婚姻是头等大事。"

"好。"大汉也不多说，直接点了点头。

大汉让妹妹收拾了一间客房，金顺就这样住了下来。

没想到，才过了两天，金顺的脚就痛了起来，他仔细检查了一番，发现右脚的脚踝疼痛难忍，右脚的大脚趾更是痛得钻心，到了第三天的时候，金顺发起高烧来了。金顺心想，自己前几天一直在山中行走，可能无意间把脚弄伤了。他赶紧从药箱里取出了一些药，自己配着服了起来，还涂抹在疼痛的地方。但是疼痛一点也没有下去。

金顺病倒的日子里，大汉和妹妹一直照顾着他。几天之后，金顺的脚趾流出许多脓水，疼痛才一点点消退下去，烧也慢慢地退了。

这时候，大汉胳膊上的伤口也愈合了，伤一好，大汉就成天在外打猎，不怎么回到家里来。

经过这一场大病和十多天的朝夕相处，金顺对妹妹已经心生情愫，他开始盼望这样安宁的日子能一直持续下去。

很快盛夏就结束了，天一点点转凉了。这天早上，金顺早早地起了床，在洞外活动着身体。

就在此时，金顺听见了脚步声。

这么早，是谁会到这里来？金顺好奇地往脚步声传来的方向看去。

这一看，哪里了得，来的竟然是一只巨大的老虎！

金顺心中大骇，想要逃跑，又怕自己的脚步声会引来老虎。金顺灵机一动爬到了树上，凝神屏气，往树下看着。

大老虎似乎没有觉察到金顺，径直往洞口走去。金顺更加紧张，万一这老虎进山洞去伤害老奶奶和妹妹，可怎么办！金顺不由得捏了把汗，心里盘算着要不要把妹妹她们叫醒。

就在金顺焦急的时候，那只大老虎忽然不见了！

金顺以为自己看错了，他在树上使劲揉了揉眼睛，确实没有大老虎的影子，只有大汉站在洞口。

真是奇怪了，难道刚才是自己看错了吗？明明是大老虎，眨眼之间就不见了？难道是大老虎正好绕到洞后面去了？或者说，大汉刚好从洞里出来？

金顺思来想去不明所以，不过没有了老虎，他也就不需要待在树上了。他一溜烟从树上下来，回房间吃起早饭来。

金顺刚刚吃过早饭，大汉就进了他的房间。

“好了，该分别了。你和我妹妹一起下山吧，很快你的心愿也会实现了。”

金顺没有听懂大汉的意思，只知道他这是要他带着妹妹离开了。

大汉转身取来了一张老虎皮，交到金顺的手里：“这老虎皮可以救你一命，如果你想完成心愿，这虎皮也可以帮你实现。你带上吧。”

金顺看着老虎皮发起呆来。

“我妹妹知道怎么下山，你和她一起就能到庆州了。闲话少说，快走吧。”

此刻妹妹已经把行李全都准备好了，金顺见大汉一心让他下山，只好听从他的劝告。临别的时候他打算和老奶奶告别，不过老奶奶只顾自己念经，丝毫不理睬自己。

大汉送他们到溪流边，他背着金顺和妹妹跳过了湍急的溪流，在溪边和他们挥手告别。妹妹在前面引路，金顺跟在她身后走着。

“你哥哥就没有想过要下山生活吗？”

“他不会下山的，哥哥和母亲都不擅长和人相处，住在深山里对他们来说更快活一些。”

“这是为什么？”

“嗯，你今天一早有没有看到什么不应该看的东西？”

“这……”

金顺不再询问哥哥的事了。

金顺在妹妹的带领下很快就到了庆州，但是庆州戒备森严，金顺实在没办法轻易进城，只好在郊外的佛国寺歇一歇。

金顺的双亲就葬在佛国寺的墓地中，金顺打算带着妹妹去祭拜一下自己的父母。刚走到墓地，却看见那里有一辆装饰华贵的牛车，数十个仆人跟在车边。

“这车上是谁？”金顺向一旁的人询问道。

“是那个李大人啊，他来拜佛的。”

金顺听见“李大人”三个字，顿时精神起来：“这个李大人，就是那个李殿英大人吗？”

“对，就是他。”

金顺心想，这是绝妙的好机会啊！他立刻告诉妹妹让她去村子口等着，自己则往佛像所在的小山丘上走去。

山丘附近树叶茂盛，金顺想起了大汉交给自己的老虎皮，便把老虎皮披在自己的身上，静静等待着李殿英出现。

没过多久，李殿英就从牛车中走了出来，在一大群仆人随从的簇拥下来到佛像前。正在这时，披着虎皮的金顺一下子从树丛里跳了出来。此时正是傍晚，天色昏暗，众人只见一只大老虎忽然跃了出来，吓得四散而去。李殿英也被突如其来的大老虎吓得傻了眼，拔腿想跑，却被金顺一把摁住。

老虎举起手中的短刀向李殿英的胸口插去，李殿英当场毙命。

仇人已死，金顺立刻脱下虎皮，走另外一条山路去村口与妹妹会合。

就这样，金顺和妹妹一起行医，安安稳稳地度过了一生。

# 安娜老师

住在茗荷谷的桃叶这两个月来都在埋头工作。他是一个中学的教师，原本不用这么忙，不过，前一段时间，某个前辈拜托他帮忙做校对。桃叶不敢耽误，成天埋头校对那本中国小说，从早到晚都不停歇。不过这个工作马上也要结束了，剩下的内容不多了。

桃叶的妻子看见丈夫这两个月来一直辛苦工作，特意去市场上买了一条大青鱼，打算做成鱼肉松来吃。桃叶原本一心扑在校对上，听到妻子说要做鱼肉松，顿时心驰神往起来：这鱼肉松，还是要配上酒才好吃啊！

可是，大白天里喝酒，妻子一定不会同意的。要是晚上还有可能，中午喝酒实在说不过去。

桃叶可不想听见妻子的唠叨，于是放下手中的笔，开始思忖着怎么才能让妻子心甘情愿地把酒取出来。桃叶想到了自己最为擅长的俳句，虽然他不会花言巧语哄骗人，用俳句倒是可以试一试。

“见鱼肉松不见酒，似见龙不见云，有神无灵也！”

桃叶的脑海里回荡着中国古代名人韩愈的词句来。

“老爷！下来吃饭啦！”妻子的开饭声传了过来，打断了桃叶的思路。

我还没来得及找一个喝酒的好理由呢，桃叶边想边往楼下走。

桃木经过门口的时候，木屐的声音“哒哒哒”地靠近，门被拉开了。

“请问，桃叶老师在家吗？”

桃叶一看，竟然是许久不见的好友。他顿时心里乐开了花：这可是喝酒的好理由啊！

“这不是今冬嘛，来得可是时候！今天做了鱼肉松，快来吃点吧！”

门口的人长得有些矮小，看见是桃叶老师，便笑着进了屋。

桃叶转身对客厅里的妻子说道：“今冬来了呢！快取点酒来，虽然还有工作要做，不过稍微喝点也不碍事。”

客厅里妻子正在张罗着饭菜，年方六岁的女儿已经乖巧地坐在餐桌前等待吃饭了。

今冬跟在桃叶的身后走到客厅里，他原本就嗜酒如命，一听见桃叶说喝酒，立刻心里美滋滋的。

“说实话，鱼肉松这东西要是用鲣鱼做更好，不过，青鱼也还不错。”桃叶如愿以偿地喝着酒吃着鱼肉松，心里舒服多了。

喝了三壶小酒之后，桃叶有点醉意了。

“安娜老师，有电话！”

安娜老师是一家化妆学校的老板兼老师，专门教女孩子各种法式风格的盘发和化妆美容方法，她就住在桃叶老师家的隔壁。安娜老师与附近那家“美鸟制药”的关系十分亲近，因此那家的男孩总是会帮安娜老师接接电话。

“一会儿你可看着吧，会有一个长得跟地瓜似的老女人出来，兜着头巾跑去接电话。”桃叶老师面带醉意地跟今冬说。

桃叶老师的妻子并不介意有不速之客来吃饭，依旧安静地坐在一旁吃着，听见丈夫这么说话，顿时板起脸来，道：“你一个当老师的怎么可以这么说话？让人听见了多不好意思！”

“听见又怎么样，还不都是事实嘛！既然不准我说她像个地瓜，那就……像戴头巾的老鸭子！”

其实桃叶老师和安娜老师并没有什么过节，他只是单纯地看她不爽。安娜老师刚住到隔壁的时候，房东先生对她格外照顾，这让桃叶有点不满。于是乎从那以后，桃叶都爱在背后说点她的坏话。

正在这时候，门拉开了，是桃叶的大女儿回家了。

“妈妈，怎么了？”女儿看见母亲在饭桌前板着脸，立刻问道。

“还不是你爸又在背后说人坏话了！”妻子把桃叶方才说的话原原本本地讲

给女儿听，“女儿啊，你可不要跟你爸一样背后说人坏话！安娜老师以前也教授过你盘发呢，听说她不到二十岁就到法国学习化妆美容了，整整学了二十八年，真是厉害啊！地震还没发生前，安娜老师的化妆学院就在帝国酒店边上，连那些外国公使的夫人小姐都是她的学生呢！”

“哼！反正那些人不都是老鸭子的学生！”桃叶嘀咕着。

就在这时候，一直安安静静的小女儿突然开口骂道：“闭嘴吧老爸，你个秃头，烦死了！”

# 狼群之中

## 1

野根山位于土佐国的东边，是土佐和阿波相互接壤的地方。山中有一条道路，是土佐和阿波之间往返的必经之途。德川时代，山中设置了一道关卡，被称为“岩佐关”。岩佐关旧址的边上还有一汪泉眼，被叫作“岩佐泉”。从岩佐泉经过，再爬过千本岭，翻过花折坂，就到了野根村。从岩佐泉到野根村差不多有十多里路，一路上遍布杉木和松柏，群居着大量的野狼，许多路过此处的行人都葬身在狼腹之中。

许多年前，有一名邮差孤身前往阿波。深秋的傍晚，太阳行将落下，山中的气温转而变凉了许多。送信这一差事一点都不能耽误，邮差翻山越岭，一心只想快些把信件送到。可是太阳下山得太早了，他仔细一算，按照现在的速度，要赶到野根村必然是要深夜了，邮差不由得加快了步伐。

这时候他忽然发现，附近的一棵大树下，半躺着一个女子。那个女子大口地喘着气，表情痛苦万分，身上还背着一个大包袱。尽管送信十分着急，邮差还是觉得救人更重要，于是上前询问：“这是怎么了？病了吗？”

走近一看，原来这个女子是个孕妇，挺着大肚子从阿波出发前往土佐，没想到走到半路突然腹痛，只好在一旁的树下休息。本想等疼痛过去再赶路，没想到越疼越厉害，不知道该如何是好。一看见邮差，妇人顿时流下泪来，恳求邮差救命。

邮差不愿见死不救，眼看天黑下来了，留她在这里肯定是死路一条。妇人已经临盆在即，血腥味必定会招来恶狼，这样下去，妇人和孩子都十分危险。虽然只是偶然相逢，但是人命关天啊，邮差心想，这会儿就算他想把妇人带出这片大山，估计也办不到，不如就让她在这儿把孩子平安地生下来吧。但是在这树下生产实在危险，狼群随时可能出现，到时候连躲避的地方都没有。

邮差不由得四处张望起来，不远处的一棵柏树落入了他的眼中。这棵柏树又高又大，枝丫都离地一丈多，而且十分粗壮，人待在上面也不会折断。

邮差安慰了一下妇人，然后用随身的短刀砍下了不少藤蔓，然后灵巧地爬到了树上，将藤蔓和树枝固定在一起，搭了一个简易的"床"，然后再把妇人背在背上，小心翼翼地背到树上，将妇人安顿在了这张临时的床上。做完这一切，天已经黑了下来，幸亏那天接近满月，月光十分明亮。

妇人的肚子越来越疼，她咬着牙呻吟着。邮差靠在妇人背后，一边护住妇人，一边帮她使劲，然后快速地打开了妇人的大包袱，还把自己的行李全都打开，将用得上的东西全都拿了出来，希望能帮上忙。

黑暗中不知坚持了多久，一声婴儿的啼哭声响彻树林。邮差立刻用衣物把婴儿包了起来，婴儿一边哭着一边扭动着自己的身躯。

此时，林中响起了一阵声响，邮差听得出来，这是狼的叫声。很快，第二声也传来了。这喊声似乎是在呼朋引伴，越来越多的叫声从四面八方响起，狼的喊声渐渐向他们包围而来。看来，远远不止一头狼。

虚弱的妇人听见了声音，有些害怕地问了起来："是什么东西在叫？"

邮差不说话，把包好的婴儿塞到了她的怀中，将她轻轻靠在藤蔓上，又给她披上了两三件衣裳，然后从自己的包里拿出了烟斗，点着了烟。

这时候，狼的声音愈发近了。

"没什么，是狼。不用担心，我会保护你们的。"邮差一边吐着烟气，一边安慰道。

不一会儿，树下就围满了恶狼，周围越来越嘈杂，狼的叫声不绝于耳。

"狼来了啊。"邮差深吸了一口烟，然后把烟斗里的灰烬倒干净，小心地把烟斗放回了包中。邮差集中精神，耳听六路，眼观八方，双手握紧了短刀，等待着出手的时机。

狼群围着树转了不多时，开始不耐烦起来。一头狼率先出动，一点点想要爬上树来。这头狼长着灰白相间的毛，头上和背上的毛坚硬地竖立着，一双碧绿的眼珠中透露出无限凶狠的目光。

邮差冷静地观察着狼的动作，他伸出左手，抓住柏树枝稳住自己的身形，右手握紧了短刀，趁其不备一砍而下，狼一声哀号，爪子一松，掉了下去。但这完全没能阻止狼群的攻势，第二头狼已经偷偷爬了上来。邮差转身一挥，正中它的脑门，狼惨叫着跌落下去。

接下来爬上树的狼越来越多，邮差奋力地挥动手中的短刀，准确地把狼一只只砍翻。但树下的狼却毫不退却，反而越围越多。邮差丝毫不敢松懈，全神贯注地将刀对准狼的额头砍去。一番轮战下来，他已经砍伤了约五十头狼，底下的狼群不再贸然上树。

就在这时，一个诡异的声音忽然响起："快！去把佐喜滨铁匠的母亲喊过来！"

狼群听见这个怪声音后，立刻退远了一些，但依旧围着树转着。

邮差趁此机会大口地喘着气休息着，脑子却转得飞快，心想：这个佐喜滨铁匠的母亲，到底是什么人？想来想去，不明所以。

狼群围着树不停转圈，过了差不多两个小时，狼群忽然骚动起来。邮差半身浴血，手中紧握着短刀，连番苦战让他的虎口都有些发麻。月亮已经渐渐西斜，柔和的月光穿过层层树叶照在柏树下。借着月光，邮差往树下望去。

树下的狼群此刻喧闹起来，好几只狼把自己的前爪搭在树干上。在它们的身后，一头巨大的白狼缓缓走来，体型是其他狼的一倍。这头白狼张大了嘴巴，发出恐吓般的咆哮。它一跃而上，爬到了树上。

邮差也从未见过这么巨大的狼，心中一凛，握紧了短刀，寻找机会。

就在白狼即将靠近的一瞬间，邮差用尽浑身力气往它的额头上刺去，刀刃没进了白狼的前额。它吃痛从树上滚落了下去，在它身下的那些狼纷纷逃窜，发出惊恐的叫声。

很快，围在树下的狼群都散了。

邮差不敢松懈，仔细注意着树下的动静。确定所有的狼都已经走远，才松了一口气。他摘了一片树叶，把随身的短刀擦了擦干净。

此时，他又想起刚才那头巨大的白狼，如此大的身形，从它出现时周围狼的反应来看，应该是这些狼的首领。那个诡异声音喊的“佐喜滨铁匠的母亲”，又是什么意思呢？难道这头巨大白狼是一个人？还是说，这狼化作了人的样子住在佐喜滨？

邮差越想越觉得蹊跷。心想，反正佐喜滨也不远，就在野根村附近的海边，有机会去那里好好打探打探，一定能弄清楚这是怎么回事。至于那句“佐喜滨铁匠的母亲”，则好像是一句咒语印在邮差的心上，怎么都挥之不去。

## 2

东方渐渐发白，自从狼群散去之后，树林里平静了许多，转眼天就亮了。此时的柏树下躺着足足二十多头野狼的尸体。山路上传来一些人声，几个行人结伴从野根村到土佐去，邮差把妇人和孩子托付给他们，自己继续往野根村去。

中午的时候，邮差终于赶到了野根村，他把信件送出之后，就开始打探“佐喜滨铁匠的母亲”这个事。他先去了自己一向常去的饭馆吃了个饱，把自己怎么遇到妇人、怎么遇上狼群的事告诉了饭店的老板，不过，“佐喜滨铁匠的母亲”这件事他倒是没有说。

吃饱喝足，邮差说自己还有要紧事要去佐喜滨，装作无意地问道：“佐喜滨一带有铁匠的吧？”

“对啊，有一家铁匠铺，好像是叫庄屋。”饭店老板回答说。

“听说这个铁匠铺是个上了年纪的人管着的，这个人身体还好吧？”

“老头子好像病死了快五六年了，但是他老婆倒是越活越精神，就是人有点奇怪就是了，好像还把自己的儿媳给赶出去了，在村子里也算有那么点名气……”

听了老板的回答，邮差心里猜得八九不离十。既然这个铁匠铺的老太婆个性奇怪，说不定和狼群有什么关系。昨晚狼群喊着她的名头，肯定是有留下什么线索，不如先去看看情况。万一她就是昨夜袭击自己的那只白狼，那么它被砍伤了，那额头上肯定就有伤。

这天下午，海风大作，天黑压压的，似乎要下雨。邮差赶到了佐喜滨，在一个上坡的地方遇上了一个渔夫，于是顺便打探道：“兄台，我想去庄屋打上一副马蹄铁，好久没去了，那家的老太太身体还好吧？”

“你是说庄屋吧？她啊，好着呢！可精神了，老板都快被她精神怕了！”渔夫半开玩笑地回道。

邮差心想，如果昨晚上那头白狼真的就是这个老太太，那么只要见她一面就弄得清楚了。

到了铁匠铺，邮差先在门外看了看。现在他已经知道这铁匠铺的年轻老板叫庄吉，此刻庄吉正在店铺里打着菜刀，满身都是汗水。店铺不大，里屋和店铺只隔了一道墙，可惜屋里隔了一道屏风，邮差看不见里面的人。

庄吉见有人进来，微微点头示意，不过手中依然不停。

“我想打一副马蹄铁，成吗？”

“可以啊，不过要稍微等一会儿。”庄吉笑着说道。

邮差点点头，掏出了自己的烟斗，点上了烟，静静坐在风箱边上的椅子上。

“其实我几年前也来过佐喜滨，那时候还是你父亲母亲在店里，他们现在还好吧？”

“我父亲病逝都快六年了，母亲倒是还在，身体也好。”

“啊，令尊也算是多福之人了。令堂身体还好，那我也安心了呢。”

“哎……她身体是好，就是精神实在太好了……”

“精神好难道还不好吗？她今天没在家吗？”

“在家呢，昨晚她起夜的时候撞到了锅，额头伤了，这会儿在屋里躺着歇着呢。”

“哎呀，这么不小心啊！伤得严重吗？”

“昨晚我正睡着，忽然听见她的喊叫声，起来一看，原来她把自己的额头弄伤了。我原本想看看她的伤口，可是她非要逞强不让我看，还找了一些布包了起来。今天午饭她吃得很少，几乎就没什么胃口，我看她估计伤得有些重……哎……可是她怎么都不肯让我检查下伤口，真是愁死我了……”

邮差听着庄吉的描述，越想越觉得心惊：这个老太太肯定有什么问题！也许他就是昨夜的那头巨大白狼！

想到这里，邮差怎么都坐不住了。

“这怎么行呢，必须赶紧检查下伤口才可以啊！我这里正好有不错的金创药，快带我去替她看看伤！”

“哎呀，这可真是帮大忙了！”

“没关系的，我这药十分管用，还是治伤要紧。”

“那可先谢谢您啦！”

庄吉领着邮差绕进后院，这里是放置木炭的库房，右边的角落里放置了几张破草席，一个又高又瘦的老太太躺在上面。

“母亲！”庄吉轻声喊了一句。

“怎么了？”老太太有气无力地应了一声。

“这位客人来打铁，刚好带着上等金创药啊，让他给您抹一点药吧。”

“上等金创药？”老太太转过身来，她的头上缠着脏兮兮的旧布条。

“老夫人，我听说您不小心受伤了，我这里有药，让我帮您检查一下伤口吧。”邮差上前一步轻声说道。

老太太一看见邮差，脸上露出了凶恶的表情，嘴巴越长越大，露出两颗青色的獠牙！

“可恶！昨晚就是你把我弄伤了！”老太太一声怒喝，变成了一头巨大的白狼。

庄吉被眼前的这一幕吓得昏了过去。邮差早有准备，冷静地拔出了佩刀，一刀刺穿了巨狼的咽喉。

原来，早在两年前，这头巨大的白狼就把庄吉的母亲咬死在了山中，此后它化身成老太太的样子生活在铁匠铺里。白狼被击杀后，庄吉在山中找到了母亲的遗骸，将父母合葬在一处。

这个故事，至今依然在土佐一带流传。